JN211188

Tigre
ティグル
Mila
ミラ

「ティグル！　あなたに任せるわ！」

c o n t e n t s

口絵イラスト●片桐雛太

魔弾の王と戦姫《ヴァナディース》13

川口 士

MF文庫J

ビドゴーシュ
Byogosz
ルヴーシュ
Lebus
ヴァルタ大河
Valta
リプナ
レグニーツァ
Legnica
シレジア
Silesia
パルドゥ
Parou
ライトメリッツ
LeitMeritz
オード
ude
アルサス
Alsace
ヴォージュ山脈
des Vosges
Zhcted
ジスタート
オルミュッツ
Olmutz
テリトアール
Territoire
ニース
ice
ブリューヌ
Brune
ネメタクム
acum
アニエス
Agnes
Muozinel
ムオジネル

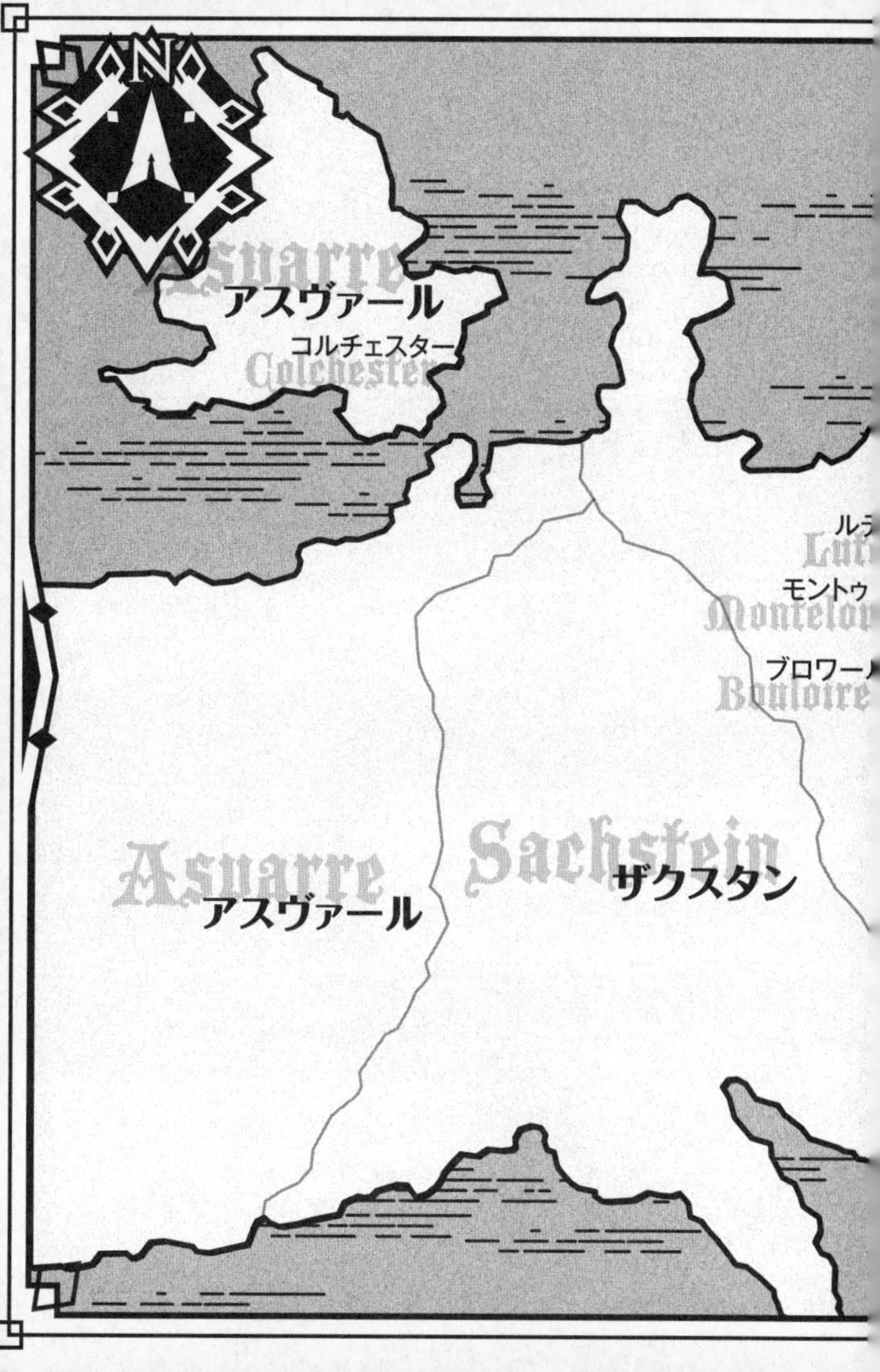
N
Asuarre
アスヴァール
コルチェスター
Colchester
モントゥ
ブロワー
Bouloire
Sachstein
ザクスタン
Asuarre
アスヴァール

登場人物紹介

ティグルヴルムド=ヴォルン

本編の主人公。十八歳。愛称はティグル。ブリューヌ王国の伯爵。ザクスタン王国侵攻の知らせを受け、ブリューヌ王国へ帰還した。『月光の騎士軍』を編成し、総指揮官を務める。

エレオノーラ=ヴィルターリア

七戦姫のひとり。十八歳。愛称はエレン。ジスタート王国の南西にあるライトメリッツを治めている。**竜具は長剣の“銀閃”アリファール。**

リムアリーシャ

エレンの副官で、昔からの親友でもある。二十一歳。愛称はリム。

ティッタ

ティグルに仕える侍女。十七歳。ティグルに従って月光の騎士軍に身を置く。

リュドミラ=ルリエ
七戦姫のひとり。十八歳。愛称はミラ。ジスタート王国の南にあるオルミュッツを治めている。竜具は槍の“凍漣”ラヴィアス。エレンとは犬猿の仲。

ソフィーヤ=オベルタス
七戦姫のひとり。二十二歳。愛称はソフィー。ジスタート王国の南東にあるポリーシャを治めている。竜具は錫杖の“光華”ザート。外交に長ける。

アレクサンドラ=アルシャーヴィン
七戦姫のひとりだった。オルシーナ海戦の後、病で命を落とす。愛称はサーシャ。竜具は双剣の“煌炎”バルグレン。

エリザヴェータ=フォミナ
七戦姫のひとり。十九歳。ジスタート王国の北西にあるルヴーシュを治めている。竜具は鞭の“雷渦”ヴァリツァイフ。『異彩虹瞳』の持ち主。記憶を失ったティグルを重用し、そばに置いていた。

オルガ=タム
七戦姫のひとり。十五歳。ジスタート王国の東にあるブレストを治めている。竜具は斧の“羅轟”ムマ。アスヴァールでティグルと行動をともにした。

ヴァレンティナ=グリンカ=エステス
七戦姫のひとり。二十三歳。ジスタート王国の北東にあるオステローデを治めている。竜具は大鎌の“虚影”エザンディス。

フィグネリア=アルシャーヴィン
双剣の竜具“煌炎”バルグレンによってレグニーツァを治める新たな戦姫に選ばれた女傭兵。二十五歳。過去にエレンと因縁を持つ。

レギン
ブリューヌ王国の王女。十七歳。亡き父に代わり、ブリューヌ王国を治めている。ティグルを慕っている。

マスハス=ローダント
ブリューヌ王国の伯爵。ティグルの父ウルスの親友で、彼の死後、ティグルの世話を何くれとなく焼いている。現在は、旧友である宰相のボードワンと共にレギンを補佐する。

ダーマード
ムオジネル軍の戦士。十九歳。王弟クレイシュの側近のひとりで、現在は偵察隊の指揮官として二千騎を率いる。

カロン=アンクティル=グレアスト
ガヌロンの腹心。ブリューヌ王国を混乱に陥れるべく暗躍している。コティヤール伯爵の兵やならず者を集めた軍を率い、月光の騎士軍と戦う。エレンに執着している。

ドレカヴァク
老人の姿をした魔物。ブリューヌ王国のどこかに潜んでいる。

ヴォジャノーイ
若者の姿をした魔物。金貨が好物。

ガヌロン
ブリューヌ王国の公爵。ブリューヌ内乱の際に行方不明となり、世間的には死亡したと思われている。魔物を喰らう能力を持つ。

本文イラスト：片桐雛太

1　月光《リューンルーメン》の騎士軍の敗北

目を覚ましたとき、エレオノーラ＝ヴィルターリア――エレンは、自分が不自然な体勢をとらされていることに気がついた。

細長い鉄柱らしきものを背にして地面に座りこみ、両腕を上に伸ばした状態で拘束されている。意識がはっきりしてくると、身体中《からだじゅう》が鈍《にぶ》い痛みを訴えた。

――ここはいったい……。

周囲は薄闇《うすやみ》に包まれていて、何も見えない。いまが昼なのか夜なのかもわからない。闇の奥から喧噪《けんそう》らしきものが聞こえるが、どの声もよく聞きとれなかった。

手を動かそうとすると、両腕に絡みついている何かが、がしゃりと鳴った。鎖だ。その冷たく不快な感触が、エレンを冷静にさせた。

目を細めて、エレンは闇をじっと見つめる。まずは闇に目を慣らす必要があった。同時に、気を失う前のことを思いだすべく記憶をさぐる。自分はどうしてこのような状況に置かれているのか。

「そうだ。私は敵に――」

紅玉《こうぎょく》を思わせるエレンの瞳《ひとみ》が、怒気を帯びて輝く。だが、彼女はすぐに怒りを鎮《しず》めた。

ここは敵陣だ。怒るより先にやるべきことがあった。

全身に意識を集中させる。身体《からだ》の各所が痛むのは、戦場で受けた傷によるものだ。骨が折れている感覚はない。

両腕に絡みつく鎖から手を引き抜けないかと動かしてみたが、鎖を鳴らすだけに終わった。鎖はエレンの背後にある鉄柱につながれているようで、立ちあがることもできない。その鉄柱は地面深くに刺さっていて、背中で押す程度ではびくともしなかった。

そんなことをしている間に目が闇に慣れてきて、うっすらとだが周囲が見える。

──幕舎《ばくしゃ》のようだな。

外から聞こえてくる喧噪は、敵兵のものだろう。幕舎の中には古びたテーブル以外に何もなく、エレンを閉じこめておくためだけに設置されたもののようだった。

「──アリファール」

愛用の竜具《ヴィラルト》の名を呼ぶ。竜具は、使い手が呼べば瞬時にその手元へ現れるはずだ。

だが、いつまでたってもエレンの手になじんだ感触は戻ってこない。

「まさか、この鎖のせいか……？」

衝撃の声が口から漏れた。竜具の力がまったく通用しない金属の存在を、銀閃の風姫《シルヴフラウ》は知っている。ブリューヌ王国の宝剣デュランダルがそれであり、かつてテナルディエ公《こう》爵《しゃく》が使役《しえき》していた双頭竜《ガラドヴァ》と火竜《ブラーニ》も、竜技《ヴェーダ》をかき消す不思議な鎖を巨躯《きょく》にまとっていた。

——私がやつらにおさえつけられたときも、竜技《ヴェーダ》が使えなかったな。

気を失う直前の出来事を思いだす。

敵の軍勢と戦って、敗れた。味方の陣営は崩《くず》れ、兵たちは潰走《かいそう》をはじめた。

エレンは敵陣へ斬《き》りこんではすぐに離脱する戦い方を繰り返し、懸命《けんめい》に敵の足を鈍《にぶ》らせて味方が逃げる時間を稼いだ。

それが、いつのまにか多数の敵兵に囲まれていた。

長い戦いの疲労もあって追いこまれたエレンは、やむを得ず竜技を使うことにした。敵を倒すのではなく、風をまとって敵の囲みから逃げようとしたのだ。

だが、竜技は発動しなかった。いまから思えば、これと同じ鎖を張り巡らせた場所に、知らず知らずのうちに誘導されていたのだろう。

驚きと戸惑いが一瞬の隙《すき》を生み、エレンは敵兵の繰りだした刃《やいば》を避《よ》けそこねた。

腕に一筋の赤い線が生まれたものの、傷は浅く、戦うのに支障はない。

そう思った直後、エレンは平衡感覚《へいこうかんかく》を失って倒れた。手と足が痺《しび》れ、視界が揺れた。立つことができず、声も出ず、武器を握る手に力が入らなかった。

毒を使われたのだと悟った。

敵兵がいっせいに自分へ群がってくるのが、最後に見た光景だった。

「川に毒を投じたと思えば、刃にも毒か。やってくれたな」

こうして虜囚《りょしゅう》の身となったのは、自分の迂闊《うかつ》さによるものだ。そう考えても、胸の奥で燃えあがる怒りは消せなかった。敵が卑劣《ひれつ》な手段に訴えてきたのはたしかなのだ。

——しかし、竜技を警戒して鎖で拘束するのはわかるとしても……。

ジスタート王国において、国王に次ぐ存在である戦姫《せんき》に対し、この扱いは無礼などというものではない。敵の狙《ねら》いはわからないが、まともな待遇は期待できないだろう。

——ティグルは無事だろうか。リムも……。

くすんだ赤い髪の若者と、自分の親友であり副官でもある金髪の娘の顔を、エレンは思い浮かべる。ティグルというのは愛称で、正しく呼ぶならティグルヴルムド＝ヴォルンという。リムも同様で、彼女の名はリムアリーシャだ。

ティグルは月光の騎士軍《リューンルーメン》という、ブリューヌ兵とジスタート兵で構成された混成軍の総指揮官だ。エレンはライトメリッツ軍の指揮官としてその一翼を担い、リムはエレンの補佐を務《つと》めていた。

エレンはティグルを戦友と呼んでいるが、それは周囲と、自分の心をごまかすための呼称だ。自分にとってかけがえのない、誰よりも大切な男だと、彼女はわかっていた。

——無事でいてくれるといいが。

不意に、暗がりの一角から光が漏れる。そして、ランプを持ったひとりの男が幕舎《ばくしゃ》の中へと入ってきた。ランプの明かりによって、幕舎の中が一気に明るくなる。

「ご機嫌いかがかな？　エレオノーラ殿」

　男は、地面に腰を下ろしているエレンを見つめて、貴公子然とした秀麗《しゅうれい》な顔だちに好意的な笑みを浮かべた。男の年齢は二十代後半あたり。灰色の髪を丁寧に整え、金の刺繍《ししゅう》が入った豪奢《ごうしゃ》な絹服に長身を包んでいる。

　三つ数えるほどの時間をかけて、不快な記憶とともに男の名を思いだすと、エレンは憎々しげな視線をその男に叩《たた》きつけた。彼女は、目の前の男を知っている。

「グレアスト……」

　カロン＝アンクティル＝グレアスト。それが、男の名前だ。ブリューヌの侯爵《こうしゃく》であり、二年前の内乱においてはガヌロン公爵《こうしゃく》に協力した。ガヌロン公爵が敗れると行方をくらまし、決して表舞台には出てこなかった。

　その内乱の中で、エレンは一度だけグレアストに会ったことがある。グレアストがガヌロンの名代《みょうだい》として、ティグルに降伏を勧《すす》めてきたときだ。

　彼は礼儀としてエレンに握手を求めたが、そのてのひらの感触に、銀閃の風姫《シルヴフラウ》は全身が粟立《あわだ》つような不快感を覚えたものだった。

「私の名を覚えていただいていたとは、光栄だ」

　グレアストはランプをテーブルに置くと、エレンに歩み寄った。彼女の足が届かない距離で地面にしゃがみこむと、白銀の髪の戦姫《せんき》の顔を覗《のぞ》きこむ。

「二年ぶりですな。あのときも充分に美しかったが、さらに磨《みが》きがかかったようだ」

　エレンは答えなかった。答える必要を感じなかったからではない。全身を這《は》いまわるグレアストの熱っぽい、どこか粘《ねば》ついた視線に寒気を感じたのだ。

　エレンが身につけているものは青を基調とした軍衣で、激戦の連続によってところどころが綻《ほころ》び、破れていた。胸甲《きょうこう》や籠手《こて》、脚甲《きゃっこう》などの防具はさすがに奪われている。

　意外にも手当てはしっかりされており、傷を負った箇所には薬を塗った布が押しあてられ、包帯も巻かれていた。

　露出しているエレンの肌に、グレアストは好色めいた視線を遠慮なく注いでいる。

「何の用だ」

　呼吸を整え、戦意を瞳《ひとみ》に宿して、エレンはそれだけを尋ねた。言葉をかわすことさえ避けたい相手だが、相手の目的は知っておかなければならない。

　グレアストの口元に浮かんでいる笑みが、いやらしさを増した。

「用というほどのものはない。強《し》いていえば、私のものを愛《め》でにきたというところだ」

「何だと？」

　予想外の返答に、エレンは唖然《あぜん》とした顔でグレアストを見つめる。グレアストは地面に膝《ひざ》をついてエレンへにじり寄ると、彼女の左脚の太腿《ふともも》に手を置いた。壊れものを扱うかのように優しく、丹念に撫《な》でまわす。

「やめろっ……！」

怒声とともに、エレンが右脚を振りあげる。しかし、身体《からだ》の自由がきかないこともあって思ったほどに脚は伸びず、グレアストにあっさりと避《よ》けられた。

「毒は抜けたようですな。後遺症があっても困るゆえ、弱いものにしておいたのだが。それだけ元気ならば安心してよさそうだ」

グレアストは楽しげに笑って立ちあがる。悠然とした足取りで、エレンの背後へと回りこんだ。後ろから伸びてきた両手が、エレンの左右の頬《ほお》をおさえる。

「エレオノーラ殿。私があなたを捕らえたのは、たとえばジスタートへの人質にしたり、己《おのれ》の武勲《ぶくん》を誇ったりするためではない」

一言一言をエレンの心へ突き刺すように、グレアストはゆっくりと言葉を紡《つむ》いだ。

「あなたを、私のものとするためだ。この白銀の髪一本に至るまで、何もかも」

グレアストの手が頬から離れ、エレンの髪に触れる。感触を楽しむように、グレアストは指を絡ませて何度も梳《す》いた。

エレンは歯を食いしばって両腕を必死に動かしたが、鎖が緩《ゆる》む気配はない。身体をよじっても、グレアストの嗜虐心《しぎゃくしん》を刺激して彼を喜ばせるだけだった。

グレアストの手がうなじを撫《な》で、耳の形をなぞり、額に触れる。この男はエレンの身体に余すことなく自分の手の跡を残すことで、宣言通り、彼女を自分のものにしようとしているかのようだった。

肩に触れ、腕をさすり、固く握りしめられたエレンの手に触れる。グレアストは、握り拳《こぶし》を愛《いと》おしげに撫でまわした。

次の瞬間、エレンの手の甲に異様な感触が伝わる。二度、三度とそれが繰り返されて、白銀の髪の戦姫《せんき》は何をされているのかわかった。

グレアストは、エレンの手を舐《な》めている。手の甲だけではない。握りこまれた指の一本一本にまで、舌を這《は》わせていた。

「はじめて会ったときから、こうしたかった」

一旦エレンの手から口を離し、グレアストは恍惚《こうこつ》の表情で言った。

「ようやく願いがかなった。期待通り、いや、期待以上だ」

エレンの顔が青ざめる。嫌悪感を越えた恐怖を、彼女はこのとき灰色の髪の侯爵《こうしゃく》に感じた。あまりのおぞましさに、総毛立った。

だが、エレンは声を出さないように手を強く握りしめて、堪《こら》えた。声を出せば、それがどのようなものだろうと、この不気味な男を楽しませるとわかったからだ。無反応を貫く以外に、抵抗の手段はなかった。

グレアストの口が自分の手から離れたときには、エレンは消耗《しょうもう》しきっていた。だが、気を抜くことは許されなかった。グレアストの蹂躙《じゅうりん》は、はじまったばかりなのだから。

　グレアストの手が、再びエレンの腕を撫《な》でる。少しずつ下りていき、脇を通ってエレンの胸に触れた。

　男の乾いた指が、軍衣の上からエレンの胸を毒虫のように這《は》いまわる。豊かな胸の形を覚えようとするかのように、しつように動きまわった。

「この重さ、大きさ、形。やわらかく、それでいて私の指を押し返す弾力。血がたぎる。エレオノーラ殿。私以外の誰かに、この見事なものを触らせたことは？」

　エレンは答えない。大声で怒鳴りつけたくなるのを、耐えた。固く握りしめられた手には爪《つめ》が食いこみ、血がにじんでいる。

「答えたくないか。いや、けっこう。その顔を見るだけでも実に楽しい」

　弾力を楽しむように、グレアストは双丘を揉《も》みしだく。ふと手を止め、身を乗りだして右側からエレンの顔を覗《のぞ》きこんだ。

「気の弱い娘ならば、このあたりで泣きだすのだが……。さすがは私の心を射止めたエレオノーラ殿だ」

　エレンは横目でグレアストを見る。紅玉《こうぎょく》の瞳《ひとみ》に殺意が踊った。

　刹那《せつな》、エレンは首を傾《かたむ》けて、グレアストの顔に唾《つば》を吐きかける。白い唾が男の頬《ほお》にはねて、奇妙な跡をつくった。グレアストは呆然《ぼうぜん》として、右手をエレンの胸から離すと己《おのれ》の頬へ持っていく。

次に彼がとった行動に、エレンは目を瞠《みは》った。グレアストは頬についた唾を指ですくいとると、そのまま己の口へ運んだのだ。

愕然《がくぜん》とするエレンを見て、グレアストは薄笑いを浮かべた。

「言っただろう。すべてを私のものにすると」

グレアストはエレンの左胸からも手を離し、右側に身体《からだ》を移動させる。手を伸ばして、エレンの顎《あご》をつまんだ。

「エレオノーラ殿。誰かと口づけしたことは？」

エレンはグレアストを睨《にら》みつけて答えることを拒《こば》む。灰色の髪の侯爵《こうしゃく》は彼女の顎から手を離すと、腹部へと持っていった。エレンは両脚を引きつけるようにして腹部をかばったが、グレアストの手を阻《はば》むことはできない。

へそのあたりを撫でまわすグレアストの手が、ゆっくりと下へ滑《すべ》っていく。エレンは反射的に目をつぶって、両脚を固く閉じた。その反応を確認して、グレアストは手を離す。

「──生娘《きむすめ》か」

宝物を発見したかのような喜びに満ちたつぶやきを、グレアストは漏らした。エレンは気を取り直して灰色の髪の侯爵を睨みつける。つい、反論が口からこぼれ出た。

「何を根拠にそのようなことを──」

「わかるとも」

エレンの言葉を遮《さえぎ》って、グレアストは優しげな眼差《まなざ》しを戦姫《せんき》に注ぐ。

「家族以外の男と口をきいたこともないような深窓《しんそう》の令嬢《れいじょう》、街角に立つ娼婦《しょうふ》、村から出たことのない田舎娘《いなか》……。いままでにさまざまな女を抱いてきたが、生娘《きむすめ》はだいたいそういう反応を示すのだ。ティグルヴルムド＝ヴォルンと深い仲と聞いていたが、まだ身体《からだ》を許していなかったのか。いや、その様子では口づけすらもまだかな」

グレアストは哄笑《こうしょう》した。ふくれあがる欲望のために、整った顔が大きく歪《ゆが》んでいる。

「まさしく僥倖《ぎょうこう》だ。エレオノーラ殿。あなたの唇《くちびる》と純潔は、ティグルヴルムド＝ヴォルンとの戦いの後にいただくこととしよう。あの男の前で、あなたを抱く。そのとき、あの男が生きているか、生首になっているかはわからぬが」

「……そんな悠長なことでいいのか？」

精一杯の虚勢を張って、エレンはどうにか口元に笑みを浮かべてみせた。しかし、グレアストは余裕に満ちた顔で戦姫の視線を受け流す。

「もとより、今夜のうちにすべてをすませるつもりはなかった。じっくりと、時間をかけて、あなたを私だけのものにしていく予定でな」

グレアストは身を乗りだして、エレンの肩と脇の下を丁寧に舐《な》めあげた。こみあげる吐き気を、エレンはかろうじて抑えこんだ。

「あなたがすでに男を知っている身であれば、過去の記憶を薄れさせるためにも、いまここで私の存在を深く刻みつけていたところだ。だが、そうでないとなれば話が変わる」

次いで、グレアストはエレンの顔を両側から挟みこむ。顔を近づけ、額と左右の頬《ほお》にそれぞれ舌を這《は》わせた。

エレンはその間、目をつぶらず不快な感触に耐えた。もしも唇を奪おうとしてきたら噛《か》みちぎってやるつもりだったのだが、言った通りグレアストは唇に触れなかった。

それで満足したのか、グレアストはようやくエレンから離れて立ちあがる。

「今夜はここまでにしよう。明日もまた来る。夜ごとに少しずつ、あなたの身体に私の指と舌の味を覚えこませていこう。あの男の前で、あなたが存分に快楽を味わえるように。あなたの目が私のみを映し、あなたの心が私のみを想うように」

グレアストはテーブルに置いていたランプを手にとった。明かりが揺れて、男の横顔の輪郭《りんかく》を不気味に浮かびあがらせる。

「食事はのちほど用意しよう。私の手で食べさせたいが、今日は時間がとれなくてな。身の回りの世話をする娘をひとりよこす。安心してほしい。私以外の男は、何者であろうとこの幕舎《ばくしゃ》に近づけさせぬ」

そう言うと、グレアストは鼻歌まじりに幕舎を出ていった。暗闇《くらやみ》の戻ってきた幕舎にはエレンだけとなる。

エレンはしばらくの間、一言も漏らさず、歯を食いしばってうつむいていた。少しでも声を出したら、感情の抑えがきかなくなりそうだったからだ。心の中でティグルの名を何度も叫んで、自分を奮いたたせた。

時間がたって落ち着きを取り戻すと、グレアストの舌が這《は》いずりまわった跡に不快感を覚える。手の自由がきくならば、皮が剥《む》けて血がにじむほど肌をこすり、忌まわしい感触を捨て去りたかった。

――耐えろ。諦《あきら》めるな。

自分にそう言い聞かせる。さきほどのような責め苦は、明日以降も続くのだ。たった一日で疲れきって、絶望してどうする。あの忌々《いまいま》しい男を喜ばせるだけではないか。

それに、ティグルやリムがきっと助けに来てくれる。グレアストの台詞《せりふ》からして、ティグルは自分のように捕まってはいない。

もちろん自力で脱出する機会はうかがうが、それとは別にティグルたちをあてにしなかったら、きっと彼らは怒るだろう。

目を閉じる。考えが決まったのならば、休んで少しでも体力を回復させるべきだ。

エレンにとって長く辛《つら》い戦いが、はじまろうとしていた。

◎

春も終わりに近づき、ブリューヌ全土を包む緑はますます鮮やかさを増している。草原を吹き渡る風はあたたかで、のどかな陽射《ひざ》しとともに、大地にぬくもりを与えていた。

この時期、葡萄畑《ぶどう》では、働き手が倍近くに増える。仕事が忙しいからではなく、働き手がいつもの半分の時間しか働かないからだ。彼らは働いて賃金を得るよりも、冬を越した葡萄酒《ヴィノー》を飲みながら昼寝をする方を選んだ。

「今年の春は今年しか来ない。今日の昼寝は今日しかできない」

ブリューヌには、そういう内容の詩がいくつもある。つまり、これはもう昔からの習慣とでもいうべきものなのだった。働かせる側も当然わかっており、働き手を増やし、代わりに賃金をおさえるのが毎年のならいとなっている。

もっとも、今年にかぎってはその昼寝も非常に難しいものとなっていた。年が明けてまもなく、西方のザクスタン王国が南と西から攻めこんできたからだ。

さらに、王都ニースでは統治者たる王女レギン＝エステル＝ロワール＝バスティアン＝ド＝シャルルに対して叛乱《はんらん》まで起きた。先王ファーロンの姪《めい》であり、レギンにとっては従姉《いとこ》にあたるメリザンドが、ひそかに同志を集めて玉座を奪おうとしたのだ。

このとき、レギン王女を助けて叛乱を鎮圧《ちんあつ》し、メリザンドのたくらみを見事に阻止したのがティグルヴルムド＝ヴォルンである。

数年前まで、彼はアルサスという辺境の小さな領地を治める伯爵《はくしゃく》でしかなかった。

だが、ブリューヌの内乱に端《たん》を発する数々の戦《いくさ》に勝利をおさめ、隣国ムオジネル王国からは流星落者《シーヴラーシュ》の称号を贈られ、生まれ育ったブリューヌにおいても月光の騎士《リュミエール》の称号を授かり、いまでは若き英雄と呼ばれている。

今度のザクスタン軍の侵攻において、ティグルは月光の騎士軍《リューンルーメン》と呼ばれる混成軍の総指揮官を務《つと》めた。敵将クリューゲルを戦場にて討ちとり、また戦闘と謀略《ぼうりやく》をまじえて敵将シユミットを撤退させ、ブリューヌに平和を取り戻したかに見えた。

王都ニースに帰還する途上で、月光の騎士軍は敵に襲われた。そして、戦いの末に敗れ去った。それが三日前のことだ。

ブリューヌ王国を覆《おお》う暗雲は、いまだに晴れる兆《きざ》しを見せずにいる。

謁見《えつけん》の間に現れたマスハス＝ローダントの姿を見て、廷臣《ていしん》たちは息を呑《の》んだ。灰色の髪と髭《ひげ》は乱れて奇妙な形に固まり、顔には疲労の色が濃く、ずんぐりとした身体《からだ》にまとった甲冑《かっちゅう》には血と泥がこびりついたままだったからだ。

玉座に腰を下ろしていたレギン王女と、彼女のそばに控えていた宰相《さいしょう》のピエール＝ボードワンも、呆然《ぼうぜん》としてとっさに言葉が出てこない。謁見の間に満ちていた春のあたたかな空気は、冷たく重い沈黙に押し潰されてしまったかのようだった。

　ここはブリューヌ王国の王都ニース。その王宮にある謁見の間だ。月光の騎士軍の総指揮官代理を務めるマスハスが姿を見せたのは、昼と呼ぶには一刻ばかり早いころだった。

　マスハスは真紅《しんく》の絨毯《じゅうたん》の上をまっすぐ歩き、しかるべき位置で足を止めて膝《ひざ》をつく。甲冑が、着用者の苦痛を代弁するかのようにがしゃりと鳴った。

「マスハス＝ローダント、参上いたしました。恐れ多くも殿下の前に敗残の身をさらしてしまい、面目次第もございませぬ」

　マスハスの言葉を聞いて、廷臣たちの間からかすかなざわめきが漏れる。

「月光の騎士軍は、本当に敗れたというのか……」

「だが、彼らはザクスタン軍を撃退したのではなかったか」

　このとき、王宮では二つの情報が交錯して混乱が起きていた。月光の騎士軍が戦に勝ったというものと、敗れたというものだ。

　どちらも正しい。ザクスタン軍を撤退させたときも、その数日後に敵に襲われて敗れたときも、マスハスはすぐに王宮へ伝令を走らせたからだ。正反対の報告を相次いで受けとった王宮が事態を判断しかねたのは、仕方のないことだった。

「ローダント伯爵《はくしゃく》。月光の騎士軍――あなたがたはザクスタン軍に勝利した。その後、ザクスタン軍とは何の関係もない敵と戦になり、敗れた。そのことに相違ありませんね？」

　レギンが問う。これは、廷臣たちに事態を把握《はあく》させるための質問だった。彼女自身は、いまさら確認するまでもなくわかっている。

「殿下のおっしゃる通りにございます。ザクスタン軍との戦《いくさ》の詳細も気になっておられると思いますが、我々が敗北を喫《きっ》した戦について、先にご報告いたしたく……。よろしいでしょうか」

マスハスの言葉に、レギンはうなずく。彼女としてはこの老伯爵《はくしゃく》をねぎらい、すぐにでも休むように言いたかったのだが、起こった事態を考えると、もう少しマスハスに無理をしてもらうしかなかった。

ザクスタン軍を撃退したあとも、月光の騎士軍《リューン・ルーメン》の兵力は三万以上だったはずだ。それが、一敗地にまみれたのである。レギンでなくとも気にならないはずはない。まして、レギンはブリューヌの統治者として、その敵に対処しなければならないのだ。

痛みを堪《こら》えるように大きく息をひとつ吐くと、マスハスは呼吸を整えて口を開いた。


三日前のことだ。ティグル率いる月光の騎士軍約三万四千の軍勢は、王都ニースへと続く街道を進んでいた。彼らは侵略者たるザクスタン軍を撃退した英雄であり、王都に着けば恩賞《おんしょう》にあずかり、祝宴《しゅくえん》の場においては主役となって称賛《しょうさん》を浴びるはずだった。

彼らの身に異変が起きたのは、とある川の近くで休息したときだ。川の水を飲んだ兵と馬が、突然苦しみだした。

川に、毒が流されていたのだ。

ティグルはすぐに川の水を飲むことを止《や》めさせたが、それでも全軍の二割近い六千の兵と、その半分ほどの馬が毒にやられた。

ティグルたちにも油断はあった。ザクスタン軍を退《しりぞ》け、それより前には王宮で起きた叛《はん》乱《らん》を鎮圧《ちんあつ》し、当面の敵はいなくなったと誰もが考えていたのだ。

また、毒を流されていた川は自分たちの勢力圏にあり、行きに利用したときは何も問題がなかったので安心していた。

毒といっても命を落とすようなものではなく、頭痛と発熱、下痢に長時間悩まされる類《たぐい》のものだったが、それでも毒にやられた兵は当座の戦力にはならない。

さらに、残り二万八千の兵は喉《のど》を潤《うるお》すことができず、渇《かわ》きに苦しむこととなった。手持ちの水を使いきったわけではないが、補充ができなかった以上は節約して使うしかない。

ティグルは補佐役のマスハスと話しあい、他の水場を求めて移動を開始した。何かあったときに備えて、大軍が利用できるような川の場所は調べてある。

行軍速度は、それまでの半分ほどになった。毒に冒《おか》された兵を交代で運んでいる上に、敵を警戒するようになったためだ。月光の騎士軍を標的として川に毒を流した者が、近くにいるはずだった。

日が暮れかけたころ、もうじき新たな水場に着くというところで、月光の騎士軍《リューンルーメン》の前に二千ほどの集団が現れた。彼らは必要以上にこちらに近づかず、ティグルのもとに使者を出して、自分たちはアンティガ子爵《ししやく》配下の兵だと名のった。

アンティガ子爵はここから西へ行ったところに領地を持つ地方貴族だが、領内にある川に毒を流され、兵を動かしてその犯人を追っているのだという。アンティガ子爵自身は己《おのれ》の領地を守っているためここにはおらず、従士長《じゆうしちよう》が二千の兵を統率しているとも。

「犯人を知っているのか？」

そうマスハスが尋ねると、アンティガ軍の使者ははっきりと答えた。

「コティヤール伯爵《はくしやく》の配下の者たちです。捕らえて問いただしたところ、あなたがた月光の騎士軍を苦しめるために川へ毒を流したと彼らは言いました」

ティグルとマスハスは顔を見合わせる。コティヤール伯爵について、マスハスは少しだけ知っていた。二年前の内乱においてはテナルディエ公爵《こうしやく》に従い、内乱後はレギン王女の統治に不満を持ち、メリザンドを支持していた男だ。

アンティガ軍の使者は、さらにティグルたちへ協力を求めてきた。

「月光の騎士軍がブリューヌの正義を示す存在ならば、お力添えをいただけませんか」

この要求を、ティグルは明確に拒絶した。月光の騎士軍はレギン王女の組織した混成軍であり、自分はそれを一時的に与えられているだけだと説明し、さらに食糧や物資の点からも予定外の行動をとる余裕がないと話した。

嘘《うそ》である。断った本当の理由は、彼らが信用できなかったからだ。使者の説明におかしな点は見られないが、この状況で現れたことがまず怪しい。

それに、ティグルもマスハスもアンティガ子爵に会ったことがない。

子爵は自分の領地にしか興味のない人物で、二年前の内乱でも早々に中立を表明して最後まで動かなかった。レギンがブリューヌの統治者となったときは、さすがに王宮に参上して忠誠を誓ったものの、すぐに己の領地へ帰ってしまったという。

貴族同士の交流についても、近隣の地方領主たちが中心で、北東にあるアルサスを治めているティグルや、北部にあるオードを治めているマスハスとは交流がなかった。

ティグルに断られたアンティガ軍の使者は、素直に引き下がりはしなかった。

「それでは、我が軍をしばらく同行させてもらえないでしょうか。見たところ、毒で苦しんでいる兵が数多くいるようです。彼らの手当てを手伝わせていただきたい」

これも、ティグルは断った。ただ、彼らが後からついてくることだけは止めなかった。追い払って姿が見えなくなるより、目に見える位置にいる方がいいと考えたからだ。

行軍を再開して半刻ほど過ぎたころ、目的の川が見えてきた。

敵も、川の近くに姿を現した。騎兵と歩兵が入り混じった、およそ八千の集団である。

彼らの掲《かか》げている軍旗は、コティヤール伯爵家のものだった。

川の近くは起伏の緩《ゆる》やかな草原が広がっており、離れたところに小さな丘陵《きゅうりょう》がいくつかあるぐらいだ。灰色の空の下、月光の騎士軍《リューンルーメン》とコティヤール軍は対峙《たいじ》する。沈みゆく夕日が草原を朱色に染め、川面《かわも》を銀色に輝かせていた。

後ろからついてきていたアンティガ子爵《ししゃく》の軍が月光の騎士軍に協力を申し出てきたが、ティグルはそっけなく断った。彼らの相手をしている暇などない。

ティグルは毒によって動けない六千の兵と、ザクスタン軍との戦《いくさ》で負った傷がまだ癒《い》えていない兵のうち、とくに重傷の三千を後方に下げて、彼らを守るために四千の兵を割《さ》いた。この四千の兵は、アンティガ軍の動きを監視する役目も負っている。

そうして一万三千の兵を戦場から外しても、月光の騎士軍は二万を超えていた。八千のコティヤール軍の倍以上である。

ただし、月光の騎士軍の兵たちは、ザクスタン軍との戦と、数日間に及ぶ戦後処理での疲労がまだ癒えていなかった。

ザクスタン軍がいなくなったあと、彼らは蹂躙《じゅうりん》された村や町をまわって補償を約束し、また、そうした村や町を狙《ねら》っている山賊や野盗《やとう》を討伐して治安回復に努めていたのだ。

問題は疲労だけではない。水を補充できなかったために、喉《のど》の渇《かわ》きを訴えている兵が少なくない。しかも、コティヤール軍は声をそろえて次のような言葉を叫んだ。

「この川にも毒を流してやったぞ！　好きなだけ飲んでいくがいい！」

負けじとティグルも兵たちを激励《げきれい》する。

「やつらは安全な水をどこかに用意しているはずだ！　打ち倒して奪いとれ！」

野盗の首領のようなもの言いだが、一定の効果はあって兵たちはいくらか持ち直した。

そうして両軍は激突したのだが、月光の騎士軍はおもわぬ苦戦を強《し》いられた。コティヤール軍の指揮官は、ティグルたちが驚くほど用兵が巧みだったのだ。

彼らは川を背にして背後をとられないようにしながら、自軍の形を柔軟《じゅうなん》に変えて月光の騎士軍の猛撃を受け止め、別働隊を使ってこちらの側面や背後を攻めたてた。

隊列が乱れているところや兵の動きが鈍《にぶ》いところをコティヤール軍は的確に見抜き、そこへ兵を集中させて、こちらの陣容を突き崩《くず》そうとする。また、後退してこちらの突出を誘っては左右から挟撃《きょうげき》し、月光の騎士軍の兵を次々に打ち倒していった。

川の水を引きこんでつくりあげた一時的な湿地に月光の騎士軍をおびきよせ、動きを鈍らせたところに投石の雨を浴びせるという攻撃まで、彼らは仕掛けてきた。待ちかまえていただけあって、よほど念入りに準備していたらしいとマスハスは唸《うな》らされた。

さらに、コティヤール軍は毒を多用した。数十人ほどの部隊が猛然と襲いかかってきたかと思えば、その武器にはすべて毒が塗られていた。致死性《ちしせい》のものではなく、目眩《めまい》や嘔吐《おうと》感を引き起こす類《たぐい》のものだが、即効性がある。

あとになってマスハスは思ったのだが、コティヤール軍の狙いは毒で月光の騎士軍を苦しめることではなく、こちらを怒らせて正常な判断力を奪うことにあったのだろう。最初の川に毒を投じたときから、それははじまっていたに違いない。メリザンドも叛乱《はんらん》を起こした際に毒を用いていたが、彼女とはまるで発想の異なる使い方だった。

ティグルやマスハス、エレンがいかに冷静な指示を出しても、その下で兵を率いる部隊長たちがまともに動かなければ軍は機能しない。猛《たけ》り狂って必要以上に突出しては敵に囲まれる部隊や、隙《すき》を突かれて狼狽《ろうばい》する部隊が続出した。

そうならなかった部隊も、動きがいいとはいえなかった。敵に先手をとられ続け、ぶつかりあいになれば押されてしまう。疲労と渇《かわ》きが、彼らの戦意を萎《な》えさせていた。

並の指揮官であればとうに軍を維持できなくなっていただろう。それでも、ティグルたちは粘《ねば》り強く指揮を執《と》った。そのまま戦いを続けていれば、苦戦を強《し》いられはしても、最後は物量の差で月光の騎士軍《リューンルーメン》が勝ったに違いない。

変化は、ティグルたちにとって悪い方に訪れた。それまで戦場の外で傍観者に徹《てっ》していたアンティガ子爵《ししゃく》の軍二千が、突然急進して月光の騎士軍に襲いかかったのである。それも、毒に冒《おか》され、あるいは傷を負って後方に下がっていた兵たちを、彼らは攻めた。

このとき、コティヤール軍は別働隊を何度も放《はな》って、後方の兵たちを攻める様子を盛んに見せていた。そのため、彼らを守る四千の兵たちはコティヤール軍を警戒し、アンティガ軍への注意がおろそかになっていた。その隙を突かれたのだ。

アンティガ軍は風上から火矢を次々に射放って、月光の騎士軍を火攻めにした。

彼らの弓の技術はそれほどでもなく、放たれた矢は四十アルシン（約四十メートル）飛んだかどうかというところだったが、炎は地面を覆《おお》う青々とした草を喰《く》らい、すさまじい速さで広がっていく。

火攻めは、風向き次第では味方を巻きこみかねない危険な策だが、アンティガ軍は恐れる様子もなく火矢を放ち続けた。炎と煙によって、四千の兵は混乱した。武器を捨てて逃げる者もいれば、動けない仲間を抱えて離れようとする者もいる。

アンティガ軍は、彼らに容赦なく襲いかかった。剣で肩口に斬《き》りつけ、斧《おの》で頭部を叩《たた》き割《わ》り、槍《やり》で背中から突き刺す。倒れている兵たちにも容赦なくとどめを刺していく。燃えさかる炎と飛び散る血が、アンティガ軍を興奮させた。

「やつら、共謀していたのか」

遠くからその惨状を目にした月光の騎士軍は、激怒した。そして、約五千の兵がティグルの命令もなしに動きだした。彼らは、仲間が毒に冒されたために部隊を維持できなくなり、同じ境遇の部隊と組むことで数をそろえた一団だった。

月光の騎士軍の中央部隊が、大きく乱れる。コティヤール軍はむろんこの変化を見逃さない。ティグルに再編成する余裕を与えず、深く切りこんで傷口を押し広げた。

両軍の勢いが、戦場の流れをつくりあげる。コティヤール軍が前進するほどに、月光の騎士軍は後退した。ひとり、またひとりと兵が武器を捨て、逃走をはじめ、月光の騎士軍《リューンルーメン》は急速に瓦解《がかい》していく。

コティヤール軍が月光の騎士軍の中央を貫いて突破に成功すると、もはやティグルでさえも戦列を立て直すことはできなくなっていた。月光の騎士軍は、ついに崩《くず》れる。

ティグルとマスハスは、敗北を認めた。戦うことを諦《あきら》めたのではない。まだ命令の行き渡る部隊を率いて、ひとりでも多くの味方を逃がすことに専念したのだ。

エレンもまた、ライトメリッツ軍の指揮をリムに任せ、彼女自身は軍の最後尾で銀閃《ぎんせん》を振るった。ときに馬首《ばしゅ》を巡らせて、猛追してくる敵兵らの中へ果敢《かかん》に斬《き》りこんでは、追撃を鈍《にぶ》らせた。

日が沈んで、地面を覆《おお》う草も見えなくなったころ、戦《いくさ》はようやく終わった。

月光の騎士軍は一万を超える数の兵を失った。そして――。

マスハスの報告に、廷臣《ていしん》のある者は呪詛《じゅそ》の言葉を吐き、またある者は慨嘆《がいたん》のため息を漏らす。川に毒を流した卑劣《ひれつ》な敵に、彼らは憤《いきどお》りを隠せなかった。

レギンも強烈な嫌悪感とともに怒りを募らせ、手を強く握りしめている。彼女のてのひらには爪《つめ》が深く食いこんで、血がにじんでいた。

先のメリザンドの叛乱《はんらん》においても毒が用いられ、王宮を守っていた多数の兵が苦しめられている。敵がとった手段はレギンにそのことをあらためて思い起こさせ、激昂《げきこう》させるのに充分すぎた。しかも、今度の場合はその川を利用する民たちまで被害にあうのだ。

マスハスは彼らの反応を見ても眉《まゆ》ひとつ動かさず、淡々と報告を続ける。

「──敗北の混乱の中で、総指揮官のティグルヴルムド＝ヴォルンと、ジスタート王国の戦姫《せんき》エレオノーラ＝ヴィルターリア殿が行方不明となり……」

老伯爵《はくしゃく》が言い終える前に、レギンはおもわず玉座から立ちあがっていた。その顔から感情が失われ、血の気が引いて白くなっている。

──ティグルが……。

ティグルが行方不明となったことは、伝令から聞いていた。それでも、レギンは何かの間違いだと思っていた。そうでなければ、一時的に見失っただけだと。

ムオジネル軍を退《しりぞ》け、テナルディエ公爵《こうしゃく》を討ち、メリザンドの魔手から自分を守り、いままたザクスタン軍を打ち倒したティグルが、たった一度の敗北でいなくなってしまうはずがないと、彼女は信じていたのだ。きっと、無事な姿を自分に見せてくれると。

「──殿下」

ボードワンがそっと声をかける。レギンはようやく我に返った。見れば、マスハスは報告を中断して、こちらの様子をうかがっている。廷臣たちもだ。

レギンは小さく息を吐くと、落ち着いた動作で玉座に座り直した。

「ローダント伯爵《はくしゃく》。続けてください」

マスハスは報告を再開する。ティグルたちが行方不明となったあと、マスハスは兵を四方に放《はな》って二人の行方をさがした。その一方で、二万一千にまで減った月光の騎士軍《リューンルーメン》をどうにか統率して、王都ニースに帰還したのだった。

マスハスが報告を終えるのを待って、レギンはゆっくりと口を開く。

「昨日の朝、月光の騎士軍を称する軍勢が王都近くに現れました。あなたが伝令を走らせてくれなかったら、みすみす彼らを王都に引き入れてしまっていたでしょう。あらためて感謝します」

レギンの言葉に、マスハスは無言で一礼した。

伝令を放って自分たちの敗北を王女に知らせたとき、マスハスはこう付け加えたのだ。

「我々を破った敵は、月光の騎士軍に偽装するやもしれませぬ。ただちに対策をお立てなさいますよう」と。それを聞いたレギンは宰相《さいしょう》のボードワンを呼び、王都を囲む城壁の門をすべて閉じるよう命じた。

かくして月光の騎士軍に偽装した軍勢は王都に入ることができず、何度か城壁に向かって呼びかけたのち、効果がないとわかると諦《あきら》めて去っていった。

本物の月光の騎士軍が王都に現れたのは、その翌日。すなわち今日の早朝だった。こちらはマスハスが先頭に立って呼びかけ、城壁にいたオージェ子爵《ししゃく》とその息子のジェラールが確認し、急いで城門のひとつを開いた。

そして、マスハスはその足でまっすぐ王宮に向かい、謁見《えっけん》の間に現れたのである。

「あなたがたを襲ったのはコティヤール伯爵の軍とアンティガ子爵の軍ということでしたが、間違いありませんか？」

レギンは慎重な口調で問いかけた。敵は、川に毒を流すことをためらわない者たちだ。月光の騎士軍にも偽装してレギンたちを欺《あざむ》こうとした。本当にコティヤール伯爵やアンティガ子爵の軍なのか疑わしい。

ここで対応を誤り、無用の敵を生みだしてしまうような真似《まね》は避けたかった。

マスハスは顔を上げ、主君の言葉に感じ入った様子で答える。

「まさに、そのことについて殿下に申しあげようと思っておりました。敵の兵を何人か捕らえたので尋問《じんもん》したところ、アンティガ子爵の兵というのは偽《いつわ》りのようです」

緊張に顔を引き締めて、マスハスはさらに続けた。

「しかし、コティヤール伯爵の兵については間違いありません。敵の大半は元騎士や山賊などですが、軍の中核をなしているのは伯爵の兵です。ただ、伯爵自身は病《やまい》によってすでにこの世になく、死に際にグレアスト侯爵《こうしゃく》に指揮権を渡したと」

「グレアスト……？」

思いもよらない名前が出てきたことに、レギンは目を瞠《みは》る。驚きと戸惑いが、王女の碧《あお》い瞳《ひとみ》に浮かんだ。ボードワンや廷臣《ていしん》たちも同様で、謁見《えっけん》の間はざわめきに包まれる。

グレアストは、二年前にブリューヌ王国で起きた内乱において、ガヌロン公爵《こうしゃく》に味方した男だ。彼はガヌロンから兵を預かり、テナルディエの軍勢を追い詰めた。だが、急遽《きゅうきょ》ガヌロンに呼びだされて軍から離れ、そのまま姿を消してしまったのだ。

グレアストがいなくなったあとのガヌロン軍は、テナルディエが戦陣に加えた五頭の竜によって壊滅《かいめつ》的な打撃を受け、潰走《かいそう》した。その知らせを受けたガヌロン公爵は己《おのれ》の屋敷がある都市アルテシウムに火を放《はな》ち、焼け崩《くず》れる屋敷と運命をともにしたという。

派閥《はばつ》の領袖《りょうしゅう》たる人物を失い、ガヌロンに従っていた者たちは散り散りとなった。当時のティグルが指揮していた銀の流星軍《シルヴミーティオ》に加わった者もいれば、他の勢力につく気にはなれず中立の立場をとった者もいる。

しかし、その中にグレアストの姿はなく、内乱が終わっても彼の行方は杳《よう》として知れなかった。グレアストは死んだものだと、誰もが思っていたのだ。グレアストが治めていたエヴルーの地はレギンが接収し、代官を派遣していた。

「――静粛《せいしゅく》に」

レギンのそばに控えていたボードワンが、一歩進みでる。吊《つ》り上《あ》がり気味の目が、廷臣たちをゆっくりと見回した。猫を思わせる丸みを帯びた顔の中の、横にぴんと伸びた髭《ひげ》の先端が小さく揺れている。

「皆様。驚かれる気持ちはわかりますが、殿下の御前ですぞ」

ボードワンは、先王ファーロンのころから宰相《さいしょう》を務《つと》めている。その眼光には、居並ぶ諸《しょ》侯《こう》や廷臣たちをおとなしくさせるだけの力があった。

謁見の間が静かになるのを見計らって、レギンは硬い表情でマスハスに尋ねる。

「ロードダント伯爵《はくしゃく》。あなたがたを破った敵を、指揮官の名をとって仮にグレアスト軍と呼びましょう。川に毒を流されなければ、彼らに勝てましたか？」

一呼吸ほどの間を置いて、マスハスは答えた。

「断言はできませぬ」

「ザクスタン軍を打ち倒したあなたがたの強さをもってしても？」

「グレアスト軍は兵こそ寄せ集めですが、指揮官たるグレアスト侯は恐ろしいほどの戦上《いくさ》手。知恵を絞り、手を尽くし、必勝の信念をもって立ち向かっても、容易に勝てる相手ではありませぬ」

レギンの質問に、この王女らしくないと内心で首をひねりつつも、マスハスは率直に己の考えを述べる。グレアストがとにかく尋常な相手ではないということを、わかってもらわなければならない。だが、臆病風《おくびょうかぜ》に吹かれたと思われるのもよくなかった。

「とはいえ、この老骨の胸のうちには怒りも、戦意も充分にございます。殿下のお許しをいただけるなら、ぜひとも我が手で敗戦の屈辱《くつじょく》を雪《すす》ぎたく」

レギンはすぐには言葉を返さず、何気なく左右に視線を巡らせて、それから再びマスハスを見下ろす。金髪の王女は、厳しい表情と声音《こわね》で告げた。

「いいでしょう。あなたに命じます。総指揮官代理として月光の騎士軍《リューンルーメン》を再編成し、ブリューヌの敵であるグレアスト軍を討ちなさい。また、ヴォルン伯爵《はくしゃく》とエレオノーラ殿の捜索も引き続き行うように。それまで、今度の敗北の責は問わないものとします」

マスハスは深く頭を下げた。レギンの意図を、彼はようやく理解したのだ。

ひとつは、グレアストを明確にブリューヌの敵と断言したことだ。グレアストの親族や知人の中には、彼をかばおうとする者がいるかもしれない。そうした行為を、レギンはこの言葉によって事前に封じこめたのだ。

もうひとつは、敗北の責を問わないという台詞《せりふ》。卑劣《ひれつ》な手段を使われたからとはいえ、月光の騎士軍が敗北したのは事実だ。廷臣《ていしん》の中には責任を追及すべきだと騒ぐ者も現れるだろう。彼女は機先を制して、そうした声が上がらないようにしたのである。

「ボードワン。ルテティアとエヴルーに、それぞれ使者を出しなさい。グレアストの目的と、彼に協力する可能性のある者を調べるのです」

ルテティアは、かつてガヌロンが治めていた地だ。グレアストが治めていたエヴルーと同様に、いまでは王家の直轄領《ちょっかつ》となっている。グレアストとガヌロンの関係を考えれば、ルテティアを調べるのは当然の処置だった。ボードワンはうやうやしく一礼する。

その後、マスハスはザクスタンとの戦《いくさ》について報告し、簡潔な言葉で勝利を讃《たた》えられたあと、謁見《えっけん》の間から退出した。

おそらくは、もっと言葉を尽くしてマスハスをねぎらいたかったのだろう。レギンは一瞬だけ申し訳なさそうな顔を老伯爵に見せた。

◎

謁見の間を出たマスハスは、宰相《さいしょう》のボードワンが用意してくれた客室で休息をとった。甲冑《かっちゅう》を脱ぎ、湯を運んでもらって身体《からだ》を拭《ふ》き、髭《ひげ》を整え、新たな服に着替える。それから、ベッドに横になってくつろいだ。酒は控えた。

そうして太陽が空のもっとも高い位置に昇ったころ、マスハスは起きあがって客室を出た。向かったのは会議に使う部屋だ。その部屋に窓はなく、壁は厚く、扉は二重になっていて、よほどの大声でも外に漏れないようになっている。

マスハスが部屋の中に入ると、他の者たちはすでにそろっており、楕円形《だえんけい》のテーブルを囲んでいた。テーブルの上に置かれた燭台《しょくだい》の炎が、彼らを照らしている。

ひとりは灰色の官服に身を包んだ、老宰相のボードワン。

その隣にいる、ひとのよさそうな笑みを浮かべた小柄な老人はユーグ＝オージェだ。マスハスやティグルの亡き父ウルスと親しかった間柄で、レギンを支えるブリューヌ貴族のひとりである。

艶《つや》のない金髪を頭の左側で結んで流している長身の娘はリムアリーシャ。エレンが行方不明となったあと、ライトメリッツ軍を束ねているのは彼女だった。

リムはいつものように愛想のない表情をしているが、彼女をよく知る者が見れば、その青い瞳《ひとみ》が不安で曇っているのがわかる。エレンのことを心配しているのだ。

リムの隣に座っているのは、青みがかった長い黒髪を持つ美女だ。色とりどりの薔薇《ばら》をあしらった純白のドレスに身を包み、純粋無垢《むく》な笑みを浮かべていた。彼女の後ろの壁には、禍々《まがまが》しいまでの凄味《すごみ》を帯びた長柄《ながえ》の大鎌《おおがま》が立てかけられている。

彼女の名はヴァレンティナ＝グリンカ＝エステス。エレンと同じくジスタートの戦姫《せんき》のひとりで、虚影の幻姫《ツェルヴィーデ》の異名を持つ。月光の騎士軍《リューンルーメン》では、オステローデ軍を統率していた。

彼女の後ろにある真紅《しんく》と漆黒で彩られた大鎌は、竜具《ヴィラルト》エザンディスだ。

マスハスが扉を閉めるのを待って、ボードワンがテーブルの上に地図を何枚か広げる。また、オージェが人数分用意されている銀杯に冷たい紅茶《チャイ》を注いでいった。

「待たせてしまったかな」

そう言いながらマスハスが空いている椅子に腰を下ろすと、オージェが首を横に振る。

「わしもいま来たところじゃ。——大変だったの」

オージェは目尻《めじり》に皺《しわ》を寄せて、友人をねぎらった。短い言葉の中に、慰《なぐさ》めと励まし、いたわりなどの想いがあふれている。マスハスはふてぶてしい笑みを浮かべた。

「なに、わし自身のことならたいしたことはない。話したいことはいろいろとあるがな。そのあたりはいずれ、ティグルもまじえて酒を飲みながらでも」

「そのヴォルン伯爵《はくしゃく》のことですが……」

ボードワンは厳しい表情でマスハスを見据える。

「実は行方不明などではなく、敵に捕らえられたエレオノーラ殿を救出すべく単騎で行動しているというのは本当なのですか？」

「ティグルまで行方不明だったら、殿下の御前であんなに落ち着いていられやせんよ」

当たり前だろうと言わんばかりの顔でマスハスは答えた。

「理由があってのこととはいえ主君を欺《あざむ》いたのですから、もう少し殊勝《しゅしょう》な態度をとるべきではありませんか、ローダント伯爵」

ボードワンの皮肉をマスハスは聞き流して、紅茶を一口飲んだ。老獪《ろうかい》な猫を思わせる顔つきの宰相《さいしょう》は、さらに言葉を続ける。

「いまさら言っても詮《せん》ないこととはいえ、なぜヴォルン伯爵にひとりで動くことを許したのです。彼はいまや、ブリューヌになくてはならぬ存在。そのことをわかっていないわけではないでしょう」

ボードワンの視線と声音《こわね》は批判を超えて糾弾《きゅうだん》の域に達しており、マスハスは憮然《ぶぜん》とした顔で応じた。

「ひとりで動くと言ったのは他ならぬティグルだ。わしはたしかに止めなかったが、言葉を尽くしても無駄だと思ったからだ。下手をすれば、黙って軍を離れかねんほどの気迫だった。そうなるぐらいなら行き先がわかる分、送りだす方がましだろうて」

老伯爵《はくしゃく》の言葉に偽《いつわ》りはない。もしも説得して止められるのならば、ティグルに対してマスハスが言葉を惜しむはずはなかった。

「そうだとしても、せめて偵察に優れた者を何人かつけるべきだったのでは」

なおも食い下がるボードワンに、マスハスは気にすることなどないというふうに笑う。

「おまえは狩人《かりゅうど》としてのティグルを知らんからな。野山を駆けまわるのであれば、あいつはひとりの方がいい。よほどの技量を持つ者でなければ足手まといにしかならんよ。リムアリーシャ殿もわしと同じ意見ではないかな」

「え？　ええ……。そ、そうですね」

不意に同意を求められたからか、リムは一瞬戸惑ったような顔を見せた。それから一呼吸ほどの間を置いて、何かを思いだしたように硬い笑みを浮かべる。

「そういえば、ライトメリッツにいたときも、山に入って三日間出てこないようなことが何度かありました。最初はこちらも心配したのですが、疲れた様子も見せずに狩りの獲物をぶらさげて帰ってくるのです。いつのまにか、私もエレオノーラ様も心配しなくなりました。いえ、ティッタは最初から平気な顔をしていましたね」

ティッタは、ティグルに仕えている侍女だ。愛らしい顔だちと明るい人柄に芯《しん》の強さを備えた少女で、今度のザクスタンとの戦《いくさ》においても、ティグルの身の回りの世話をするべく付き従っていた。幼いころからのティグルをよく知るひとりである。

「平気な顔ではなく、呆《あき》れていたのではないか。二日で帰ると言っては当然のような顔で三日後に帰ってきてティッタにお説教されるというのが、ティグルの日常だったからの」

マスハスが冗談めかした口調で言った。その光景が容易に想像できて、リムは相好《そうごう》を崩《くず》す。オージェとボードワン、ヴァレンティナまでもが微笑を浮かべた。

「そういうわけでな。見せかけの捜索隊を放《はな》ちはするが、基本的にあいつのことは放《ほう》っておいていい。いま、どこにいるかもわからんしな。グレアスト軍を追っていることは間違いないだろうが。──それで、どうかな。それらしい反応を見せた者はいたか？」

話題を変えてマスハスが聞くと、ボードワンは不機嫌そうに目を細め、オージェも肩をすくめてそれぞれうなずく。

謁見《えつけん》の間でマスハスがことの次第を報告し、レギンがそれに耳を傾《かたむ》けている間、彼女のそばに控えているボードワンは廷臣《ていしん》たちを見つめていた。オージェも、廷臣たちに混じって彼らの表情を観察していた。

グレアストとつながりのある者を見つけだすために。

二年前まで、グレアストはれっきとしたブリューヌ貴族だった。彼と交流があり、レギンに内心で反感を抱いている者が、ひそかに連絡をとっている可能性は決して低くない。

メリザンドの叛乱《はんらん》に協力した者たちと、コティヤール軍には、使い方に違いがあるとはいえ、毒を用いたという奇妙な共通点があるのも気になるところだった。

「私が気になった者は三人。以前から警戒していた者たちですが……。月光の騎士軍《リューンルーメン》の敗北についてあなたが話していたとき、その三人は怒るでもなく、すでに聞いたことがあるかのような顔をしていました」

「わしが怪しいと思ったのは二人じゃな。レギン殿下が玉座から立ちあがったとき、ほとんどの者は驚くか、殿下を気遣っておられた。だが、そやつらは笑っておった。してやったりというふうにな」

ボードワンとオージェは、それぞれ気になったという廷臣《ていしん》たちの名を挙《あ》げた。灰色の髭《ひげ》を撫《な》でながら、マスハスは悪党のような笑みを浮かべる。

「わしではなくティグルが報告していたら、あるいは殿下が事情を知っていて冷静に対応なさっていたら、敵は尻尾《しっぽ》を出さなかったかもしれんな。さて、ボードワンよ。その連中はしばらく泳がせておくのだろうな？」

「彼らがどうやって外と連絡をとっているか、知っておかなければなりません。それに、グレアストには、ヴォルン伯爵《はくしゃく》が行方不明だと思ってもらわなければ」

ティグルが行方不明だと聞いたら、グレアストはそれが真実かどうかをたしかめようとするだろう。そして、どうやらそうらしいという情報を得るはずだ。まさか、グレアスト軍を単独で追っているなどとは考えもしないに違いない。

それによってグレアストが少しでも油断してくれれば、ひとりで行動しているティグルに大きな助けとなる。

——しかし、ティグルもあの状況でよく考えついたものだ。

マスハスは内心で感嘆《かんたん》のつぶやきを漏らした。

ティグルが行方不明になったという報告をすることによって、グレアストに通じているであろう者を見つけだす。

この策を考えたのは、ティグルだった。それも月光の騎士軍が敗北し、エレンが行方不明になって誰もが動揺しているときに、彼はマスハスに語ってみせたのだ。

ティグルが単独で動きたがったのは己《おのれ》の手でエレンを助けるために違いない。

だが、ただそれだけを主張していたのであれば、いかに気迫にたじろいだとはいえ、マスハスが彼を送りだすことはなかった。冷静さを捨てていないと判断したからこそだ。

「ボードワンよ。たしかに殿下を欺《あざむ》くのは臣下としてやってはならぬことだが、敵は手強《てごわ》い。勝つためにも、そして殿下のためにも今度のことはやむを得ぬと、わしは思う」

「それだけの覚悟ができているのならば、よろしい。ことの次第を殿下に話してお叱《しか》りを受ける役目は、あなたにやっていただきます」

さらりと面倒な仕事をマスハスに押しつけると、ボードワンは慎重な口ぶりで聞いた。

「ところで、戦姫《せんき》殿がグレアスト軍に捕らえられたことについてですが……。今日までにグレアストから何かしらの要求はありましたか？」

「いいえ」

リムが力なく首を横に振る。声にも、青い瞳《ひとみ》にも、疲労と苛立《いらだ》ちがにじんでいた。ボードワンは不可解だと言いたげに自分の髭《ひげ》を撫《な》でる。

「我々に対しても、グレアストは何も言ってきておりません。昨日などはこの王都のすぐそばまで来ていたにもかかわらずです。戦姫たる方を虜囚《りょしゅう》としたのであれば、そのことを伝えてこないはずはないと思うのですが」

「私たちが嘘《うそ》を言っているとでも？」

リムが鋭《するど》い眼差《まなざ》しでボードワンを睨《にら》みつけた。腰に剣があれば、即座に抜き放《はな》っていそうな剣幕《けんまく》だ。

「捕虜にするつもりが誤って死なせてしまった、あるいは考えていた以上に傷つけてしまった。そのためにどうすべきか迷っているのかもしれませんね」

紅茶《チャイ》に口をつけながら、ヴァレンティナが涼しげな顔で言った。これには男性陣がぎょっとした顔になる。その可能性を考えつつも、言葉にするのは避けていたからだ。

リムに殺意を帯びた目を向けられても、黒髪の戦姫は表情を微塵《みじん》も変えなかった。わずかに首を動かし、紫色の瞳でリムの視線を冷ややかに受け止める。

「私は戦場に出るとき、最悪の事態を考え、覚悟もしています。エレオノーラも同様のはず。まして彼女は私と違い、兵たちの先頭に立って剣を振るっているのですから。それなのに、エレオノーラの副官たるあなたがそのようなことでどうするのです」

ヴァレンティナの口調はたしなめるというには冷淡すぎて、挑発しているようにすら聞こえた。リムは胸の奥に激しい怒りが湧《わ》きあがるのを感じたが、懸命《けんめい》に押し殺す。

黒髪の戦姫の言い方は気に入らないどころではないが、言っていることの正しさについてはリムも認めざるを得なかった。ここで反論すれば、彼女の言うエレンの覚悟を否定することにもなりかねない。

「……申し訳ありません、ヴァレンティナ様。失礼な真似《まね》をいたしました」

それからリムは、ボードワンにも謝罪の言葉を述べる。一国の宰相《さいしょう》に対して、さきほどの態度はあきらかに非礼だった。

「お気になさらず。主君の危機とあれば、なかなか冷静ではいられないものです」

そう言ってリムをなぐさめると、ボードワンは穏《おだ》やかな態度を崩《くず》さず話を戻す。

「グレアストのことですが……。戦姫《せんき》殿を捕らえたものの、どのように利用するか決めあぐねているため、まだ我々には何も言ってこない。ひとまずそのように仮定しておこうと思いますが、よろしいですか」

老宰相《さいしょう》の提案にリムは無言でうなずき、ヴァレンティナは微笑を浮かべて「それでかまわないかと」と答えた。

――いかんな。リムアリーシャ殿は思った以上に疲れておる。ライトメリッツ兵の統率は他の者に任せて、王都にいる間だけでも休んでもらった方がいいのかもしれん。

すっかり落ちこみ、うつむいているリムを見て、マスハスはそんなことを考えた。

ここにいる五人は知識も経験も豊富だったが、それでもグレアストが己《おのれ》の欲望のためだけにエレンを捕らえたのだと考えた者はひとりもいなかった。

正確には、オージェだけはその可能性に思い当たった。二年前にグレアストがエレンとはじめて会ったとき、老子爵《ししゃく》はティグルとともにその場にいたからだ。

だが、根拠となるものがそれだけでは口に出せるはずもない。エレンの安否を気遣うリムの心情を思えばなおさらだ。

それに、捕虜としてのエレンはあまりにも利用価値が高すぎた。ガヌロンの腹心を務《つと》められるだけの才覚を持つグレアストが、エレンをそうした取引に使わないはずがない。そう思ったのだ。

「エレオノーラ殿を救出する手立てについて、リムアリーシャ殿と、ヴァレンティナ殿には何かお考えはあるかな」

オージェが二人のジスタート人に尋ねる。リムは硬い表情でうつむき、ヴァレンティナもこのときはさすがに真面目《まじめ》な顔をして首を横に振った。

「情けない話ですが、いまのところはティグルヴルムド卿《きょう》に頼るしかない状態です」

リムが沈んだ表情でそう答え、ヴァレンティナも落ち着いた口調で言葉を紡《つむ》ぐ。

「敵がもしも、捕らえているエレオノーラを陣頭《じんとう》に押したててきたら、それだけで私たちは戦えなくなってしまうでしょう。かといって、救出するための部隊を編成してもヴォルン伯爵《はくしゃく》の邪魔になるだけ。うかつな真似《まね》はできません」

「いえ、こちらこそよけいな質問をして申し訳ない」

オージェは小さく頭を下げた。リムなどは、何か考えがあったら、とうに実行しているに違いない。ボードワンが不安そうに顔をしかめてマスハスに言った。

「グレアスト軍の動きはわかりますか？　昨日の朝、王都から離れたあとは……」

マスハスはテーブルに広げられた地図の一枚を手にとって、一番上に置く。ブリューヌ北部を中心に描いたものだ。グレアストの領地だったエヴルーと、ガヌロンが治めていたルテティアも地図の中に書かれている。

「偵察隊の報告によれば、主要な街道ではなく、いわば枝道にあたる街道を北へと進んでいるらしい。もっとも、昨日の夕方ごろの報告だがな」

地図に描かれているルテティアの文字を見ながら、オージェが聞いた。

「グレアストといえば……。ガヌロンが生きていたというのは、間違いないのか？　たしかに、二年前のあの死は突然すぎると思ったものじゃが」

マスハスは直接的には答えず、ヴァレンティナに視線を向ける。

「ヴァレンティナ殿。簡単にですが、ティグルから先日の話を聞いております。我々にも話していただけますかな」

メリザンドが叛乱《はんらん》を起こした日の夜のことだ。何の前触れもなく、ガヌロンは王宮に現れた。もっとも、彼の姿を確認した者は四人しかいない。ティグルと、マスハスの息子のガスパール、ジスタート人のルーリック、そしてヴァレンティナだ。

この中で、ガスパールとルーリックの二人はガヌロンによってすぐに気絶させられてしまい、詳しい事情を知らない。

ティグルは一応マスハスをはじめとする何人かに話はしたものの、具体的な対処の仕方については、ザクスタン軍との戦いが終わってから考えようと決めていた。ザクスタンという強敵を前に、他のことを考えている余裕などなかったのだ。

「いまの話から少し脱線してしまいますが……」

マスハスの視線を受けても動じる様子を見せず、ヴァレンティナは小首をかしげた。マスハスたちは迷わず首を縦に振る。

ガヌロンが生きていて、しかも最近王宮に現れたというからには、グレアストとつながっていると考えて間違いない。彼らの目的を知っておく必要があった。

ヴァレンティナは手にしていた銀杯をテーブルに置くと、オージェに視線を向ける。

「それでは、まずオージェ子爵《ししゃく》の疑問にお答えしましょう。ガヌロン公は生きています。叛乱が起きた日の夜、私は彼と会い、少しばかり言葉をかわしました」

「ティグルは突然ガヌロンに襲われ、あなたに助けられたと言っておったが」

マスハスがそう言うと、ヴァレンティナは微笑を浮かべて肯定した。

「ええ。騒ぎの原因が気になって、廊下を歩きまわっていたのです」

黒髪の戦姫《せんき》は身体《からだ》をひねって、後ろの壁に立てかけている大鎌《おおがま》へと視線を向ける。

「身体が弱いとはいえ、私も戦姫のひとり。この子がいれば、自分の身を守ることぐらいはできますから。そして、私は彼らに遭遇しました。ガヌロン公がいたことにも驚きましたが、彼が魔物だと知らされたときの衝撃は、それ以上でした」

魔物という単語がヴァレンティナの口から当たり前のように出てきたことに、マスハスとリムは驚きをもって、オージェとボードワンは戸惑いを隠せずに彼女を見つめた。

「失礼、戦姫殿。ひとつ確認したいのだが」

オージェが手を挙《あ》げて、ヴァレンティナに質問する。

「いま、魔物とおっしゃったが……。あなたがガヌロン公を見たとき、彼はどのような姿をしていたのじゃろうか」

「私の説明の仕方がよくなかったですね。外見は、私やあなたがたもよく知っているガヌロン公そのものです。目が三つも四つもあったり、角が生えていたりはしません」

「それなのに、あなたはガヌロン公が魔物だとわかったと」

オージェが質問を重ねると、ヴァレンティナは再び竜具《ヴィラルト》を振り返った。

「この子が教えてくれました。他の戦姫《せんき》から聞いたことがありますが、竜具には、魔物の存在を感知する力があるのです。近くにいればわかるというものでもないようですが」

オージェは「はあ」という間の抜けた声を返す。当然といえば、当然の反応だろう。ボードワンは、助けを求める視線をマスハスに向けた。

二人が何に戸惑っているのか、マスハスとリムにはよくわかる。魔物を実際に見たことがないオージェたちでは、魔物だといわれても具体的に想像できないのだ。まして、それが人間の姿のままだといわれては。

マスハスとリムは、ジスタート王国のルヴーシュでバーバ＝ヤガーという魔物と遭遇している。ティグルやエレンから話を聞いたこともある。だから、ヴァレンティナの話も驚きはあれど受け入れられる。

――あれは、実際に目にしなければ理解できるものではない。

マスハスは咳払《せきばら》いをして話を一度中断させると、オージェたちに話しかけた。

「のう、二人とも。小さなころに乳母《うば》の語ってくれた昔話や、吟遊詩人《ミネストレーリ》の詠《うた》う怪物の詩は覚えておるか。たとえば蛙《かえる》の怪物ヴォジャノーイ。箒《ほうき》の魔女バーバ＝ヤガー。白い悪鬼トルバラン。一匹ぐらいは思いだせんかな」

「……それらの怪物が、実際に存在するとでも？」

ボードワンが眉間《みけん》に何重もの皺《しわ》を刻ませて、馬鹿馬鹿《ばかばか》しいといいたげな顔をする。マスハスはずんぐりとした身体《からだ》を揺らして肩をすくめた。

「そこまではわからん。ただ、そういった怪物の名を称する、人間とは思えない力を持った輩《やから》がいるのは事実でな。――ヴァレンティナ殿」

マスハスは黒髪の戦姫に顔を向ける。

「魔物と呼んだからには、たとえ見てくれが人間のままだとしても、ガヌロンめは何かとんでもない力をあなたに見せつけたと思うのだが。たとえば空を飛ぶとか、口から炎を吐くとか、空から雷を降らせるとか……」

ヴァレンティナは紅茶《チャイ》を口につけながら、素直に感心したという目で老伯爵《はくしゃく》を見た。オージェたちの対応次第では、それを理由に説明を切りあげようかとも思っていたのだが、さすがに魔物を見たことのあるマスハスの態度は柔軟《じゅうなん》だった。彼の言葉に気を取り直して、オージェとボードワンも再び話を聞く姿勢を見せている。

「私が目にした、ガヌロン公の人間離れしている点は二つです」

銀杯を右手に持ったまま、ヴァレンティナは左手のひとさし指を立ててみせた。

「ひとつは、力です。鉄の甲冑《かっちゅう》を、それをまとった人間ごと、手で軽くつかむだけで簡単に握り潰していました。また、王宮の屋根を、獣のような速さで走りました。私の竜具《ヴィラルト》でも傷つけられなかったので、並の剣や槍《やり》では挑みかかっても無駄でしょう」

「なるほど。もうひとつは？」

マスハスは驚愕《きょうがく》に顔を青ざめさせたものの、真剣な顔で短く続きを促《うなが》す。

「もうひとつは、それこそおとぎ話のような力ですね。手から、これぐらいの大きさの火の玉を放《はな》ちます。火の玉は矢のような速さで飛んできます」

ヴァレンティナは両手を使って火の玉の大きさを表現してみせた。だいたい大人の頭ぐらいだろうか。

「私が見たものは以上です」とヴァレンティナが言うと、マスハスとオージェ、ボードワンは深刻な表情で黒髪の戦姫《せんき》を見つめていたが、やがて誰からともなく顔を見合わせた。

「それが、いまのガヌロン公というわけですか……。どうします？」

ボードワンが淡々とした口調で感想をつぶやき、他の二人に尋ねる。憮然《ぶぜん》とした顔で灰色の髭《ひげ》を撫《な》でながら、マスハスが答えた。

「どうもこうも、火の玉はともかく、剣が通らんといわれてはな……。そういえばガスパールのやつも、一瞬で剣が吹き飛んだ、わけがわからなかったと言っておったが」

「つまりは、神話で語られる英雄を相手にするようなものか。体力はどうなのかな。外見はわしらの知っておるガヌロンと同じだというのだし、数にものをいわせて攻めかかり、疲れさせることは可能じゃろうか。いい方法とはいえんが」

オージェの言葉に、マスハスが仕方ないといいたげにうなずく。

「それしかないいか。鎖で縛って……いや、鉄を握り潰せるなら鎖は意味がないな。いささかむごたらしい手だが、深い穴に落として、上から油をかけて焼き尽くすか」

「あるいは、重りをつけて深い湖なり沼なりに沈めるという方法もあるが……」

オージェがさらに案を出し、ボードワンが話をまとめた。

「実際にできるか、通用するかはともかく、いまはその二つで考えておきましょう。彼について、いまの私たちはすべてを知っているわけではありませんから」

老人たちのやりとりを見ながら、ヴァレンティナは吹きだしそうになるのを懸命《けんめい》に堪《こら》えている。今度は、彼女が呆《あき》れと感心の入り混じった想いを抱く番のようだった。

オージェもボードワンも、魔物と聞いて、とらえどころのない怪物を想像してしまったがために混乱したのだ。それが、マスハスのおかげで「超常的な力を持つ生き物」と認識し直した。

それだけならまだしも、彼らはその生き物と、本気で戦うつもりでいる。どう戦えばいいのかと途方に暮れることもなく、戦う前から諦《あきら》めることもせず、とりあえずにせよ対策を練《ね》って、立ち向かおうとしている。

この胆力《たんりょく》と不屈さこそが、内乱や敵国の侵攻をはねのけさせたに違いない。英雄として讃《たた》えられているのはティグルヴルムド＝ヴォルンだが、ブリューヌは彼ひとりの能力だけで数々の勝利を得てきたわけではないのだ。

「ヴァレンティナ殿。いくつか聞きたいことがあるのですが、よろしいでしょうか」

ボードワンが興味深げな目を黒髪の戦姫《せんき》に向ける。

「あなたは、その日にはじめてガヌロン公が……ひとならざるものだと知った、とおっしゃったが」

魔物と呼ぶことに、わずかながらためらいがあるらしい。ガヌロンをそのように形容して、猫顔の老宰相《さいしょう》は言葉を続ける。

「あなたとガヌロン公との交流は数年前までさかのぼるはず。それまで、一度も気づかなかったのでしょうか。それとも、そのころはまだガヌロン公は人間だったのですか？」

ブリューヌでも一、二を争う大貴族と、ジスタートにおいて国王に次ぐ地位である戦姫との交流だ。宰相であるボードワンが知らないはずはなかった。

ヴァレンティナはいくらか真面目《まじめ》な表情をつくって答える。

「おっしゃる通り、私とガヌロン公との交流は、五年前から二年前までのおよそ三年にわたります」

五年前、ヴァレンティナは自分の治めるオステローデをより豊かにすべく、ブリューヌとの交易を考えて、ガヌロンと接触した。

当時のガヌロンは、己《おのれ》の領地であるルテティアを中心として、とくにブリューヌ北部に強い影響力を持っていた。ジスタート北東部に公国を持つヴァレンティナがブリューヌとの交易を考えるなら、ガヌロンと親しくしておくのは当然の選択だったのだ。

「ですが、彼がそれらしい気配を見せたことは一度もなかったと思います。私のエザンディスも反応を見せませんでした。彼が魔物であることを隠し通していたのか、そのころはまだ人間だったのかはわかりませんが」

これは嘘《うそ》だった。ガヌロンとはじめて会ったその日に、エザンディスは彼に反応している。ヴァレンティナは相手が人外の魔物であると知りながら、交易を続けた。

竜具《ヴィラルト》がそう訴えているといっても、それは戦姫にしかわからない。目に見える証拠もないのに他国の公爵《こうしゃく》を魔物呼ばわりすれば、深刻な外交問題を招いただろう。

加えて、ガヌロンはヴァレンティナに正体を気づかれたことを薄々察しながらも、そのようなことはおくびにも出さなかった。交易に関しては大貴族らしいしたたかさを見せながらも、一貫してまともだった。

領主としてのガヌロンは暴力と恐怖で民を苦しめる残忍な男だったが、他国の貴族や商人にはそのような態度を見せたことはなく、交易相手としては何の問題もなかったのだ。

だが、それらの事実をヴァレンティナは一言も漏らさない。

かつて、太陽祭《マースレニツァ》の夜に開かれた会議の席で、ヴァレンティナは魔物については何も知らないという態度を通した。それに合わせるならば、ガヌロンの正体についてはそのあとに知ったことにしなければならない。

この場にティグルはおらず、戦姫《せんき》もヴァレンティナひとりだけだが、リムとマスハスあたりがティグルや他の戦姫に話すことは充分にありえることだった。

ボードワンは何度かうなずきながらヴァレンティナの言葉を聞いて、次の質問に移る。

「あなたは王宮に現れたガヌロンと言葉をかわしたと言いましたが、彼が何を考えているのか、その目的などを聞きだしていたら、教えていただけませんか」

言い終えて、ボードワンはようやく本題に戻ったという顔をした。彼だけでなく、オージェやマスハス、リムもだ。

この会議は、グレアスト軍とどう戦うかを話しあうためのものだ。ブリューヌにとってはガヌロンも討つべき敵であることに変わりはないので戦う術《すべ》を考えはしたが、ガヌロン自身がグレアスト軍の戦列に加わりでもしないかぎり、それは主題にはならない。

ヴァレンティナは記憶をさぐるように小首をかしげながら、老宰相《さいしょう》に答えた。

「ガヌロン公は何かをたくらんでいるようですが、それについては私もわかりません。ただ、この王宮に現れたときは、ヴォルン伯爵《はくしゃく》を狙《ねら》っていました」

「ティグルを？」

マスハスたちの表情が険しくなる。それまで黙って話を聞いていたリムも、愛想のない顔に微量の緊張を浮かべた。

底にわずかな紅茶《チャイ》が残った自分の銀杯を見つめながら、ヴァレンティナは答える。

「私は最近になって知ったのですが、ヴォルン伯爵の持つ弓には、私たちの竜具《ヴィラルト》と同じく魔物を退《しりぞ》ける力があるようです。おそらく、ガヌロン公はそれを狙ったのかと」

「自分を傷つけることのできる武器を奪うか、その使い手であるヴォルン伯爵を亡き者にしようとした、というあたりですか」

目を細めて首をひねるボードワンに、ヴァレンティナはうなずいた。

「あくまで推測ですけれど。結局、狙いを聞きだす前に逃げられてしまいましたから」

「しかし……」と、マスハスが腕組みをしてテーブル上の地図を眺める。

「ガヌロンの狙いがわからずじまいでは、グレアストの目的も、その動きから考えるしかないということか」

ガヌロンが人間ではないというのは、重要なことだろう。彼とヴァレンティナの関係についてもわかった。だが、言ってしまえばそれだけだ。

マスハスたちの方から頼んだことであって、ヴァレンティナに不満を述べるつもりはないが、グレアストの目的を読み解く手がかりにならなさそうなのは残念なことだった。

「ルテティアかエヴルーを目指しているのは間違いないじゃろうが……。いや、ガヌロンが生きていることがはっきりしたからには、やはりルテティアか」

オージェの視線は地図上のルテティアとエヴルーを忙しく行き来していたが、ルテティアで固定される。王都ニースからは歩いて七、八日の距離にある。

「ルテティアを攻め落として拠点とし、ガヌロンを盟主とした叛乱《はんらん》勢力をつくりあげる。敵の意図はそのようなところではないでしょうか」

リムの言葉に、マスハスたちは首肯《しゅこう》した。先の内乱から二年が過ぎて、ガヌロンにもグレアストにもかつてほどの求心力はないだろう。だが、メリザンド派の残党など、いままでもレギンに反発している者たちは、彼のもとに集《つど》うに違いない。

「グレアスト軍は王国の敵だと、殿下はおっしゃいました」

ボードワンが厳しい表情でマスハスを見る。

「ローダント伯爵《はくしゃく》。彼らがルテティアを攻める前に追いつき、討つことは可能ですか？」

「討つことは無理だが、ルテティアに近づけさせないことを第一の目的とし、守りに徹《てっ》して時間を稼ぐならば、そうさな……。兵の中から、軽傷で体力にも余裕のある者を七千まで選び、その者たちを明日まで休ませて英気を養わせ、明後日の朝にここを出れば」

ザクスタン軍との戦いの疲れが癒《い》えぬままに、月光の騎士軍《リューン・ルーメン》はグレアスト軍と戦い、敗れたのだ。そして、傷ついた身体《からだ》を引きずるようにして王都に帰還した。マスハスとしては、少なくとも五日は休息を与えてやりたい心境である。

だが、さすがに五日もグレアスト軍を放《ほう》っておいたらルテティアを奪われてしまう。いまでさえ、彼らは約一日分、先へ行っているのだ。

「こちらにとってありがたいのは、グレアスト軍がまっすぐルテティアに向かうことはできんだろうということだ。王都とルテティアの間には、ガヌロンに協力的でない諸侯《しょこう》の治める領地や、騎士団の駐留《ちゅうりゅう》する城砦《じょうさい》がある」

グレアストがいかに戦《いくさ》に強いとはいえ、戦えば損害は出る。時間もかかる。また、ルテティアを攻めるのであれば、それなりの準備が必要になるだろう。

「一方、我々は街道を通って最短の距離でルテティアに行ける。諸侯や騎士団に協力を求めながら。この差は大きいな。明後日の朝に出るなら、追いつけるじゃろう」

マスハスとオージェは顔を見合わせる。どうにか戦える算段はついた。

もちろん、グレアストが諸侯の領地などを強行突破してルテティアへ急ぐ可能性はあるが、そこは味方に期待してもよいはずだ。疲れきった兵を無理に歩かせて敵に追いついても、あっさり蹴散《けち》らされるだけだろうから。

「申し訳ありませんが――」

そのとき、ヴァレンティナが小さく手を挙《あ》げた。怪訝《けげん》な顔をするマスハスたちに、黒髪の戦姫《せんき》は穏《おだ》やかな態度と口調でさらりと告げる。

「私とオステローデの兵たちは、遅くとも明日の朝には王都を離れようと思っています」

会議室に静寂《せいじゃく》が訪れた。マスハスもリムも、オージェもボードワンも微動だにせず、唖《あ》然《ぜん》とした顔でヴァレンティナを見つめる。大きすぎる驚きと困惑とが、四人を彫像に変えてしまったかのようだった。

「そ、それは……それは、いったいどういうことかな。ヴァレンティナ殿」

十を数えるほどの時間が過ぎて、ようやくマスハスが声を絞りだす。舌をもつれさせるあたりに動揺のほどが見てとれた。

「どういうことと言われましても」

四人の視線を浴びても、ヴァレンティナは悠然とした態度を崩《くず》さない。

「私がここにいるのは、我が国の王ヴィクトール陛下のご命令によるものです。陛下のご命令は、ブリューヌに協力してザクスタンを討てというもの。それが終わったからにはブリューヌに留《とど》まる理由がありません」

この返答にはマスハスだけでなく、オージェやボードワンまでもが目を丸くする。

ヴァレンティナの言葉は無情のようだが正論であり、彼女の立場にしてみればもっともな主張だった。彼女は配下の兵に対してまず責任があり、よけいな戦《いくさ》に首を突っこんで彼らを危険にさらすような真似《まね》は避けるべきだからだ。

いち早く立ち直ったリムは、椅子から立ちあがり、ヴァレンティナに頭を下げる。

「ヴァレンティナ様！　お願いします。エレオノーラ様を助けるためにも、ここは……」

「リムアリーシャ。エレオノーラに対する私の評価は、すでに言ったはずですよ」

マスハスもまた、顔を真っ青にして勢いよく席を立った。ヴァレンティナの隣まで歩いてくると、リムと同じように深々と頭を下げる。

「あなたの言われることは正しい。それがわかった上で、お願いする。せめてグレアスト軍を討つまでの間、我々にご協力いただけぬか」

さらにはオージェとボードワンも立ちあがり、ヴァレンティナを見つめた。

「ジスタート王のお許しがなくてはというのであれば、わしがジスタートへ行く。ことの次第をご説明し、戦姫殿の行動の自由をいただいてこよう。だから、ここはお力添えをしていただけぬか」

そうオージェが言えば、ボードワンも真剣な表情でヴァレンティナに訴える。

「私からもお願いします。どうしてもというのであれば、何か条件を出していただくことはできませんか」

オステローデ軍の兵は約二千六百。ブリューヌの地を踏んだときには三千だったが、今日までの戦いで四百の兵を失っていた。

大軍ではないが、彼らはよく鍛《きた》えられており、ヴァレンティナの指揮に対して忠実に動き、勇敢に戦う。月光の騎士軍《リューンルーメン》にとっては決して手放せない二千六百だった。

さらに、ヴァレンティナの戦姫《せんき》としての名声も無視できない。

エレンが行方不明となっている現状で、もうひとりの戦姫がいなくなってしまえば、月光の騎士軍の士気は大きく低下し、逆に敵の戦意は高まるだろう。

また、これは絶対に口に出せないことだが、ボードワンとマスハスの胸中にはひとつの不安が生まれていた。

王都を離れたヴァレンティナは、グレアスト軍と合流するのではないかというものだ。

黒髪の戦姫とガヌロンがどのぐらい親しかったのかは、この場にいる者の中ではヴァレンティナ自身しか知らない。この場合、ガヌロンやグレアストの目的が明確にはわかっていないという点が、二人の中に恐怖を湧《わ》きあがらせるのだ。

しかし、四人に懇願《こんがん》されてもヴァレンティナは首を縦に振らなかった。

「みなさんに頭を下げさせるような真似《まね》をして申し訳ありません。ですが、もう私は決めていますので」

マスハスたちは、その場に立ち尽くす。彼女はジスタートの戦姫であり、たとえレギンであっても彼女に何かを強制することはできない。

――こうなれば、見苦しくすがりついてでも……。

マスハスはそう考えたが、動くことはできなかった。それによって彼女の機嫌をそこねてしまえば、すべてが終わってしまう。

　四人の視線をまるで意に介さず、ヴァレンティナはボードワンに笑顔を向ける。

「宰相殿《さいしょう》。通行許可証を用意していただけませんか」

「通行許可証……？」

　一国の宰相を長年務《つと》めてきた男が、芸もなく戦姫の言葉を繰り返した。ヴァレンティナは手を合わせて「ええ」と答える。

「私と兵たちは王都から北上し、ルテティアを通過して、北の沿岸にある港町からジスタートへ帰ります。いらぬ誤解を招くことは避けたいので」

　ボードワンは、とっさに言葉を返すことができなかった。

　通行許可証を持ったヴァレンティナがグレアストと行動をともにすれば、グレアストは堂々とルテティアの地を動きまわることができる。ブリューヌにとっては最悪の事態の到来だ。しかし、そのことを口にすればヴァレンティナを怒らせるのは間違いない。

　彼女の要求を上手《うま》くかわさなければならなかった。

「戦姫殿。さきほど我々が話しあっていた通り、ルテティアはこれから戦場となる地。あなたは戦《いくさ》になる前に通過しようと考えておられるようですが、何が起こるかわからぬのが世の中です。我々としては、あなたをむやみに危険にさらすことはいたしかねます」

「それは宰相殿のお考えですね？」

ボードワンが言い終えるのを待っていたかのように、ヴァレンティナは問いかける。老宰相《さいしょう》はわずかに顔をしかめたものの、泰然《たいぜん》とした態度でうなずいた。いったい何を言ってくる気かと心の中で身構える。

「宰相殿のお気遣いには感謝します。ですが、私も兵を早く帰らせてあげたいのです。お手数をかけますが、レギン殿下にお願いしていただけませんか？　殿下も承知できないとおっしゃるのであれば、そのときは兵ともども王都に滞在させていただきます」

ボードワンは何気ない仕草で髭《ひげ》を撫《な》でながら、ヴァレンティナの言葉をすばやく吟味した。彼女の要望をレギンに伝えることは何の問題もない。気になるのは、レギンはボードワンと異なる判断を下すだろうと、ヴァレンティナが考えているらしいことだ。

「わかりました。今日中に殿下からお答えをいただき、戦姫《せんき》殿にお伝えしましょう」

こうして何人かの心の中に苛立《いらだ》ちや焦《あせ》り、疑問を残して、会議は終わったのだった。

オージェとリム、ヴァレンティナの三人が会議室から退出したあとも、マスハスとボードワンの二人はまだ残っている。リムたちとともに部屋を出ようとしたマスハスに、ボードワンが声をかけて引き止めたのだ。

二人は会議のときと変わらず、テーブルを挟んで向かいあうように座っている。テーブルには空《から》になっている五つの銀杯と、何枚もの地図が広げられたままだ。

「あなたに協力してほしいことがあります」

率直に、ボードワンは言った。

「ティグルヴルムド＝ヴォルンを我が国の王としたい。できるだけ早く」

がたん、と椅子の揺れる音が室内に響く。マスハスが、腰を浮かせかけたのだ。老宰相の返答はたった一言だったが、老伯爵《はくしやく》を驚かせるのには充分すぎた。

「どれほどの厄介ごとを持ちかけてくるかと思ったら、想像以上じゃな。おぬしでなければ下手な冗談をと笑い飛ばしておるところだが……」

「本気ですよ。思いつきなどではなく、以前から考えていたことです」

ボードワンは、彼らしくないぶっきらぼうな口調で答えると、ため息をひとつついた。

「ただ、私としてはもっと時間をかけるつもりでした。彼には王宮に勤《つと》めてもらって戦場以外での実績を地道に積みあげ、若い貴族たちのまとめ役にもなってもらい、殿下といっしょにいる時間も少しずつ増やして、二人の仲を徐々に周知させていくというふうに」

「……言いたいことはいろいろとあるが、ひとまずは横に置いておくとしよう。ならば、なぜそうしない？　どうして急ぐ？」

まだ驚きから覚めやらぬといった表情でマスハスが尋ねる。ボードワンは眉間《みけん》に皺《しわ》を寄せ、不満そうに丸い頬《ほお》を一段とふくらませた。テーブルの上に広がっている地図の中の一枚を手にとる。周辺諸国を描いたものだ。

「ムオジネルから戦士として栄《は》えある称号を贈られ、ジスタートの国王と一対一で話をする機会をいただけるほどに高く評価され、ザクスタンの大軍を退《しりぞ》け、アスヴァールの次代の王と目されているタラード=グラム公爵《こうしゃく》と対等に交渉して、彼を味方につける……」

地図の中の諸国を指先で叩《たた》きながら、ボードワンは憮然《ぶぜん》とした顔になる。とくに危険だと彼が思っているのはアスヴァール王国だ。その立ち回りには節操がないが、結果として、今度の戦《いくさ》においてアスヴァールだけがほぼ無傷で立っている。

「もはや戦場での武勲《ぶくん》だけではない。今後の諸国との関係においても、ヴォルン伯爵《はくしゃく》の存在は重要なものとなるでしょう。しかも彼は若く、独り身です。ジスタートやアスヴァールなどが今後、縁談の話を持ちこんでくる可能性は大きい」

「まあ、それはあるかもしれんな……」

マスハスはげんなりした顔になる。以前、国内の諸貴族がティグルに見合いを申しこんだり、娘や姪《めい》を侍女見習いとして送りこんだりしようとしてきたことを思いだしたのだ。

「絶対に、とは言えません。ただ、そうした話を持ちこまれてからでは遅い。とくに怖いのは、断ったら今後の外交に支障が生じるような場合です。――さて」

ぴんと伸びた髭《ひげ》の先端を撫《な》でながら、ボードワンはしかつめらしい顔になる。

「レギン殿下の治世《ちせい》も二年。そろそろ、ご結婚について考えていただいてもよい時期でしょう。王族の結婚とは政略を優先させるべきものですが、現在のヴォルン伯爵ならばその点も申し分ない。何より、殿下は彼を好いておられる」

「殿下はそうだとしても……」

そこまで言ってから、マスハスはあることに思い当たって眉《まゆ》をひそめた。なぜ、ボードワンは突然このようなことを言いだしたのか。以前から考えていたというのは嘘《うそ》ではないだろうが、グレアストとの戦いが終わってからでもいいではないか。

――ティグルがエレオノーラ殿を想っていることに、気づいたのか。

いま、ティグルはエレンを助けるためにひとりで行動している。月光の騎士軍《リューンルーメン》の総指揮官としての責任感からではない。ひとりの若者として、ひとりの娘を強く想うがゆえだ。

ティグルとエレンにはそれぞれの立場があり、結ばれることはまずないだろうが、それでもボードワンとしては、レギンのために手を打っておきたいのだろう。

「殿下がティグルを好いておられるとしても、あいつはアルサスの領主で、名門の出でもない。輝かしい戦功があり、他国から評価されているとはいっても難しいのではないか。何より、あいつは剣も槍《やり》もいまだに使えず、弓だけを得意としておる」

「昨年までならともかく、家柄もよく血筋も正しい無難な者を王に、などという贅沢《ぜいたく》は、いまの我が国には許されません。戦に強く、外交の場でも諸国とわたりあえること。それが王に求められるものです。ヴォルン伯爵が剣や槍を使えないことを問題にしたり、ジスタートの傀儡《かいらい》であると疑ったりした者たちは、彼が叛乱《はんらん》を鎮圧《ちんあつ》し、殿下をお守りしたことでおとなしくしています。いまなら反論は少ない。それから、彼が亡きファーロン陛下より賜《たまわ》った月光の騎士《リユミエール》の称号についてはご存じか？」

ファーロンはレギンの父であり、先代のブリューヌ王だった人物だ。思いもかけぬ問いかけに、マスハスは怪訝《けげん》な顔をして首を横に振った。

「ずいぶん昔からありながら、授かった者の存在すら定かではないと聞いているが……。何か謂《い》われがあるのか？」

「百年近く前に、ひとりだけ賜った者がおります。その者は国王の娘を妻とし、次代の王となりました」

マスハスはぽかんと口を開ける。衝撃が、老伯爵《はくしやく》から一時的に言葉を奪った。

「そ、それなら、もっと知られていてもよさそうなものではないか……？」

どうにか気を取り直して質問をぶつけるが、老宰相《さいしよう》は動じることなく淡々と答える。

「国王の娘を妻にできるほどの者が、それだけしか称号を賜っていないと思いますか？その方は他にも多くの称号を賜り、さまざまな異名で呼ばれていたそうです」

「おぬしは時期を見計らってそのことを広め、ティグルと殿下が結ばれるのはファーロン陛下のご遺志であると叫ぶつもりか」

ボードワンは言葉を返さない。決意に満ちたその表情が何よりの答えだった。

マスハスは渋面《じゅうめん》をつくり、灰色の髭《ひげ》をかきむしるように強く撫《な》でまわす。

ティグルはきっと、よい王になるだろう。

彼にはよき統治者たらんとする意思があり、ひとの声に耳を傾《かたむ》ける度量もある。能力の不足はレギンやボードワン、マスハスらが補えばいい。

また、ティグルが王となれば、彼の信頼厚いマスハスの地位は盤石《ばんじゃく》なものとなり、ローダント家はおおいに栄えるだろう。マスハスは権力や権勢にそれほど興味を持たないが、ローダント家や、自分の治めるオードの地を繁栄させたいという望みは当然ある。

マスハスだけではない。オージェも、アルサスの人々も、いままでの戦いでティグルに付き従ってきた者たちも、その恩恵にあずかれるのだ。

だが、マスハスは苦笑を浮かべて首を横に振った。

「ボードワンよ。おぬしの考えはわかった。すまんが、わしは力を貸せん」

「理由を聞かせていただいても？」

老宰相の言葉に、老伯爵は満面の笑みでうなずく。

「あれの父親は、身寄りのない庭師の娘を妻とした男だ。貴族らしからぬ選択だったとわしも思うが、当人たちは幸せそうだった。そんなやつの友だった者としてはな、ティグルには愛する者と結ばれてほしいと思う」

「父親代わりというわけですか」

懐かしさとうらやましさ、それから若干の残念な気持ちが入り混じった複雑な微笑を、ボードワンは浮かべた。彼もウルスのことは知っている。

「それほど思いあがってはおらんよ。ただ、ティグルには己《おのれ》の信じる道を歩んでほしいというだけじゃ。本人が玉座を望むのであれば、わしは喜んでそのために力を尽くそう。だが、そうではないのなら、これ以上の重荷を背負わせたいとは思わん」

「……わかりました」

穏《おだ》やかな口調で言葉を返して、ボードワンは椅子から立ちあがった。

「ヴォルン伯爵《はくしゃく》の説得が上手《うま》くいったら、あらためてあなたに協力をお願いしましょう」

「せいぜいがんばるのだな」

マスハスも席を立ち、二人は会議室を出る。

それから数歩も行かないうちに、二人は大声で呼び止められた。振り返ると、ひとりの文官がこちらへ駆けてくる。そのただならぬ様子に、老宰相《さいしょう》と老伯爵は少し前までの穏やかな気分を消し去って顔を引き締めた。

「ボードワン様。それにローダント伯爵も……」

その文官は呼吸を整え、灰色の官服の乱れを直しながら懸命《けんめい》に報告する。

「南東の国境から知らせが……！　ムオジネルの大軍が攻めこんできたとのことです！」

マスハスとボードワンは、慄然《りつぜん》としてその場に立ち尽くした。

2　信じるということ

　王都ニースから北西へ一日ほど歩くと、なだらかな斜面を持つ丘が連《つら》なる一帯にさしかかる。すぐに抜けられるような小さな森が点在し、丘と丘の間を縫うように流れる川も細い。三ベルスタ（約三キロメートル）歩くごとに違う村が見えてくる、そんなところだ。

　中天を過ぎた太陽が穏やかな光を投げかける昼下がり、その一帯を細長く貫く街道を、一万近い数の男たちが長い列をつくって歩いていた。

　彼らの格好は不揃《ふぞろ》いで、槍《やり》と甲冑《かっちゅう》で武装した者もいれば、毛皮をまとい、身体《からだ》に鎖を巻きつけている者もいる。革鎧《かわよろい》を着こみ、腰に大鉈《おおなた》をぶら下げている者もいた。

　唯一、彼らに共通しているものといえば、暗くすさんだ雰囲気だ。奪うことや痛めつけることをためらわない凶暴な気配を、彼らは全身から放《はな》っている。

　彼らの総指揮官は、集団の最後方でゆっくりと進む二台の馬車のひとつに乗っていた。灰色の髪と整った顔だちを持つ男で、豪奢《ごうしゃ》な絹服に身を包み、大量のクッションに半ば埋もれるようにして寝転がっている。カロン＝アンクティル＝グレアストだ。

　コティヤール伯爵に仕えていた兵や、元騎士、山賊などで構成されているこの集団を、彼は二つのもので統率していた。

ひとつは、欲望の解放だ。月光の騎士軍《リューンルーメン》と戦う前に、グレアストはコティヤール伯爵《はくしやく》の領地にある村や町を容赦なく襲い、焼き、何人かをさらった。食糧や物資を補充し、兵の戦意を高め、コティヤール兵たちを精神的に追いつめて引き返せないようにするためだ。自分に従えば食事は保障され、略奪もできる。グレアストは兵たちにそう思わせた。

兵たちを従わせたもうひとつのものとは、恐怖だ。

あるとき、六人の兵士が見張りの役目中に軍を抜けだし、近くの村を襲った。家に火を放《はな》ち、村人を何人か殺害して、食糧と酒を奪ったのだ。

帰還した彼らを待っていたのは、グレアストの苛烈《かれつ》な処刑だった。

処刑する者の首に鉄の首輪をはめて、頭部全体を覆《おお》う鉄仮面をかぶせる。この鉄仮面は耳の上に一ヵ所だけ穴が開いており、その穴から水を限界まで注ぎこんで、ふたをする。刑を受けた者は呼吸ができず、何も見えず、声も出せず、踊るようにもがき苦しんで溺死するのだ。『仮面の踊り』とグレアストが名づけた処刑方法だった。

この処刑を見た兵たちは、誰もが顔を青くして一言も発することができなかった。略奪や殺害を楽しみ、女子供にまで躊躇《ちゆうちよ》なく剣を振りおろせる男たちが、たじろいだ。

死んだことを確認するために鉄仮面が外されると、死者の壮絶な顔を見て嘔吐《おうと》する者が続出した。この瞬間、彼らはグレアストに服従したのである。

「いささか不満だが、仕方ないか……」

クッションに埋もれて馬車の天井を見上げながら、グレアストは物憂《ものう》げに灰色の髪をかきまわす。彼に統率されたこの一万の兵たちは、北に向かっていた。

彼は「ブリューヌを可能なかぎり混乱させよ」とガヌロンに命じられて動いている。メリザンドに協力したのも、王国の宝剣たるデュランダルを盗んだのも、そのためだ。彼の純粋な欲望から生じたものは、エレンを捕らえたことだけといっていい。

グレアストの予定では、数日間は王都ニース周辺の村や町を襲って略奪を繰り返し、食糧を補充しつつ、レギンを挑発するはずだった。そのあとはルテティアを占領して、ブリューヌ北部を掌握《しょうあく》するのだ。

彼にその予定を変更させたのは、偵察隊がもたらしたムオジネル軍来襲の報告だった。

グレアストは偵察隊をいくつも編成して、丹念に情報を集め続けていたのだ。

グレアストはそれが事実かどうかをたしかめるべく、コティヤール兵たちを近くの城砦《じょうさい》や地方領主のもとへ向かわせた。直接確認させるにはブリューヌ南部は遠すぎる。行って戻ってくるだけでも十日近くを要するだろう。

「南東のアニエスの地は、レギン王女がジスタートにくれてやったはず。そのアニエスを突破して侵入を果たしたとすれば、ムオジネル軍の数はそうとうなものに違いない」

グレアストの命令を受けたコティヤール兵たちは、レギン王女配下の兵士を装って、彼らから話を聞きだすことに成功した。

ムオジネル軍が侵入してきたのは事実であり、その数は十万から十五万。彼らは南部の海岸沿いに進軍し、港町を次々に攻略しているという。

「こいつはまずいな」

ムオジネル軍は南部の港町群をおさえて海路を確保し、その上で王都ニースを目指すつもりなのだと、グレアストはすぐに見抜いた。

王都に張りついて略奪をしている余裕はない。早いうちにブリューヌ北部をおさえて守りを固める必要がある。

それが、グレアスト軍が王都ニースからすぐに離れ、北へ向かった理由だった。

グレアスト軍はまっすぐルテティアに向かうのではなく、主要な街道を避けて、ルテティアの南西にあるモントゥールという地を目指している。

モントゥールは、村と町をいくつか抱えているだけの小さな領地だ。現在の領主はヴァーノン＝ラスペード子爵《ししやく》というのだが、グレアストはこの男に貸しがあった。

二年前。ディナントの地でブリューヌ軍がジスタート軍に敗れ、当時はレグナス王子と称していたレギン王女が行方不明になったころのことだ。グレアストは「この若造に協力してやれ」とガヌロンに言われて、ヴァーノンに会った。

ヴァーノンはラスペード家の長男であり、いずれは家と爵位《しやくい》、領地を継ぐはずだった。

だが、父親が後継者に指名したのは次男のドニだった。

ヴァーノンは粗野な性格で、気に入らないことがあると領民を殴って憂《う》さ晴らしをしていた。気前はよく、戦士としての技量もたしかで戦場ではおおいに活躍したが、領民からは嫌われ、恐れられていたのだ。

「いつか改心するだろうと思って見守っていたが、諦《あきら》めるしかないようだ。おまえには何ひとつ継がせるつもりはない」

ヴァーノンの父であるラスペード子爵はそう言った。父の態度に怒り、そして困り果てたヴァーノンは、ガヌロンに泣きついたのだ。

事情を聞いたグレアストは、王家に対して反逆をくわだてたという容疑で、ラスペード子爵を捕らえた。拷問にかけて『炎の甲冑《かっちゅう》』という処刑法で殺害したあと、子爵は潔白であり、次男のドニが子爵家を継ぎたくて、父と兄に罪を着せようとしていたと発表した。

グレアストはヴァーノンにドニを捕らえるよう命じたが、ドニは領地から逃げて行方をくらませた。こうして、ヴァーノンは子爵家を継いだのである。

王宮に届けられた報告書はグレアストの手によるもので、ラスペード子爵が死亡し、長男のヴァーノンが後を継ぎ、次男のドニは失踪したとだけ書かれていた。ラスペードが反逆をくわだてたという記述さえ、そこにはなかった。

レギンがブリューヌの統治者になると、ヴァーノンは彼女に忠誠を誓い、目立つことを避けるように己《おのれ》の領地に引きこもった。また、いくらか自重《じちょう》することを覚え、領民にそれほど暴力を振るわなくもなった。

それでもブリューヌに平和が続いていれば、レギンかボードワンはラスペード家の爵位《しやくい》と領地継承における不審《ふしん》な点に気づいただろう。だが、彼女らの多忙な日々が、領主としてのヴァーノンの寿命を延《の》ばした。

グレアストにとって、ヴァーノンなどとるにたらぬ小物に過ぎない。ただ、モントゥールの地は、ルテティアを掌握《しようあく》するための拠点として理想的な位置にあった。

「モントゥールに着いたら、ヴァーノンの館を借りるか。ベッドの中で、エレオノーラ殿との関係をさらに一歩、深めるとしよう」

エレンは、もう一台の馬車に乗せられている。その馬車に近づいてよいのは、グレアストに命じられて彼女の世話をしている娘だけだった。とある村からさらってきた娘だ。

グレアストがエレンを捕らえてから、三日が過ぎている。灰色の髪の侯爵《こうしやく》は、初日と同様の行為を夜ごとエレンに繰り返していた。服の上から彼女の身体《からだ》をまさぐり、指や肩を舐《な》め、額や頬《ほお》に舌を押しつける。

時折、どうしても血がたぎり、気が昂《たか》ぶってその先まで踏みこんでしまいそうになったが、グレアストは自制した。至福の瞬間を、薄汚れた幕舎《ばくしや》や狭い馬車の中などで彼は迎えたくなかったのだ。

「しかし、ティグルヴルムド＝ヴォルンが行方不明とはな……。王都に帰還した月光の騎《リユーンル》士軍《ーメン》の数を聞いたかぎりでは、別働隊を率いているような気配はない。野垂《のた》れ死んだとは思えんが、どこで何をしているやら……」

グレアストは気づいていなかった。彼の率いる一万の軍から五百アルシン（約五百メートル）ほど離れた丘の斜面に、ひとりの若者がいることを。その若者が、グレアストがこまめに放《はな》っている偵察隊の目をかいくぐり、ときに地面に伏せたり、木や岩の陰《かげ》に隠れたりしながら、一定の距離を保《たも》ってグレアスト軍を追い続けていることを。

その若者の名は、ティグルヴルムド＝ヴォルンといった。

◎

ティグルがグレアスト軍を発見したのは、二日前の昼過ぎのことだった。

それからいままで、ティグルは彼らの様子を観察し続けている。彼らから目を離したのは、街道から外れた村や集落に立ち寄って食糧を買うときと、眠るときぐらいだ。

もしもティグルをよく知る者がいまの彼を見れば、驚きを禁じ得ないだろう。くすんだ赤い髪は粗末な鳥の巣のように乱れ放題で、顔は土と垢《あか》とで黒く汚れ、目の下には濃い隈《くま》があり、顎《あご》には無精髭《ぶしょうひげ》が目立つ。二つの眼だけが爛々《らんらん》と輝いて、飢えた獣を思わせた。着ている麻の服も土と垢とで黒ずんでおり、ところどころほつれている。腰に巻いている獣の毛皮が、野盗《やとう》じみた雰囲気を醸《かも》しだしていた。

マスハスたちと別れてひとりで行動してから、ティグルはろくに眠っていない。水で濡《ぬ》らした布で身体《からだ》を拭《ふ》くようなことすらしていない。そんなことは、すべて後回しだと思っていた。エレンを無事に助けだしてからだと。

実のところ、グレアスト軍の姿を見つけたとき、ティグルはおもわず黒弓に矢をつがえかけたものだった。毒に苦しんでいた兵たちや、敗北の混乱の中で逃げ崩《くず》れる味方の姿が若者の脳裏をよぎった。

そのまま暗い怒りに突き動かされて黒弓の力を使っていたら、多くの敵を吹き飛ばし、彼らに強烈な打撃と混乱を与えることができただろう。だが、同時に生き残った敵の反撃を招き、彼らを警戒させ、本来の目的を果たせなかったに違いない。

すんでのところで、ティグルは己《おのれ》の目的を思いだした。

彼がたったひとりでここにいるのは、エレンを救出するためだ。戦場で最後に見たエレンの笑顔と、必死に冷静さを保《たも》とうとしながらも「お願いします」と頭を下げてきたリムの落ちこんだ顔を思いだして、ティグルはかろうじて弓弦《ゆんづる》から指を放《はな》したのだった。

ちなみに、いまのティグルは馬に乗っていない。月光の騎士軍《リューンルーメン》から離れたときには乗っていたのだが、グレアスト軍を発見したあと、馬が目立つのではないかと考えて、立ち寄った集落で食糧と交換した。

グレアスト軍は歩兵が多いので、ティグルが彼らについていくのは難しくなかった。

「本当に寄せ集めというか、雑多な構成なんだな……」

草むらに隠れて五百アルシン先のグレアスト軍を睨《にら》みつけながら、ティグルは小さく息をつく。そんな彼らになぜ負けたのか。それについて考えることが、最近は多い。

後ろから追うだけでなく、茂みに隠れながら彼らの側面へと回りこんだり、夕闇《ゆうやみ》にまぎれてぎりぎりまで近づいたりと、ティグルはさまざまな角度や距離からグレアスト軍の様子をうかがっている。それでいて、グレアストが頻繁《ひんぱん》に派遣している偵察隊に見つかっていないのだから、驚異的な技量といえた。

戦ったときから思っていたのだが、彼らは装備が統一されていない。甲冑《かっちゅう》に身を固めた者もいれば、いまのティグルと変わらないような格好の者もいる。また、休息中や夜営をしているときなどは、言い争いや乱闘が絶《た》えない。常に酔っているような者もいる。

指揮官のグレアストは、そのあたりはどうも好きにやらせているようだった。肝心なところで命令に従えばいいと考えているのかもしれない。

ともかく、ティグルにとってはありがたい。つけいる隙《すき》があるということだからだ。

一万もいる仲間の顔をすべて覚えている兵などいない。顔さえ隠せば、闇夜《やみよ》にまぎれて潜りこみ、彼らの仲間のふりをすることはできそうだ。

――まず、エレンがどこにいるのかを突き止める。

そう決めると、ティグルは彼らから離れすぎないようにしつつ、日が暮れるのを待つことにした。

日が沈む少し前にグレアスト軍は行軍を止め、幕営を設置した。

グレアストは兵たちに命じて、二重に壕《ごう》を掘らせる。どちらの壕も浅いが、内側の壕の底には、切っ先を上に向けた剣や槍《やり》が埋めこまれていた。さらに、グレアストは二つの壕の間に幕舎《ばくしゃ》をいくつか設置させ、幕営の外から見えにくくする。

「いまの時点で王都から敵が現れることはないだろうが、手を打っておくに越したことはないからな」

夜襲をしかけてくる敵がいても、内側の壕で食い止めて時間を稼ぐことができれば、自分の指揮でいかようにも対処できる。それだけの自信がグレアストにはあった。

幕営のあちらこちらで兵たちが石を組んでかまどをつくり、火を熾《おこ》す。

食事はパンとスープだけだ。もっとも、スープは味が濃く、野菜と煮豆の他に肉も入っている。肉の種類は豚やウサギ、羊など雑多だが、兵たちは素直に喜んだ。パンは平たくて固いが、スープにつけて食べるとそれなりに腹はふくれる。

彼らが食事をはじめるころには日は完全に沈んで、地上に夜が訪れた。

かまどの火を囲んで食事や談笑に興じる兵たちの間を、ひとりの若者が歩いていく。空いている場所をさがすかのように、時折左右に視線を走らせながら。

この若者の正体は、ティグルだった。夜陰にまぎれ、何食わぬ顔をしてグレアスト軍の幕営に忍びこんだのだ。

いまのティグルは腰に巻いていた毛皮を頭からかぶって、顔の半分近くを隠している。その顔も土をなすりつけてさらに汚してあり、無精髭《ぶしょうひげ》もあって印象がまるで違う。ティグルの顔を知っている者でも、明るいところでじっくり見なければわからないだろう。薄汚れた服に革鎧《かわよろい》という格好も、この幕営において違和感のあるものではない。

ティグルはときどき足を止め、その場にしゃがみこんでは、彼らの話に耳を傾《かたむ》ける。彼らの中には最近まで山賊をやっていたという者もいれば、とある貴族に仕えていた騎士や兵士もいた。金銭で雇われたという傭兵《ようへい》もいる。

——思った通り、こいつらは部隊ごとにばらばらだ。

そして大半の者は、非道な行いをすることに何のためらいも持っていないようだった。コティヤール伯爵《はくしゃく》の領内にある村や町を襲い、住人たちを犯し、殺して食糧を調達したという話や、王都周辺では略奪ができなくて残念だという会話を耳にするたびにティグルは怒りを覚え、そのたびに自制心を発揮しなければならなかった。

エレンのことが何かわからないかと思っていると、こんな会話が聞こえた。

「そういえば、あの銀髪の女はどうなった？　あいつひとりのおかげで、俺の部下が半分以上死んだんだがな」

食事をしている兵のひとりが、思いだしたような口調で仲間に尋ねている。鉄片で補強された革鎧《かわよろい》を身につけており、傭兵《ようへい》らしき雰囲気をまとっていた。

彼の疑問に答えたのは、かまどを挟んで向かい側に座っている男だ。こちらは鈍色《にびいろ》の甲冑《かっちゅう》に身を包んでいる。貴族に仕えている兵士のようだった。

「やめておけ。あの女は総指揮官殿のお気に入りだ。鎖で縛って幕舎《ばくしゃ》の中に閉じこめ、毎晩可愛《かわい》がっているとさ」

ティグルはおもわずその男に声をかけそうになり、とっさに自分の口をおさえて喉元《のどもと》まで出かかった言葉を呑《の》みこむ。

──エレンだ。

銀髪の娘で、ひとりで何人もの敵を葬《ほうむ》り去ったという条件では彼女しか考えられない。

──エレンが捕らえられたというのは、もしかしたら思い違いだったのかもしれないと考えたこともあったが……。

グレアスト軍は、エレンを捕らえたと明言してはいない。戦場で傷つき倒れているエレンを、ティグルたちがついに見つけられなかったとか、何らかの形で彼女が命を落としたという可能性もあった。

だが、ティグルはエレンが敵に捕まったという考えを変えなかった。

理由のひとつは、エレンが敵軍に呑みこまれるのを見たという兵士たちの証言。

もうひとつは、二年前の、グレアストのエレンに対する態度を思いだしたからだ。

やはりエレンはグレアスト軍に捕らえられ、この幕営のどこかにいるのだ。

二人の会話に、焚《た》き火《び》を囲んでいる別の男が口を挟む。

「今朝、総指揮官殿に処刑されたやつがいただろう。その女の面《つら》を拝《おが》もうとして幕舎に近づいたから処刑なんだとさ。結局、取り押さえられて、中に入れなかったのにだぜ」

「この前の、鉄仮面の中に水を流しこむってのもそうとうなもんだったが、今回のもひどかったな。耳と足の指を切り落として、土といっしょに口の中に……」

その光景を思いだしたのか、彼らの間に重苦しい空気が漂う。

「……モントゥールだったか。早くそこに着きてえもんだな」

革鎧の男は肩をすくめて、話題を変えた。ティグルはそっとその場から離れる。

安堵《あんど》と緊張、不安と焦《あせ》りから心臓の鼓動が早くなる。エレンがいることがわかったのは喜ばしい。しかし、それ以外の情報は、呼吸が苦しくなるほどティグルの胸を強く締めつけた。グレアストのいびつさは、ティグルの想像をはるかに超えている。

――こんな構成の幕営なら、総指揮官の幕舎は中央にあるはずだ。だったら、エレンが閉じこめられている幕舎もその近くに……。

グレアストが、エレンに何をしているのか。それを想像するだけで、ティグルは怒りで自分を埋め尽くしてしまいそうになる。激情に身を任せて大声で叫びながら駆けまわり、黒弓の力を存分に解放し、矢を乱れ放《はな》って何もかもを消し去ってしまいたくなる。

その危険で獰猛《どうもう》な感情を、ティグルは理性という名のか細い鎖でかろうじてつなぎとめていた。目的は、あくまでエレンを救出することだ。

——最悪、エレンは自力で歩くこともできないだろうな。

つまり、ティグルは彼女を背負うなりして、一万の兵の囲みを突破しなければならないということだ。しかも、兵たちの話では、エレンを閉じこめている幕舎《ばくしゃ》に近づくだけで処刑されるらしい。

——どうする……?

そんなふうに考えながら歩いていたせいだろう。ティグルの持つ黒弓が、地面に座って食事をしていた男の頭に当たった。

そのことに気づかず歩き去ろうとしてしまったのが、失敗だった。

「待て、おい」

怒気をはらんだ野太い声が、若者の背中に叩《たた》きつけられる。

ティグルは足を止めた。無視して立ち去ろうかと思ったが、ここで騒ぎになって目立つのはまずい。それに、この手の喧嘩沙汰《けんかざた》はおもしろがって煽《あお》る者がどこにでもいる。

「……何だ」

仕方なく振り返ると、ひとりの男がこちらへ歩いてくるところだった。たくましい身体《からだ》つきをしており、ティグルより頭ひとつ分は背が高い。上半身は裸で、獣の毛皮をじかに着こんでいる。腰には荒縄を巻いて、短剣と手斧《ておの》を差していた。

男は獰猛な笑みを浮かべて、わざとらしく肩を揺らしながらティグルを見下ろす。

「おめぇのその小汚い弓が、俺の頭に当たったんだ」

ティグルは黙って男を見上げた。周囲の視線が、男と自分に集まってきているのがわかる。しかし、ティグルは彼らの期待に応《こた》えるつもりはまったくなかった。

「そいつはすまなかった」

小さく頭を下げる。踵《きびす》を返して今度こそ立ち去ろうとしたが、男は再び「おい」と居丈高な声を放ってティグルを呼び止めた。

「馬鹿にしてんのか？　そんなもんですむと思ってんのかよ、おめぇ」

ティグルは奥歯を噛《か》みしめて、苛立《いらだ》ちをおさえる。いっそ叩きのめした方が手っ取り早いかと思ったが、男の後ろに仲間らしき複数の人影が見えたので考えを変えた。

「どうしろというんだ」

「謝れ。地面に膝《ひざ》と手をついてな」

その言葉に、男の仲間たちがいっせいに笑う。まわりにいる兵たちもざわめいた。這《は》いつくばって謝罪しろと、男は言っているのだ。

ティグルは無言でその場に立ち尽くす。ここで相手の挑発に乗れば、間違いなく一対一の喧嘩《けんか》ではすまず、乱闘になるだろう。

もしも素顔をさらしてしまい、誰かがティグルに気づいたら、この場は逃げることができたとしてもすべてが終わる。グレアストはティグルを警戒し、見張りの数を増やすだろう。あるいは、彼しか知らないようなところへエレンを移すかもしれない。

ティグルはその場に膝《ひざ》をつく。弓を脇に置いて、両手と頭を地面につけた。

「すまなかった」

周囲から落胆と軽蔑《けいべつ》のため息が漏れる。「ふざけるな」「根性見せろ」などの罵倒《ばとう》が四方八方からティグルに浴びせられた。空《から》になった皿や空き瓶《びん》まで投げつけられる。

男も、ティグルの態度に失望したようだ。ティグルの後頭部に唾《つば》を吐きかけ、さらに、横に置かれていた黒い弓を踏みつけた。

ティグルの右手が地面を引っかいて、一握りの土を握りしめる。もう少しで若者は男の足元から弓を取りあげ、問答無用とばかりに殴りかかるところだった。エレンの名を心の中で何度も叫び、彼女の顔を脳裏に描いて、かろうじて理性をつなぎ止める。

幸いというべきだろう。男はそのことに気がつかなかった。

「しらけちまった。おめぇみたいな腰抜けはとっとと消えちまえ。戦場に出ても何の役にも立たねぇだろうよ」

男の足が弓から離れる。ティグルはすぐには弓に手を伸ばさず、男が立ち去るのを待った。その間も、嘲笑《ちようしよう》と罵声が若者に降り注いでいる。

男が仲間とともにいなくなり、ティグルは黒弓をつかんでよろよろと立ちあがった。背中を曲げ、顔を見られないようにうつむいて歩きだす。人目を避けるふうを装って幕舎《ばくしや》の陰《かげ》に飛びこんだ。

物陰から物陰へと移動し、見張りの兵たちに見つからないように幕営を出た。しばらく歩いて幕営を振り返り、かがり火の大きさから三百アルシンは離れただろうことを確認して、安堵《あんど》の息をつく。

「……ごめんな」

黒弓についた土を丁寧に落としながら、若者は謝った。今回はまったくティグルの不注意であって、自分が気をつけてさえいれば、弓を踏みつけられることはなかったのだ。黒弓は特殊な存在だから踏まれても問題ないというのとは、別の話である。

土を落とした黒弓を、頭にかぶっていた毛皮でゆっくりと拭《ふ》く。それが終わると、毛皮を地面に敷いて、ティグルはその上に寝転がった。

春から夏へと移り変わりつつあるいまの季節はありがたい。このまま寝ても風邪《かぜ》をひくようなことはないからだ。

とにかく今日はもう動かない方がいい。休もうと決めて、目を閉じる。

——問題は明日からどうするかだ。やつらの行軍を見るかぎり、昼間は手を出せない。そうなると夜なんだが……。

結論が出ないまま、睡魔《すいま》がティグルの意識を侵食していく。潜入と脱出は、考えていた以上にティグルの精神を消耗《しょうもう》させていたらしい。

いつのまにか、ティグルは寝息をたてはじめていた。闇《やみ》を背景に白く輝く月が、静かに若者を見下ろしている。

◎

ティグルが地面に寝転がって眠りについたころ、リムアリーシャはブリューヌの王宮にある、自分の部屋にいた。オージェが用意してくれた客室だ。

天井から吊《つ》り下がっているランプにはすでに明かりが灯《とも》されており、室内を照らしている。内装は緑を主とした落ち着きのある色調で、手入れも行き届いていた。

彼女がこの部屋に入ってきたのは少し前のことだが、それまで非常に多忙だった。いまはリムがライトメリッツ兵をまとめなければならず、食事をとる手間さえ惜しいほど、指示を出し、処理しなければならないことが多かったのだ。

彼女の心情と疲労を思いやったマスハスが休むようにと言ってくれたのだが、リムはそれを礼儀正しい態度で断り、自分にできる仕事はすべてかたづけていた。激務に、せめてもの救いを求めるかのように。

現在、ライトメリッツ兵の数は約千六百。彼らの大半は、王都にある宿屋のいくつかをまるごと借りて休んでいる。

宿の手配やそこまでの案内はオージェや、彼の息子のジェラールがやってくれているので任せればいいが、その兵たちの管理は自分たちの仕事だ。王都で騒ぎを起こさないよう厳命し、すぐにでも動けるよう備えさせなければならない。

敗北に加えて、エレン不在とあって、兵たちは苛立《いらだ》っている。彼らの主《あるじ》たる白銀の髪の戦姫《せんき》が敵に捕らえられたことはまだ一部の者にしか知らせていないが、薄々察している兵もいた。この状態が長引くようなら、いつかは知らせなければならないだろう。

王都に着くまでの間、ルーリックやアラムなどは何度もリムのもとに訪れ、エレンの捜索許可を願いでた。

「ティグルヴルムド卿《きよう》を信じていないわけではありませんが、戦姫様に従うライトメリッツの兵である私たちが何もしないというのは、やはり納得できません。どうか、軍を一時的に離れて行動する許可をいただきたい」

優れた弓の技量を持つ禿頭《とくとう》の騎士は、真剣な顔でそう言った。

「戦姫《せんき》様のお立場を考えれば、敵も丁重に扱ってはくれるんでしょう。ですが、俺たちの戦姫様が囚《とら》われの身になっているのを、指をくわえて見てるなんざ、あまりに不甲斐《ふがい》ないってもんじゃないですか。ティグルさんに及ばずとも、できることをしてえんですよ」

海狸《カストール》のようなと形容される、丸みを帯びた顔をした偵察兵もそう訴えた。

二人とも、ライトメリッツ兵の中でもティグルとはとくに親しい間柄にある。ルーリックなどは、ティグルに対する心酔を隠したことがない。

その二人でさえ、こうなのだ。他の兵士ならば、他国人のティグルなどには任せておけないと考えて勝手な行動をとりかねない。

リムは内心では二人に同調しつつも、なだめ、説得して宿へ帰したのだった。

「私だって……」

こうしてひとりになり、時間ができると、つい愚痴《ぐち》がこぼれ出る。

リムは腰の剣こそ鞘《さや》ごと外して壁に立てかけてはいたが、着替えるのも億劫《おっくう》だったので軍衣はまだ着たままだ。椅子に座ると、口から深いため息が漏れた。

――エレン……。

心の中で、エレンの名を愛称でつぶやく。部下たちの前では平静を装っていたものの、仕事をしている間、リムの頭からはエレンのことが離れなかった。いや、エレンが敵に捕らわれたと聞いたときからずうっとだ。

油断があった。エレンならば、敵陣に斬《き》りこんでも必ず帰ってくるという思いこみが。実際、白銀の髪の戦姫はいままで常にそれを成し遂げてきたのだ。だから、リムもつい許容してしまっていた。本来なら、力ずくでもエレンを止めるべきだったのに。

エレンを助けるために単独で行動しているティグルに嫉妬《しっと》し、自分にも山野を駆けまわれる力があればと痛切に思った。

「駄目ですね、まったく」

頭を振って雑念を払うと、リムは立ちあがる。考えなければならないことはたくさんあり、時間は有限なのだ。いまはエレンが無事であることを願い、ティグルが必ず彼女を助けだしてくれると信じて、自分にできることをしなければならなかった。

地図の写しを、テーブルに広げる。マスハスから借りたものだ。

グレアストの軍勢は、いまごろ王都ニースの脇を通って北へ向かっているのだろう。

──何かできることはないのか。

一刻も早く、エレンを助けるために。

たとえば、動けるライトメリッツ兵を率いて敵に夜襲をしかけることはできないか。ここはブリューヌだ。地形に詳しいのは敵の方だろう。

では、軍使を送って独自に敵と交渉するか。だが、敵がエレンのことなど知らないと突っぱねたら、それまでだ。昼の会議でも、そのことに触れていたではないか。

どれだけ熱心に地図を睨《にら》みつけても、現状の打開に役立ちそうな考えは一向に浮かばなかった。リム自身、冷静さを欠いている自覚はあるので、落ち着くようにと自分に言い聞かせているのだが、どうしても苛立《いらだ》ちと焦《あせ》りを募《つの》らせてしまう。

地図を眺めてかなりの時間が過ぎたころ、扉を外から叩《たた》く音がした。

リムは顔を上げて不思議そうに扉を眺める。王宮に勤《つと》めている者たちも夕食を終えるような時間に、誰だろうか。

「ルーリックでしょうか。それともマスハス卿《きょう》か……」

ティグルとエレンがいないこのときに、自分の部屋を訪ねてくる人物など他に思い浮かばない。立ちあがり、歩いていって扉を開ける。

そこに立っていたのは、栗色《くりいろ》の髪をポニーテールにした少女だった。黒い長袖《ながそで》の上着と足下まであるスカートの上に、白いエプロンをつけている。侍女のティッタだ。

「ティッタ。どうしたのですか？」

青い瞳《ひとみ》にわずかな驚きを浮かべて、リムはティッタを見下ろす。長身の彼女と、小柄なティッタとでは、頭ひとつ分近い身長差があった。

ティッタは思いつめた表情でリムを見上げていたが、はしばみ色の瞳に決意をにじませると、手に持っていたものをそっと差しだした。

「あの、リムアリーシャさんにこれを、と思って……」

ティッタの手にあるものを、リムは困惑した顔で見つめる。

それは、熊のぬいぐるみだった。毛皮の余りを縫いあわせて綿を詰めたもので、てのひらに載せたら少しはみ出るぐらいの大きさだ。

「これを私に？」

リムが尋ねると、ティッタはこくりとうなずいた。小さな手を握りしめ、背筋をまっすぐに伸ばして、ティッタは懸命《けんめい》に言葉を紡《つむ》ぐ。肺の中の空気をすべて吐きだすように。

「リムアリーシャさん。エレオノーラ様は、きっと無事です。絶対に、ティグル様が助けてくれます。だから……」

そこで言葉を詰まらせてしまい、ティッタは無言でリムを見上げる。彼女は、エレンが行方不明であることと、ティグルが単独行動をとっていることを知っている数少ないひとりだ。彼女のはしばみ色の瞳の輝きが、数ヵ月前の出来事をリムに思いださせた。

「……そうでしたね」

昨年の秋の終わりごろから冬にかけて、ティグルが行方不明だった時期がある。消息がわかるまでに、およそ二ヵ月かかった。

その二ヵ月間、ティッタは神殿に毎日通ってティグルの無事を神々に祈り続けていた。もちろん侍女としての仕事も欠かしてはいない。彼女は不安に苛《さいな》まれても、絶望に押し潰されはしなかったのだ。ティグルの所在がわかったときは、冬であるにもかかわらず旅に出ることを恐れなかった。

そんなティッタだからこそ、いまのリムの心境を想像できたのだろう。だから、こうして自分を訪ねてきてくれたのだ。

「ありがとうございます、ティッタ。大切にします」

ぬいぐるみを、リムは丁寧な手つきで受けとった。愛《いと》おしげな眼差《まなざ》しを注いで、そっと手で包みこむ。やわらかな毛皮の感触がてのひらに伝わった。

「あたし、こんなことぐらいしかできませんから。でも、リムアリーシャさんが喜んでくれたなら何よりです」

「いえ、私には最高の贈りものです。それから……私も、エレオノーラ様が無事であると信じています。もちろん、ティグルヴルムド卿《きょう》のことも」

その言葉を虚勢などではなく、自分の中のたしかな想いとして、リムは口にすることができた。もちろん、想像以上に状況が厳しいことはわかっている。エレンが無事である可能性はかぎりなく小さい。

それでも、希望を捨てたくはなかった。

現実から目を背《そむ》けるのではない。覚悟を抱きつつ、前を見据えて最善を尽くすのだ。

「ティッタ。いまは時間がとれませんが、いずれ、ぜひお礼をさせてください」

「はい。楽しみにしています」

もうだいじょうぶだと判断したのか、ティッタはそれ以上話を続けようとはしなかった。いま、時間は非常に貴重なものであることを彼女もわかっている。

リムは、ひとつだけ気になったことをティッタに尋ねた。

「レギン王女のご様子はいかがですか？」

今日、ティッタはレギンにお願いされて、何度か彼女の給仕を務《つと》めている。レギンは誰に対しても丁寧な態度で接するが、それでもブリューヌの王宮において、王女にじきじきにお願いされた侍女というのはティッタぐらいだろう。

「今日のレギン様はいつも以上にお忙しくて、ほとんどお話はできなかったんです……」

そう答えてから、ティッタは自分を責めるように表情を曇らせる。

「それに、あたしもティグル様のことをレギン様に知られちゃいけないって思うと、つい身構えてしまって……。あまり話しかけてほしくないって態度をとってしまったかもしれません。レギン様も、あたしに気を遣ってくださっているみたいで」

——それもそうですね。

リムは内心で納得した。ティグルは行方不明ということになっているのだ。ティッタが落ちこむのは当然で、彼女と親しいレギンは当然配慮するだろう。

——もしかしたら見抜かれたかもしれません。

ティッタは隠しごとが得意ではない。彼女ももちろんエレンのことを心配して胸を痛めており、その表情にいつもほどの明るさがないのはたしかだ。

だが、ティッタはティグルに絶対的な信頼を抱いている。さきほどリムを励ましたときの言葉も、彼女がそう信じているからこそのものだ。

――レギン殿下がそこに気づけば……。いえ、これはマスハス卿《きょう》にお任せしましょう。

「だいじょうぶですよ、ティッタ。こんなに王宮が慌《あわ》ただしくては、何もないのにぎくしゃくしてしまうことだってあります。あとはマスハス卿が上手《うま》くやってくれるでしょう。あなたはいつものようにレギン殿下に接してください」

微笑を浮かべて、リムはティッタの頭を軽く撫《な》でる。自分の方が四つも年上なのだ。励まされるだけでなく、彼女の不安を少しでも取り除いてあげたかった。

「ありがとうございます、リムアリーシャさん」

そう言って一礼すると、ティッタは廊下を歩いていく。一度だけこちらを振り返り、まだ戸口に立っていたリムを見て小さく手を振った。リムもぬいぐるみを持った手を振り返す。彼女の後ろ姿を見送りながら、扉を閉めた。

――熊に触ったのはひさしぶりな気がしますね。

実は、ザクスタンとの戦《いくさ》において、リムは熊のぬいぐるみをこっそり持ってきていた。いまティッタからもらったものと同じぐらいの大きさで、私物として携帯しても支障がないと判断してのことだ。

しかし、多忙さから荷袋の中にしまったまま、いつのまにか触らなくなっていた。エレンがグレアスト軍に捕らわれてからは、思いだすことさえなかった。

「おまえの名前も、ゆっくり考えるとしようか」

ぬいぐるみの感触を楽しみながら、リムは楽しげにつぶやく。テーブルの前に立って、再び地図に視線を落とした。

気持ちの切り替えができたからといっても、すぐに良案が浮かぶわけでもない。だが、リムはさきほどよりも余裕をもって地図を見ることができていた。

——エレオノーラ様。どうかご無事で。

心の中でそう言ったとき、彼女の抱える不安はいくらか小さなものになっていた。

◎

レギン＝エステル＝ロワール＝バスティアン＝ド＝シャルルは、執務室の椅子に座ってぼんやりとしていた。

彼女もまた、王宮にいる他の者たちと同様、多忙な一日を過ごしたひとりだった。マスハスの報告を聞き終えたあと、彼女は執務室でいつものように政務の処理をしていたのだが、そこへムオジネル軍侵攻の報がもたらされたのだ。

――メリザンドの叛乱《はんらん》も、ザクスタン軍の侵攻も解決したかと思えば……。

今度はグレアスト軍にムオジネル軍が、ブリューヌの国土を食い荒らそうとしている。経験を積んだ大人でも、すべてを投げ捨てて逃げだしたくなるような状況だった。

だが、統治者たるレギンがそうするわけにはいかない。

彼女は主だった官僚に集まるよう指示し、すぐに会議を開いた。ムオジネル軍の規模や行軍速度、侵攻状況を迅速に、かつできるだけ正確に調べるよう指示を出し、ムオジネル軍のもとへ向かわせる使者を選び、ブリューヌ南部の都市や町へも通達を出す。

ムオジネル軍の恐ろしいところはいくつもあるが、とくに厄介なのは都市や町の住人を奴隷《どれい》として連れ去っていく点だ。小さな町だと、徹底的に奪われ、破壊されたあとに、奴隷として役に立たないと見做《みな》された子供と老人しか残っていなかったという話もある。

そのため、南部にある都市や町には、降伏や逃亡をある程度認める必要があった。

戦略上の問題から徹底抗戦を命じなければならない都市もあるが、そうしたところには兵なり物資なりを送ってやらなければならない。

「物資はともかく、兵はどうすれば……」

今日の会議でも焦点となったのは、兵だった。二年前の内乱の傷もまだ充分に癒《い》えていないというのに、叛乱と侵攻が相次いで、多くの将兵が命を落としている。ひとりの人間が充分に育つには、一年や二年では足りない。

ムオジネル軍の数は十万から十五万だという。低く見積もりたいところだが、そんな甘い考えは通用しないだろう。こちらは十万の兵をそろえることすら不可能だというのに。

月光《リューン》の騎士軍《ルーメン》は、グレアスト軍に敗れてその数を二万一千にまで減らしている。ザクスタン軍との戦いが終わった時点では、負傷者を含めても三万四千の兵がいたというから、損害の大きさに目眩《めまい》がしそうだ。

この二万一千の中にはジスタート軍もいるため、ブリューヌ兵だけで計算し直したら、さらに減るだろう。しかも、彼らはこれからグレアスト軍と再戦するのであり、仮に圧勝したとしても損害がまったく出ないはずはない。

月光の騎士軍の他に、王都に常駐している兵が約一万五千。彼らの半分近くは王宮の警備を務《つと》めたり、王都を巡回して治安を守ったりしている者たちだ。彼らを動員するのは、それこそ王都が攻められたときになる。

傭兵《ようへい》を雇うという案も出たが、ムオジネル軍と戦うとわかっていて、どれだけ集まるのかが疑問だった。それに、国家の存亡がかかっているとはいえ、とにかく数を集めればよいということはしたくない。

性質《たち》の悪い傭兵は、王国に従っている村や町からさえも平気で略奪するからだ。外敵を退《しりぞ》けるために傭兵を雇ったはずが、その傭兵に国内を好き放題に荒らされたという国は大陸の歴史を振り返ればいくつもある。

他に、民兵を募《つの》れば四万はそろうだろうという試算も出た。数だけを見ればかなりのものに思えるが、練度《れんど》にはまったく期待できない。敵を前にして急に怖《お》じ気《け》づく可能性すらあった。こちらも、王都が攻められたときに頼るしかないだろう。

――もし兵をそろえることができたとしても、誰に指揮を任せれば……。

当然というべきか、今日中にすべてを処理することはできず、優先度の低い案件は明日以降へ先送りとなった。この状態はしばらく続くだろう。明日になれば、新たに処理しなければならない話が出てくるに違いない。

こうして執務室でぼうっとしているいまは、ささやかな休息というところだった。

「――ティグル」

愛《いと》しく思う若者の名を、レギンはつぶやいた。

「私をひとりにするなんて、ひどいじゃないですか」

その声音《こわね》は悲嘆にくれるというよりも、どこか愚痴《ぐち》めいた響きを帯びている。マスハスの報告を聞いたときは驚きのあまり何も考えられなくなっていたが、それでも彼女はティグルの生存を信じていた。

そして、膨大な量の政務を処理し、こうしてひとりになって落ち着いてみると、疑問に思えるところが出てきたのだ。

戦場におけるティグルやエレンの戦い方を、レギンはよく知っている。二年前の内乱において、レギンは総指揮官として彼らの戦いぶりを見ていたからだ。総指揮官といってももちろん飾りであり、実質的な指揮はマスハスに任せていたが。

エレンが敵軍の中に姿を消したというのは、わからなくもない。彼女は長剣を振るって積極的に敵陣へ斬《き》りこむような娘だ。その前後の説明も、マスハスは詳しく話していた。

一方、ティグルについてはどうだったろうか。グレアスト軍との戦いにおいて、ティグルは総指揮官であり、たとえばエレンのように兵たちの先頭に立って果敢《かかん》に攻めこむようなことはしていないはずだ。マスハスの報告にも、そのような話はなかった。

軍の中央もしくは後方にいる総指揮官が行方不明になるというのは、どういう状況なのか。そこまで攻めこまれるのを、ティグルやマスハスは見抜けなかったのだろうか。

グレアストの用兵が巧みで、本当に総指揮官のところまで攻めこまれたのだとしても、そのあたりの説明は曖昧《あいまい》だった気がする。負け戦《いくさ》だからといって、マスハスは自分の過失を認めず、言い逃れをするような男ではないはずだ。

さらにレギンが疑問を強めたのは、ティグルに仕える侍女であるティッタの態度だ。彼女はティグルに従って戦場まで行っているのだから、王都へ帰還するまでの間にいくらか立ち直ったと考えることもできるのだが。

——でも、引っかかりますね。

扉が外から叩《たた》かれたのは、そのときだ。執務室の外で見張りを務《つと》めている護衛のセレナが、扉越しにボードワンの来訪を告げた。

承諾《しょうだく》すると、猫顔の老宰相《さいしょう》が執務室に入ってきて一礼する。

ボードワンの用件は、黒髪の戦姫《せんき》ヴァレンティナのことだった。彼女が兵とともに王都を出てジスタートへ帰還したいと言っていると聞いて、さすがにレギンも驚いたが、ほどなく冷静さを取り戻す。

——彼女の言うことは間違っていませんが……。

エレンが積極的に敵陣へ飛びこんだからとはいえ、このままヴァレンティナがジスタートへ帰還すれば、戦友たる銀閃《シルヴフラウ》の風姫を見捨てたと非難されるのではないだろうか。マスハスの報告以外にも、戦場で何かあったのかもしれない。さきほど疑問に思ったティグルのことも含めて、もう一度話を聞いてみるべきだろう。

そう考えて、レギンはボードワンに尋ねた。

「宰相殿。ヴァレンティナ殿の件はひとまず横に置いて、あなたに相談したいことがあります。ティグルヴルムド卿《きょう》のことですが」

このとき、ボードワンは次のように聞き返してしまった。

「もうローダント伯爵《はくしゃく》から話を聞かれたのですか？」

レギンはきょとんとした顔で、さらに質問を返す。

「何のことですか？」

ボードワンがしまったという顔をした。万事に慎重な老宰相《さいしょう》にしては、珍しい失言だ。

もっとも、彼を責めるのはいささか酷といえるだろう。ついさきほどまで、彼もムオジネル軍に対処すべく動きまわっていたのだ。会議と会議の合間に、廊下を歩きながら文官へ次々と指示を出さなければならないほど忙しかったのである。また、この件については報告をマスハスに任せたという安心感もあった。

ボードワンは包み隠さず、ティグルが無事なことと、エレンを助けるために行動していることを説明する。レギンは感心した顔で最後まで聞いたあと、短く問いかけた。

「首謀者は誰ですか？」

「ローダント伯爵《はくしゃく》でございます」

「そうですか。伯爵には明日にでも詳しく事情を聞くとしましょう。楽しみですね」

満面の笑みを浮かべるレギンに、猫顔の老宰相は深々と頭を下げる。マスハスとて、ムオジネル軍の侵攻さえなければ、日が暮れる前にはレギンにことの次第を報告していただろう。ボードワンはそう思ったが、友人を弁護することはしなかった。

「でも、おかげでわかったように思えます。ヴァレンティナ殿の考えていることが」

安堵《あんど》の表情になって、レギンは言った。ボードワンは素直な驚きを顔に出す。

「どういうことでしょうか」

「おそらく、保険です。ヴァレンティナ殿は、ティグルヴルムド卿《きょう》をまだ信用していないのでしょう」

　たとえば、リムの統率するライトメリッツ軍がいまも協力の姿勢を見せているのは、ティグルがエレンを助けだすと信じているからだ。もしも彼女たちがティグルを信用していないのであれば、独自にエレンを救出すべく行動しているだろう。

「ヴァレンティナ殿の考えは、ティグルヴルムド卿がエレオノーラ殿の救出に失敗した場合に備えて、ルテティアへ先回りしておきたいというところではないでしょうか」

「殿下のおっしゃる通りやもしれませんが……。ヴァレンティナ殿が、この機会にグレアストと手を結ぶという可能性もございます」

　ボードワンは表情を厳しく引き締めて進言する。レギンの考えは、それこそヴァレンティナを信用しすぎているように思えたのだ。

　もしもヴァレンティナがグレアストに協力する姿勢を見せ、ルテティアに彼を迎え入れたら、ブリューヌは北部に強力きわまる敵を抱えることになる。さらにヴァレンティナの行動次第では、グレアストはジスタート王国という後ろ盾《だて》をも得るかもしれない。

　しかし、レギンは首を横に振って明快に否定した。

「ヴァレンティナ殿がグレアスト軍に味方することはないでしょう。彼女にその気があったら、グレアストと連絡をとって、もっと早く行動しているはずですから」

　たとえば月光の騎士軍《リューンルーメン》が敗れたとき。ヴァレンティナとオステローデ軍が、グレアストに協力すると叫んで月光の騎士軍《リューンルーメン》に襲いかかっていたら、月光の騎士軍は壊滅的《かいめつ》な損害を受けたに違いない。

また、グレアスト軍が月光の騎士軍と偽《いつわ》って王都に迫ったとき。彼らがヴァレンティナを伴っていたら、オージェたちは城門を開けてしまったことだろう。

「……たしかにその通りですな」

ボードワンは小さく息を吐いた。レギンが説明した二つの機会を逃してなお、ヴァレンティナがグレアスト軍に味方するとしたら、ルテティアへ行くとは言わないだろう。

『ムオジネルと戦うため、一時的にでもグレアスト軍と手を結ぶべきでは』という話を、レギンなりボードワンなりに持ちかけてくるのではないか。

そうすれば、彼女は両者の仲立ちをする使者として堂々とグレアスト軍を訪ねることができる。ブリューヌに兵が足りないことを、彼女は薄々気づいているだろうから。

いままでボードワンがそれらの点に思い至らなかったのは、ヴァレンティナがガヌロンと交流があったことと、ガヌロンが魔物であったということを知って警戒心が強くなりすぎたためだ。レギンの言葉と態度が、彼に普段の冷静さを取り戻させたのである。

「それに、宰相殿《さいしょう》。私はティグルヴルムド卿《きょう》を信じています」

突然ティグルの名が出てきて、ボードワンは目をしばたたかせる。レギンは口元にやわらかな微笑を浮かべた。

「彼はきっとエレオノーラ殿の救出に成功し、グレアスト軍を討つだろうと。もしもヴァレンティナ殿が何かをたくらんでいるとしても、ティグルヴルムド卿がいるかぎり、行動には移さないと思います」

レギンのまっすぐな言葉に、ボードワンは胸を打たれる思いで王女を見つめる。彼女の表情と声音《こわね》には、まばゆいばかりの信頼だけがあった。

「そうですな。ヴォルン伯爵《はくしゃく》なら……」

控えめにではあるが、ボードワンも同意する。空虚な期待ではない。ティグルには実績だけでなく、そう思わせるだけの何かがある。そうでなければ、ボードワンもティグルに王位をとまでは考えない。

そして、ヴァレンティナもティグルをただの青年貴族とは思っていないはずだ。

「それでは、通行許可証を発行してヴァレンティナ殿にお渡ししておきます。城門も、北の街道へ延《の》びているものを、朝を待って開けましょう」

「お願いします」

ボードワンにそう答えてから、レギンの頭にひとつの考えが浮かんだ。退出しようとした宰相を呼び止めて、王女は碧《あお》い瞳《ひとみ》にかすかな緊張と覚悟を漂わせながら口を開く。

「ムオジネルと戦うにあたって、思いついたことがあるのですが」

レギンの考えを聞かされたボードワンは、まず絶句した。次いで、身体《からだ》が震えだすのを感じた。

非常に危険な手だ。ひとつ間違えれば、今度こそブリューヌは滅ぶ。国土は思うがままに蹂躙《じゅうりん》されて荒廃《こうはい》し、二度と立ち直れなくなるに違いない。そうなる原因をつくったレギンは、無能で愚劣な統治者として非難されるだろう。

時間をかけてじっくり考えたいところだが、実行するならば一刻も早く決断しなければならない。そして、ブリューヌの現状を考えれば他に手はない。

ボードワンは深く息を吸い、そして吐くと、感嘆《かんたん》の眼差《まなざ》しで王女を見つめた。

彼には考えつかなかった手だ。先王ファーロンならばどうだろうか。思いついたとしても、決断にまでは至らなかったのではないか。

「……殿下。ひとつだけ、お伺いしてもよろしいでしょうか」

緊張を取り戻し、かつてないほどの真剣な顔つきでボードワンは訊《き》いた。

「非情に大胆な策であると思います。話してくださったということは、殿下はすでにご決断なさっているのだとも。何が……何が、殿下の背中を後押ししたのでしょうか」

レギンは微笑を浮かべて、彼女を決断させた、ただひとつの想いを答える。

「私はティグルを……ヴォルン伯爵《はくしゃく》を信じています」

ボードワンは息を呑《の》み、凝然《ぎょうぜん》と立ち尽くした。レギンの言葉の意味を、その重さを、老宰相《さいしょう》は正確に理解したのだ。そして、やはり自分には為《な》し得ない決断だったことも。

一呼吸分の間を置いて、冷静さを取り戻すと、ボードワンはうやうやしく一礼した。

「かしこまりました。ただちに手配いたしましょう」

◎

夜が明けて、ティグルが見上げた空は、灰色の分厚い雲に覆《おお》われていた。いつ雨が降ってもおかしくないと思えるほどに雲は低く垂れこめており、空気も昨日より肌寒い。

──昨日までは晴れていたんだがな……。

まぶたを指で軽く揉《も》みながら、身体《からだ》を起こす。ひとりで行動してから、ティグルが満足に眠れたことは一度もなかったが、この日もそうだった。

ひとつには、野犬や狼《おおかみ》を警戒して眠りが浅くなるからだ。

山に入って数日間狩りをするときも似たような状態になるが、その場合は身体を休める場所を選ぶことができる。地元の猟師が使う山小屋を借りてもいいし、天然の洞窟を利用するという手もあった。

今回は、そうはいかない。気づかれないようにグレアスト軍を追い続けながら、隙《すき》をうかがう毎日だ。場所を選ぶこともできなければ、火を熾《おこ》すこともできなかった。

野犬も大軍に向かっていくことはせず、ティグルのようにひとりで動いている獲物を狙《ねら》う。気の休まる暇がなかった。

そして、眠りが浅いからだろうが、ろくでもない夢を見る。毒入りの水を飲む夢だったり、戦《いくさ》に負ける夢だったり、エレンを何者かに連れ去られる夢だったりした。その夢にうなされて飛び起きると、身体中《からだじゅう》に汗をかいており、疲労感がのしかかる。

それでも、ティグルは気力で身体を動かす。もう一度グレアスト軍の幕営に潜りこみ、エレンを救出する。そのことだけを考えていた。

五百アルシン先で、グレアスト軍が朝食をとりはじめる。煙が幾筋も立ちのぼっているのは、火を熾《おこ》してスープでもつくっているのだろう。そんなことに腹を立てながら、ティグルは朝食をすませる。干し肉とパン、干し野菜に水という簡素なものだ。

干し肉は鹿《しか》の肉を薄く切って燻《いぶ》したもので、たっぷりと塩が使われている。やや匂《にお》いが鼻につくが、かじっている間は塩味もあってものを食べているという満足感が得られた。

パンがあまりに味気ないので、干し野菜を挟んで食べる。いくらかはましな食感になった。最後に水を飲む。

グレアスト軍はまだ食事をしていた。立ちのぼる煙は減っているが、すべて消えてはいない。彼らが食事をすませ、かたづけをして荷物をまとめ、出発するまでには半刻以上の時間がかかることを、ティグルは数日間の観察によって知っていた。

ティグルは自分の荷物を確認し、いつでも動ける状態であることを確認すると、地面に寝そべる。その頬に、水滴が当たって弾けた。

雨だ。ティグルは慌てて身体を起こし、毛皮を頭にかぶる。矢筒に覆いをかぶせた。弓も何かで包んでやりたかったが、適当なものがない。

「すぐにやんでくれるといいんだが……」

弓を抱えるように持って、ティグルは天を仰《あお》ぐ。しかし、無情にも雨は激しさを増していった。地面がぬかるみに変わり、空気は冷たくなって、視界も悪くなる。

「まずいな」

悪態をつきながらも、ティグルは自分の荷物からすばやく水用の革袋を取りだした。水を補充しながら、少しずつグレアスト軍に近づいていく。

おもいきって二百アルシンまで距離を縮めると、グレアスト軍の幕営が見えた。見張りの兵以外は幕舎《ばくしゃ》の中に入ったようだ。しばらく様子を見るつもりだろう。

――俺もどこかに避難しないと。

毛皮をかぶり、外套《がいとう》を羽織っているとはいえ、このまま草原に立って雨に打たれていては、寒さで体力を消耗《しょうもう》する。毛皮や外套の隙間《すきま》から入りこんだ雨が、汗とともに服を濡《ぬ》らして身体から熱を奪う。木陰にでも入って雨宿りをする必要があった。

――やつらがあの様子なら、一刻、いや二刻は離れてもだいじょうぶだろう。

雨は行軍を鈍《にぶ》らせる。それだけではない、もしグレアスト軍が進路を変えたとしても、ティグルは地面に残る彼らの足跡をたどって追いかけることができるのだ。

ティグルはその場から離れ、すぐ近くの丘を駆けあがった。頂上からぐるりとまわりを見下ろして、森と呼ぶには小さすぎるほどの木々の集まりを発見する。

「あそこにしよう」

息を弾ませて斜面を駆け下り、ティグルは木々の中へと飛びこんだ。豊かに伸びた枝葉が雨を遮《さえぎ》ってくれて、ようやく一息つく。荷袋から布を取りだして弓を拭《ふ》いた。

——やつらは丘の向こうだ。火を熾《おこ》しても問題はないか？

この寒さで腹を下《くだ》すようなことがあっては目も当てられない。いままでは見つかることを恐れて、なるべく火を熾さないようにしてきたが、ここならばだいじょうぶだろう。そう考えたときだった。

不意に、ティグルの背筋を悪寒が走り抜ける。若者は担いでいた荷袋を地面に落とし、黒弓をかまえて木々の奥を凝視《ぎょうし》した。右手は矢筒《やづつ》へと伸びて、矢を抜きかけている。

何か恐ろしいものがいる。こちらへ、ゆっくりと近づいてくる。

——獣の類《たぐい》じゃない。この感覚は……。

ここから逃げるか、隠れるべきだ。そう思ったが、身体《からだ》が動かなかった。下手に動けば相手に隙《すき》を見せることとなる。それに、やはりティグルは疲れていた。考えてから決断するまでに、わずかな迷いが生まれていたのだ。

十数歩ほど離れた木の陰《かげ》から、ひとりの若い男が姿を見せた。中肉中背で、短い黒髪に緑色の布を大雑把《おおざっぱ》に巻きつけており、襟《えり》や袖《そで》に毛皮をあしらった厚手の服を着ている。奇妙なことに、彼の髪も、服も、雨に濡《ぬ》れてはいなかった。

「ヴォジャノーイ……」

ティグルの口から戦慄《せんりつ》を帯びたつぶやきが漏れる。それは、昔話に出てくる蛙《かえる》の怪物の名だ。男は嬉《うれ》しそうな笑みを浮かべた。

「僕の名前を覚えていてくれたんだ。ひさしぶりだね、少年。いや、もう青年と呼ぶべきかな。人間は成長が早い」

ティグルは言葉を返さず、ヴォジャノーイを見据えながら黒弓に矢をつがえる。陽気そうな若者に見えるが、この男は人間ではない。魔物だ。

ティグルがこの魔物と対峙《たいじ》するのは、これが三度目だった。

一度目は二年前。ムオジネル軍を撃退した直後にティグルの前に現れ、いずこかへ連れ去ろうとして襲いかかってきた。そのときはジスタートの戦姫《せんき》リュドミラ＝ルリエの協力もあって撃退できたが、ひとりではなすすべもなく倒されていただろう。

二度目は数ヵ月前。バーバ＝ヤガーとの戦いの最中に突然現れた。もっとも、そのときにこの魔物と戦ったのはティグルではなくエレンだ。

ティグルと戦姫たちにとって、ヴォジャノーイは因縁の敵ともいうべき存在だった。

「何の用だ、とは聞かないんだね。わかっているからかな」

楽しげに話しかけながら、ヴォジャノーイはゆっくりとこちらへ歩いてくる。ティグルは歯を食いしばって緊張に耐え、呼吸を整えた。

両者の間には充分な距離があり、ヴォジャノーイの手に武器らしきものはない。

それでも、ティグルは気を抜くことができなかった。ヴォジャノーイの身体能力を考えると、この程度の距離など一瞬で詰めてくるだろう。また、彼の身体《からだ》は竜具《ヴィラルト》とぶつかりあえるほどに頑丈で、その舌は異様に長く伸びる。口から酸のようなものも吐いたはずだ。ティグルは黒弓の『力』に頼らなければ、ヴォジャノーイにかすり傷さえもつけることができない。

空気の流れのかすかな変化を、肌が捉える。ティグルは地面を蹴《け》って横に跳んだ。同時に、耳元で何かが弾《はじ》けるような音が鳴り響く。

大気がかき乱され、それに伴って雨が不規則にまき散らされた。ヴォジャノーイの姿は空中にあり、一瞬前までティグルがいた空間を右腕で薙《な》ぎ払《はら》っている。そのまま立っていたら、左腕を肩から引きちぎられていたに違いない。

ティグルは地面に倒れたものの、すぐに身体を起こした。木々に隠れるように、右へ左へと駆ける。いまはとにかく、ヴォジャノーイと距離をとる必要があった。

ティグルの左手は黒弓を握りしめ、右手は弓弦《ゆんづる》にかかり、指に矢を挟みこんでいる。鏃《やじり》には黒い霧のようなものがまとわりついていた。この黒い霧こそが、魔物を傷つけることのできる黒弓の『力』だ。

――まだだ……。まだ弱い。

先日、王宮でガヌロンと戦ったときもそうだったのだが、充分な『力』を鏃に溜《た》めるには時間がかかる。中途半端な一撃で相手に多少の傷を負わせても意味がない。仕留めるならば、一矢で確実に葬《ほうむ》り去るべきだった。

――それにしても、どうしてこんなときに現れたんだ。

自分はグレアストからエレンを助けださなければならないというのに。

後ろから何かが迫る。ティグルはとっさに近くにそびえる木の陰《かげ》に身を寄せた。

直後、強烈な破砕音とともに頭上の木の幹が大きくえぐれて穴が開く。細かな木片がティグルの頭に降りかかった。しかし、上を見ても魔物の姿はない。

――右だ！

ティグルは身体ごと右側に向き直り、黒弓をかまえて弓弦を引き絞る。はたして一瞬の半分の間を置いて、ヴォジャノーイが木の陰から飛びでてきた。『力』を帯びた鏃が眼前にあることに、さすがの魔物も目を瞠《みは》る。地面を蹴って真上に跳んだ。

ティグルは矢を射放たず、身をひるがえして再び駆けだす。まだ、ヴォジャノーイを倒せるほどの威力ではない。牽制《けんせい》できたのならば充分だった。

「いまのはさすがに驚いたよ」

のんびりとした、しかし微量の苛立《いらだ》ちを含んだ声が上から降ってくる。ティグルは身を低くして、近くの茂みの中へと飛びこんだ。

体勢を崩《くず》す。茂みに隠れて見えなかったが、地面が急な傾斜になっていたのだ。普段のティグルならば気づいただろうが、この状況では限度があった。

ぬかるみに足を滑《すべ》らせて地面に倒れ、泥にまみれながらティグルは急斜面を転がる。木の根元にぶつかって、ようやく止まった。

「うぁ……」

身体《からだ》の痛みに耐え、言葉にならない声を吐きだしながら、起きあがる。口の中を切ったらしく、吐きだした唾《つば》には血と泥が混じっていた。

再び、ヴォジャノーイが飛びかかってくる。黒弓をかまえる余裕はない。迫る手刀に対して、懸命《けんめい》に身体をそらす。魔物の指先が右肩をかすめた。革鎧《かわよろい》の肩当てが切り裂かれ、ティグルは吹き飛ばされて再び地面を転がる。仰向けに倒れた。

――駄目だ……。とにかく撃たないと。

雨に全身を打たれ、荒《あら》い呼吸を繰り返しながら、ティグルは考え直す。一撃で倒そうなどというのは甘かった。体力を消耗《しょうもう》するからといって、惜しむべきではなかった。

だが、手遅れのようだった。起きあがろうとしても、身体に力が入らない。これでは弓《ゆん》弦《づる》を充分に引き絞ることもできない。ヴォジャノーイが近づいてくる。

――エレン……。

こんなところで寝転がっていてどうする。エレンを助けるんじゃないか。自分にそう言い聞かせる。それでも、雨と泥と疲労にまみれた身体は異様なほど重かった。

ヴォジャノーイがティグルのそばに立って、若者を見下ろす。

「あっけないな。とはいえ、驚かされたからね。念のために腕をへし折っておこうか」

ティグルの顔から血の気が引いた。腕を折られることではなく、ここから連れ去られることへの恐怖が若者を包みこむ。自分の身体が冷気に包まれたかのような錯覚を、ティグルは感じた。

それは、錯覚ではなかった。ヴォジャノーイが不意に動きを止め、視線を転じる。ティグルはそちらを見ることはできなかったが、魔物の視線の先には、馬に乗った旅人らしき影が立っていた。

雨避《あまよ》けの外套《がいとう》を羽織り、フードを目深《まぶか》にかぶっているため顔はわからない。小柄な身体の持ち主で、手には見事な装飾のほどこされた短槍《たんそう》を持っている。フードの奥からは明確な敵意に満ちた視線が放《はな》たれ、ヴォジャノーイを貫いていた。

「――まさか、こんなところまで来ることになるとは思わなかったわ」

若い娘の声が、フードの中から漏れる。

ヴォジャノーイの意識は、このときにはティグルからほとんど外れていた。彼もまた、この奇妙な娘を敵と認識したのだ。

泥がはねる。ヴォジャノーイが地面を蹴《け》って、馬に乗ったままの娘に襲いかかった。鋭《するど》く繰りだされた手刀を、娘は両手でかまえた短槍《たんそう》でもって受け止める。

氷塊に剣で斬《き》りつけたかのような激突音が雨の中に響き渡った。衝撃の余波がかすかな風を起こして、娘のかぶっているフードをめくりあげる。

肩のあたりでそろえた青い髪と、風になびく白いリボン。蒼氷《そうひょう》の色の瞳《ひとみ》。

――ミラ……？

驚きのあまり、ティグルのつぶやきは声にならない。

馬上の娘は『凍漣《ミーチェリア》の雪姫』『槍《ピークトス》の舞姫』の異名を持つ戦姫《せんき》リュドミラ＝ルリエだった。

リュドミラ＝ルリエは十八歳。ティグルやエレンと同い年で、ジスタート王国の南西にあるオルミュッツ公国を治めている。ティグルや、ソフィーことソフィーヤ＝オベルタスなどの親しい相手からは、ミラという愛称で呼ばれていた。

一方、エレンとは犬猿の仲であり、二人が顔を合わせればおたがいの挨拶《あいさつ》に必ず罵倒《ばとう》と嫌味《いやみ》が入り混じる。ティグルやソフィーは、そのたびに呆《あき》れた顔で仲裁に入るのだった。

十数日前まで、ミラはオルミュッツにいた。オルミュッツは南方のムオジネル王国と国境を接しているのだが、ムオジネルが国境付近に兵を集め、侵攻するかのような気配を漂わせていたため、彼女も同じく兵を集めて警戒していたのだ。

もしもムオジネル軍が国境を越えて踏みこんできたら、凍漣の雪姫は彼らの進軍を阻《はば》む最初の防壁となっただろう。

しかし、そうはならなかった。ムオジネル軍はジスタートへ攻めこむと見せかけて急遽《きゅうきょ》方向を変え、ジスタート領となったアニエスの地を突破してブリューヌへ攻めこんだからだ。ミラは、ブリューヌ攻めのための陽動に使われたのである。

ムオジネル軍に対して不愉快な思いを禁じ得なかったミラだが、それゆえにブリューヌを訪れたわけではない。彼女がここにいる理由は、その手に握られた短槍にある。

凍漣《とうれん》ラヴィアス。氷の力を持つこの竜具《ヴィラルト》が魔物の存在を訴え、遠くオルミュッツからここまでミラを導いたのだ。

もっとも、彼女にとっては想像を超える長旅だった。

ムオジネル軍に見つからぬよう気をつけなければならなかったし、一人旅をしているミラを格好の獲物と見て、獣の群れや野盗《やとう》の集団が昼夜問わず襲いかかってきたからだ。むろん、彼女に傷をつけることのできる獣や野盗などいなかった。

そうしていくつもの村や町を抜け、王都ニースを遠目に見ながら草原を駆けて、ミラは目指していた場所にたどり着いたのだった。

「見覚えのある顔ね」

空中で動きを止めているヴォジャノーイを睨《にら》みつけて、ミラは表情を険しいものに変える。二年前に、この魔物と戦ったことを、彼女はもちろん覚えている。

「ひさしぶりだね、凍漣《とうれん》の主《あるじ》」

ヴォジャノーイはミラをそう呼ぶ。魔物にとっては、戦姫《せんき》ではなく竜具《ヴイラルト》が主体というわけだった。ミラはわずかに目を細めたのみで、槍《やり》を横へと鋭《するど》く薙《な》ぎ払《はら》う。それに合わせるようにヴォジャノーイは後ろへ飛び退《すさ》り、地上に着地した。

ミラもまた、魔物を警戒しつつ馬から下りる。雨除《あまよ》けの外套《がいとう》を脱ぎ捨てた。彼女は青を基調とした服の上に白銀の胸当てをつけ、腰回りや脚を簡単な装甲で覆《おお》っている。眉《まゆ》をひそめたのは、雨が彼女の髪や顔を濡《ぬ》らしたからだった。空気の冷たさからは竜具が守ってくれるが、雨まではどうにもならない。とはいえ、外套を羽織ったままで戦えるような相手ではないことを、ミラはよくわかっていた。

「ちょうどよかったわ。おまえには、聞きたいことがたくさんあるのよ」

「話すと思うかい」

「話さないなら、それでけっこう。――いますぐ死んで」

ヴォジャノーイの挑発に対し、ミラの返答は明快で冷徹だった。凍漣の雪姫《ミーチェリア》を守るように、彼女の持つ槍から白い冷気があふれ出す。同時に、槍の柄が倍近くにまで伸びた。この竜具はミラの意志に応じて、いくらでも柄を伸ばすことができる。

竜具にも、ミラを取り巻く冷気にもヴォジャノーイは臆《おく》する様子を見せない。それどころか、ことさらに泥を蹴立《けた》てて走りながらミラに挑みかかった。

魔物の拳《こぶし》と戦姫の槍が、再び激突する。どちらも一歩も退《ひ》かず、白い火花を散らし、金属音を響かせながら攻防を展開した。

ヴォジャノーイは指をそろえてまっすぐ突きかかり、あるいは拳で殴りつけ、ときに左から右へ手の甲を振り抜く。槍の穂先を足でずらして鋭く踏みこんだかと思えば、下から上へ力強い蹴りを放《はな》った。

対するミラは凍漣を操って、ヴォジャノーイの攻めをことごとくしのいでみせる。槍を下からすくいあげて突きを弾《はじ》き返《かえ》し、長柄《ながえ》で横殴りにして拳を払いのけた。手の甲での一撃をかわしざま肩や腕を鋭く突いて怯《ひる》ませ、槍の柄でもって蹴りを受け流す。

一突きごとの鋭さも、突いてから槍を引き、再び突くまでの速さも尋常ではない。何よりこの雨の中、目に水が入っても狙《ねら》いを外すことなく、手を滑《すべ》らせることもない技量はすさまじいものがあった。

一撃ごとに足下のぬかるみが大きく形を変え、泥がはねて二人の足を汚す。ヴォジャノーイの身体《からだ》はともかく、彼の服はまともなつくりのようで、凍漣《ラヴィアス》によって引きちぎられた繊維がはらはらと泥の中に沈んでいった。

ヴォジャノーイの手も足も、ミラを傷つけるどころか、彼女の身体《からだ》に触れることさえできていない。だが、青い髪の戦姫《せんき》は微塵《みじん》も気を抜いていなかった。

竜具《ヴィラルト》と互角に打ちあえるような拳《こぶし》がミラの身体に届いたら、致命傷はまぬがれないだろう。戦姫の身体は、ふつうの人間と何ら変わりはない。

三十を超える激突の末に、ヴォジャノーイは後ろへと跳んでミラと距離をとった。

ミラは忌々《いまいま》しげな視線を魔物に叩《たた》きつける。彼女の額には汗が浮かび、肩で息をしはじめていた。一方、ヴォジャノーイは汗ひとつかかず、軽薄な笑みを浮かべている。わざとらしく両手をぱたぱたと振った。

「いやあ、手も足もずいぶん冷えちゃったな。この前やったときより、ずいぶん強くなったもんだね。二、三発ぐらいは届くと思ったんだけど」

感心するような声で言うヴォジャノーイだが、その顔はミラではなく、自分の足元へと向けられている。彼の靴は、もはや足首にわずかな布地がまとわりついているだけのぼろきれと成り果てていた。

「一度戦った相手に、そうそう後《おく》れをとるわけがないでしょう」

ミラは呼吸を整えながら、そっけない口調で答える。そのとき、彼女の目はほんの一瞬だけ魔物から離れて、地面に倒れたままのティグルへと向けられた。

ヴォジャノーイが顔を上げ、口を大きく開けて舌を突きだしたのはその瞬間だ。魔物の舌は尋常でない長さと速度でもって虚空《こくう》を貫き、ミラに襲いかかる。

鈍《にぶ》い音が響いた。ミラが槍《やり》を一閃《いっせん》させて、迫る長舌を断ち切ったのだ。半ばから切断された舌は、弾《はじ》かれるように空中を舞って地面に落ちた。

「言ったでしょう。一度戦った相手に、そうそう後れをとるわけがないと」

凍りついた湖面を思わせるミラの蒼氷《そうひょう》色の瞳《ひとみ》が鋭《するど》さを増して、ヴォジャノーイを貫く。槍を持つ自分に、ことさらに接近戦を挑んできたのは、手と足以外の何かで不意を突くつもりだろうと読んでいたのだ。

「あ、ああ、あ……いまのは見事だったねえ」

口をおさえながら、ヴォジャノーイは笑ってみせる。最初の呻《うめ》くような声は、舌の長さを調整するためのものだったらしい。見せつけるように口からぺろりと出した舌はすでに再生しており、切断された跡など残っていなかった。

——いちいち癇《かん》に障《さわ》るやつね。

内心でミラは吐き捨てる。彼女は苛立《いらだ》ちを覚えていた。これだけ攻めたてているにもかかわらず、ヴォジャノーイはいまだに傷らしい傷を負っていない。二年前に戦ったときとほとんど変わらない状況である。

オルミユッツを治め、戦姫としての務《つと》めを果たす傍《かたわ》ら、ミラは懸命《けんめい》に槍の技量を磨《みが》いてきた。二年前にくらべて、いまの自分ははるかに強くなったという自負がある。その誇りを、傷つけられた気がした。

——やはり竜技《ヴェーダ》か、それに相当する一撃でなければ決定打にはならないのかしら。

「どうしたんだい、凍漣《とうれん》の主《あるじ》。もうばてちゃったのかな」

地面につくほどだらりと舌を伸ばして、ヴォジャノーイがミラに手招きする。青い髪の戦姫《せんき》の双眸《そうぼう》に、静かな怒りが揺らめいた。

「——静かなる世界よ《アーイズビルク》」

ミラは槍《やり》を逆手に持つと、足元の地面に突き立てる。氷塊と水晶から削りだしたかのような美しい穂先から、膨大な量の冷気が音もなくあふれ出た。

彼女を中心に、冷気は地面を這《は》うように急速に広がっていく。ぬかるみが、いびつな形を保《たも》ったまま凍りついた。

「行くわよ」

自分に言い聞かせるようにつぶやいて、ミラは前へと踏みだす。凍った地面の上を滑《すべ》って、すさまじい速度でヴォジャノーイへと突進した。その速さに魔物は目を見開く。

そうしてヴォジャノーイとの距離を瞬時に詰めると、ミラは気合いの叫びとともに槍を繰りだした。頭を狙《ねら》って突き、腕を打ち据え、足を払う。

魔物は距離をとることもできず、防戦一方に追いこまれた。間断なく襲いかかる槍をかろうじて受け止め、あるいは弾《はじ》き返《かえ》しているが、反撃する余裕まではないようだ。

何度目かの攻撃で、凍漣の穂先がヴォジャノーイの服の袖《そで》に引っかかる。ミラはすかさず槍を引いて、魔物の体勢を崩《くず》しにかかった。

しかし、戦姫の動きはそこで止まる。ミラの足元に忍び寄っていたものが、彼女の足に巻きつきながら上昇し、腰と、そして胸当ての上から胸に絡みついたのだ。それはさらに右腕へと伸びて、凍漣の雪姫《ミーチェリア》の動きを完全に封じこめる。

それは、彼女がさきほど切断したヴォジャノーイの舌――その残骸《ざんがい》だった。それが凍った地面を這って、背後からミラに襲いかかったのだ。魔物の舌は切り落とされたときの倍以上の長さに伸びており、青い髪の戦姫の身体《からだ》を容赦なく締めつけた。

「地面を凍らされたときは焦《あせ》ったよ。気づかれたのかと思った」

薄笑いを浮かべて、ヴォジャノーイがミラを睥睨《へいげい》する。ミラは答えない。首を圧迫されて、思うように声が出なかった。ただ、戦意を宿した双眸で、魔物を睨《にら》みつける。

「そんな怖い顔を――」

ヴォジャノーイはさらにミラをからかおうとして、言葉を呑《の》みこむ。訝《いぶか》しげな顔で背後を振り返った。ミラも、苦しげに顔を歪《ゆが》めながら魔物の視線の先を追う。

そこには、ティグルが立っていた。くすんだ赤い髪と顔を汚していた泥は、雨に打たれて少しずつ流れ落ちている。黒弓に矢をつがえて、彼はこちらを見据えていた。その矢の先端はすでに強い『力』を帯びて、そこだけが黒い霧に覆《おお》われたかのようだ。

「ようやくお目覚めかい」

ヴォジャノーイは余裕に満ちた笑みを浮かべて、ミラの前に立つ。

「これでも放《はな》てるかな。僕がよけたら彼女に当たる。その矢を、いままで人間に放ったことはあるかい」

ティグルはヴォジャノーイには答えず、口の中の泥を吐きだすと、声を張りあげた。

「──ミラ！　俺を、信じてくれ！」

若者に言葉を返そうとして、ミラは懸命《けんめい》に身をよじる。しかし、かえって舌による圧迫が強まり、彼女は苦悶《くもん》の呻《うめ》きを漏らした。右腕に握りしめた凍漣《ラヴィアス》の穂先は青い輝きとともに冷気を放出するが、ヴォジャノーイの興味を引くことすらできていない。

ティグルが力強く弓弦《ゆんづる》を引き絞り、矢を放つ。『力』をまとった矢は降り注ぐ雨によって勢いを弱めるどころか、雨を吹き飛ばしながら風を切って突き進んだ。

ヴォジャノーイは失望と落胆を左右の瞳《ひとみ》にそれぞれ浮かべて、一歩分だけ右へずれる。

矢は、魔物の後ろにいたミラを直撃した。

漆黒の閃光《せんこう》が乱舞し、膨張して引き裂かれた大気が悲鳴をあげる。荒れ狂う暴風が地面をえぐり、黒煙が四方にまき散らされた。

わずかに首を傾《かたむ》けて、ヴォジャノーイはつまらなそうな表情で黒煙を見る。その顔が驚《きょう》愕《がく》に包まれたのは、黒煙を貫いて迫る槍《やり》の穂先を目にしたときだ。

とっさに魔物は後ろへ跳躍して逃れようとしたが、わずかに遅かった。額を斬《き》られ、そこから黒い血が流れだす。

「――ふうん。ちゃんと傷つくのね。少し安心したわ」

いまだ立ちこめる黒煙の中から、ミラが姿を見せた。口元に冷笑を浮かべて。

額をおさえながら、ヴォジャノーイははじめて敵意を露《あら》わにしてミラを睨《にら》みつける。

「……そういうことか。はじめから、君を狙《ねら》っていたわけか」

ティグルの放った矢はヴォジャノーイではなく、ミラを拘束する魔物の舌を狙ったものだった。ティグルの呼びかけからそうと悟ったミラは、凍漣から冷気を放出し、見えざる防御壁を何重にも張り巡らせて、自分への衝撃をおさえたのだ。

ヴォジャノーイがミラから大きく離れたこの隙《すき》に、二人は少しずつ距離を縮めて合流を果たす。死角をつくらぬよう背中合わせに立って、ともにヴォジャノーイを見据えた。

「戦える？」

「おかげさまでな」

ミラの短い問いかけに、ティグルも短く答える。その声に明確な戦意と、彼女への感謝を感じとって、凍漣《ミーチェリア》の雪姫はひそかに安堵《あんど》の息をついた。

泥だらけで倒れているのを見たときはどうなるかと思ったが、たったいま自分を助けてくれたことに加えて、この気構えならば、心配しなくてよさそうだ。

「いっそ、ここで……いや、でもこれっぽっちじゃなあ……」

ヴォジャノーイはうつむきがちになって何やら考えこんでいたが、にわかに顔を上げると、さっぱりした表情でミラとティグルを見た。

「決めた。少しだけ本気を出そう」

「へえ……。これまでが本気じゃなかったっていうの？」

ミラは鼻で笑ってみせたが、彼女らしい冷ややかさがわずかに欠けている。魔物の本気というのがどういうものか、ぼんやりとではあるが、青い髪の戦姫《せんき》は理解していた。太陽祭《マースレニツァ》の夜、ティグルと戦姫たちが集まった会議で聞いている。魔物は人間の姿と、そうでない姿を持つのだと。

ヴォジャノーイはいびつな笑みを浮かべると、腰を低くして背中を丸める。その身体《からだ》から、毒々しい紫色をした霧のようなものが噴きだした。紫色の霧は雨を呑《の》みこみながら妖《あや》しく揺らめいて、魔物の身体を瞬《またた》く間に包みこむ。

ミラの手にある凍漣《とうれん》の穂先が、警告を発するかのように青白い輝きを点滅させた。彼女とティグルは、息を呑んで紫色の霧を見つめている。二人とも、肌で感じとっていた。紫色の霧の奥から、すさまじい邪気があふれ出ているのを。

気圧《けお》されてたまるかとばかりにミラは凍漣を回転させ、その穂先を地面に突きたてた。

「――空《シエロ》さえ穿ち凍《ザム》てつかせよ《カファ》！」

竜具《ヴィラルト》の先端を中心に白い凍気の光が放《はな》たれ、六角形の結晶を大地に描く。彼女はヴォジャノーイに何もさせず、一気に葬《ほうむ》り去るつもりだった。

ミラと、そのそばにいるティグルを守るように、地面に描かれた結晶から膨大な冷気が噴きあがる。地表は分厚い氷に覆《おお》われ、そこから鋭《するど》い先端を持った氷塊の柱が無数に突きだされた。

氷の柱の群れは、いくつもの方向からヴォジャノーイを襲う。避《よ》けることもかなわず、魔物は紫色の霧ごと串刺《くしざ》しになるかと思われた。

ところが次の瞬間、霧の中へ突きたてられた氷の柱がことごとく砕け散る。その光景にミラは目を瞠《みは》った。彼女の竜技《ヴェーダ》が、通用しなかったのだ。

「無粋《ぶすい》だねえ。こういうときは待っていてくれるものじゃないかな」

揺らめく霧の中に、ティグルよりも背の高い黒い影が覗《のぞ》く。影の中の丸い目が不気味な光を放ち、げ、げ、げと蛙《かえる》の鳴くような笑声が響いた。ミラも、ティグルも、唖然《あぜん》として言葉が出てこない。

内側から押されるようにして、霧が割れる。その中から現れたヴォジャノーイの姿に、二人は戦慄《せんりつ》を覚えた。

背は、ティグルよりも頭二つ分ほど高い。皮膚は霧を塗りたくったような毒々しい紫色をしており、肩幅は広く、身体《からだ》は筋骨隆々《きんこつりゅうりゅう》としてたくましい。

顔は人間と蛙《かえる》の中間のような造形で、頭髪をはじめ体毛は一本も残っていない。眼球は金色で、口は大きく裂けていた。指の間には水かきらしきものがある。足も同様だ。

金色の刺繍《ししゅう》をほどこした白い一枚布を巻きつけるように身体にまとい、腰に巻いた金色の帯で締めている。

「それが、おまえの正体か……」

ティグルがあえぐような声で問う。ヴォジャノーイは答えず、嘲笑《ちょうしょう》を浮かべた。

魔物が大地を蹴《け》る。地面に大槌《おおつち》を振りおろすような、力強い音が響いた。ミラがはっとして凍漣《ラヴィアス》をかまえたときには、彼女の眼前にヴォジャノーイの姿がある。

横殴りに振るわれた拳《こぶし》を、ミラは凍漣で受け流そうとした。だが、竜具《ヴィラルト》を通じて伝わってきた衝撃は青い髪の戦姫《せんき》の予想をはるかに上回る。ミラは体勢を崩《くず》してのけぞった。

「ミラ！」

ティグルが叫び、黒弓に矢をつがえる。魔物は目を細めて笑うと、口から紫色の液体を吐きだした。反射的にティグルは矢を放《はな》つ。空中で紫色の液体と矢とが衝突した。肉が潰れるのにも似た音を放って、液体を浴びた矢が雨の中で溶け崩れる。

――そういえば、そんな武器もこいつにはあったわね。

ティグルのおかげでどうにか体勢を立て直したミラは、忌々《いまいま》しげに魔物を睨《にら》みつけた。

いまの液体は酸のようなものだろう。他にどのような毒性があるのかはわからない。微量でも、浴びる気にはなれなかった。

呼吸を整えると、ミラは身体ごと魔物にぶつかる勢いで肉迫し、槍《やり》で突きかかる。ティグルを振り返らずに叫んだ。

「ティグル！　あなたに任せるわ！」

彼なら、これだけで察してくれるはずだ。

竜技《ヴェーダ》が通じなかったことで、かえってミラの考えは明確になった。自分は持てる力を尽くして時間を稼ぎ、彼のための隙《すき》をつくる。あとはティグルが矢を撃ち放てばいい。そう決めてしまうと、むしろ心が軽くなった気さえした。

魔物の拳と、凍漣の穂先とがぶつかりあう。ただし、拳は二回り以上大きい。

ミラの小柄な身体が、槍ごと吹き飛ばされて空中に舞う。しかし、凍漣《ミーチェリア》の雪姫は槍の柄を伸ばして地面に穂先を突きたて、体勢を立て直して着地した。ぬかるみの上で靴底が滑《すべ》り、泥が飛沫《しぶき》となって彼女の頬《ほお》にはねる。拭《ぬぐ》う間もなく、雨がそれを洗い流す。

ヴォジャノーイの口から伸びた舌が、ミラに襲いかかった。今度は拘束しようとせず、叩《たた》きのめそうというつもりのようだ。鞭《むち》のような不規則な軌道を描いて迫る魔物の舌を、ミラは地面に転がってかわす。

ヴォジャノーイの舌は地面に叩きつけられた。草が土ごとえぐられて飛び散る。まともに受けていたら、鎧《よろい》の上から背骨ごと身体《からだ》を砕かれていただろう。

「――氷《リオヴェート》華！」

ミラは身体を起こしながら槍《やり》を脇に抱えて薙《な》ぎ払《はら》う。その穂先から白い冷気が放射状に放《はな》たれ、大地を踏みならしながらこちらに向かってくるヴォジャノーイを襲った。一定の効果はあったらしく、魔物は顔をかばって足を止める。

肺に溜《た》まっている空気を残らず吐きだすようにミラは叫んで、矢継ぎ早に槍を繰りだした。揺るがぬ巨岩に突きかかるような手応《てごた》えしか返ってこないが、ミラにとっては動きを止めるだけでも充分だった。

ヴォジャノーイの戦い方は、人間の姿をしていたときとほとんど変わらない。手と足を用いた格闘が中心であり、ときに舌や酸などを使ってくる。ただし、その威力はさきほどまでとは比較にならなかった。

拳《こぶし》や蹴《け》りがミラの近くを通過するたびに、恐ろしいほどの風圧が発生して身体を持っていかれそうになる。ミラの竜具《ヴィラルト》が槍で、しかも柄の長さを自在に調整できるものでなかったら、いつかは間合いの内側に踏みこまれ、決定的な一打をくらっていたかもしれない。

受け止めれば、その強力な衝撃に後退を強《し》いられ、受け流しても体力を削られる。ミラは反撃の機会をうかがったが、なかなかその瞬間は訪れなかった。

防御や回避から反撃へ移ろうにも、どうしても体勢を立て直す動作が必要になる。そして、反撃する前にヴォジャノーイの新たな攻撃が繰りだされるのだ。

――ティグルがいてくれなかったら、諦《あきら》めていたかもしれないわ……。

拳を弾《はじ》き返《かえ》し、蹴りを避《よ》けながら、ミラは内心でつぶやく。ティグルの矢なら――否、ティグルならきっと何とかしてくれると、凍漣《ミーチェリア》の雪姫は思っていた。

絶望的な戦いに不屈の意志で挑んでいた若者の姿を、ミラは知っている。肩を並べて、ともに戦ってもいる。彼がそのような戦いに身を投じたことが一度ではないことを、他の者から聞いて知っている。

ミラの槍を両手で受けながら、ヴォジャノーイが紫色の酸を吐く。それは凍漣《とうれん》の横を通過して、ミラの肩に命中する。灰色の煙を噴きあげる戦姫《せんき》の肩を見て、魔物は勝利の笑みを浮かべたが、その笑顔はすぐに凍りついた。

酸の命中したところから、薄い膜のようなものが音もなく剥《は》がれ落ちる。ヴォジャノーイの反応に、今度はミラが皮肉めいた笑みを浮かべる番だった。

彼女は凍漣《ラヴィアス》の力で、さきほどと同じく冷気の防御膜を張り巡らせていたのだ。灰色の煙を噴きあげたのは、薄い氷と化してミラの肩を守った防御膜だった。

「――ミラ」

若者の声が、ずいぶん遠くから聞こえた気がした。実際、遠くかもしれない。魔物の猛攻をしのいでいる間に、かなり離れてしまった気がする。

ただ、ティグルが慎重に『力』を溜《た》めていたのは、凍漣《ラヴィアス》の穂先から生みだされた白い冷気が、少しずつではあるが、自分の背後へと流れていることからわかっていた。

左右の拳《こぶし》を振りまわしてミラを攻めたてていたヴォジャノーイが、何かに気づいたような顔をして飛び退《すさ》る。何をするつもりなのかと身構えるミラの視線の先で、魔物は両の拳《こぶし》を打ち合わせて短くつぶやいた。

「投影《クムクム》」

不意に、ミラの頭上が陰《かげ》る。ヴォジャノーイを警戒しながらも、彼女は空を見上げた。

気が抜けそうなほどの衝撃に、ミラの口元が引きつる。

自分たちのいる一帯を容易に覆《おお》えるほどの恐ろしく巨大な蛙《かえる》が、四本の脚をまっすぐ伸ばし、地上に白い腹を向けて浮いていた。その途方もない大きさを除けば、蛙の姿はどこか親しみを持てそうなつくりになっているところが滑稽《こっけい》でもあり、恐ろしくもある。

——まやかしとか、奇術の類《たぐい》だわ……。

ミラは呆《あき》れ果てたが、巨大蛙から放《はな》たれる邪気はヴォジャノーイのそれと同じものだ。そのままの姿勢で、蛙は落下してくる。幻なのか実体があるのかも判然としないが、このままではひとたまりもないのは間違いない。ヴォジャノーイの狙《ねら》いは、ティグルの矢を天空へ撃たせようというところだろう。

ミラは静かに槍《やり》を半回転させ、地面を突き刺した。

「空《シエロ》さえ穿ち凍てつかせよ《ザム・カファ》」

戦姫《せんき》の足元に、再び六角形の白い結晶が刻まれる。凍気が旋風となって、大気に渦を巻く。生みだされた氷の柱の群れは、だが、さきほどとは異なる動きを見せた。

氷の柱は数本ずつ寄り集まり、塔を思わせる高さと鋭《するど》さでまさしく空を穿《うが》たんばかりにまっすぐ伸びていく。落ちてくる巨大蛙の腹といわず脚といわず、突き刺さった。

雷鳴にも似た轟《とどろ》きとともに、巨大蛙はあっけなく消滅する。それを確認して、ミラはすばやく凍漣を振りかざした。いましがた巨大蛙を打ち倒した氷の柱の群れがいっせいに砕け散り、氷雨となって地上に降り注ぐ。

「あとは、あなたの番よ！」

ミラは後ろへと呼びかけた。すぐに、何よりも頼もしい言葉が返ってくる。

「ありがとう」

同時に、ミラの後ろから一本の矢が放たれた。白い凍気と黒い闇《やみ》を螺旋状《らせんじょう》にまとったその矢は、弓弦《ゆんづる》から離れた次の瞬間には巨漢の魔物の胸に突き刺さっている。音に勝るとも劣らない速さであり、矢が通過したあとから突風が巻き起こって、雨を散らした。

ヴォジャノーイは無表情で、己《おのれ》の胸に突き刺さった矢を見下ろす。鏃《やじり》が音もなく爆発して、解き放たれた冷気が魔物の巨躯《きょく》を覆った。竜具《ヴィラルト》ですらも傷つけるのが容易でなかった紫色の皮膚を裂き、黒い血が流れ出るよりも前に傷口を凍《い》てつかせる。

氷像と化しながら、ヴォジャノーイの身体《からだ》は少しずつ崩《くず》れ去っていく。指が落ち、手が落ち、腕が落ちてぬかるみに叩《たた》きつけられ、粉々に砕け散った。雨が氷の残骸《ざんがい》を溶かしてぬかるみの中に埋もれさせていく。

首が落ちた。その反動で巨体がぐらりと傾《かたむ》いて仰向けに倒れ、硝子《がらす》が砕けるのにも似た硬質の音を響かせて、木っ端微塵《こっぱみじん》となる。

しばらくの間、ミラとティグルはヴォジャノーイだったものを無言で見下ろしていた。

雨が弱まりはじめ、地面を叩く音が小さくなる。

やがて、深刻な表情でミラがティグルを振り返った。

「死んだと思う……?」

「いや」

若者の返事は短い。青い髪の戦姫《せんき》も同感だった。ヴォジャノーイの仲間だったらしいトルバランという魔物の最期を、二人は戦姫エリザヴェータ＝フォミナから聞いて知っている。彼女によれば、トルバランは息絶えたあと土塊《つちくれ》になったという。

もちろんヴォジャノーイがトルバランと同じ性質を持っているとはかぎらない。トルバランとはティグルも二度ばかり戦ったことがあるが、ヴォジャノーイとは何から何まで違う魔物だった。それでも、二人にはヴォジャノーイが滅んだとは思えなかったのだ。

「――まあ、いいわ」

　ミラは軽い口調でつぶやいて、氷の残骸から視線を外した。ヴォジャノーイが強力な魔物だとしても、あの矢を受けて無傷ですんだとは思えない。腑《ふ》に落ちないことはいくつかあるが、とりあえず撃退には成功したと思っていいのだろう。

　あらためて、ミラはティグルに向き直る。凍漣《ミーチェリア》の雪姫は最初に何を言おうか考えていたのだが、それらをすべて意識から消し去って、あからさまに顔をしかめた。

「ひどい格好ね、あなた。それに匂《にお》いも」

　ティグルは不思議そうな顔で首をひねったあと、自分の身体を見下ろして「ああ」と納得したような声を出す。

　いまの戦いで何度もぬかるみを転げまわったために、若者は頭のてっぺんからつま先まで泥まみれだった。雨が洗い流すといっても泥は中途半端に残って、不規則な模様を顔や服に描いている。

「この近くに川はないの？　湖やちょっとした池でもいいわ」

　ミラが聞くと、ティグルは額に手をやって記憶をさぐる。立ち寄った集落で食糧を交換してもらったときに、近くを流れている川の場所を教えてもらったと答えた。

「ひとまず、そこへ行きましょう。身体と服を洗いなさい」

「待ってくれ。そんなことをしている時間はないんだ。俺は――」

「話はあとで聞いてあげるわ。いいから案内なさい」

有無を言わせぬ口調でミラが押し切ると、仕方ないという表情でティグルはうなずく。

青い髪の戦姫《せんき》が気になったのは、ティグルの顔だ。さきほどまでは確認する余裕などまるでなかったが、こうして間近で見ると目の下に隈《くま》があり、無精髭《ぶしょうひげ》も伸びている。顔色が悪いのは、戦いによる疲労だけではないだろう。

「方角はわかるか？」

ティグルが尋ねる。ミラはぐるりとまわりを見回し、離れたところにたたずむ自分の馬を見つけて駆け寄った。愛馬というわけではないが優秀な軍馬で、長旅にも戦《いくさ》にも慣れている。幸い無事だったようだ。

ミラが近寄ってくることに気づいて、馬の方も彼女へと歩いてくる。凍漣《ミーチェリア》の雪姫は馬の顔を軽く撫《な》でてやると、鞍《くら》にくくりつけている荷袋から適当な布を取りだして、簡単に拭《ふ》いてやった。それから荷袋に入っていた地図を用意する。

「そうか、そうだな……。まともな旅人なら地図を持たないわけがないか」

ミラの手にある地図を見て、ティグルが大きくため息をついた。若者の反応を訝《いぶか》しく思いながらも、ミラは彼に地図を見せた。大都市と主要な街道に、川と森が描かれているだけのものだが、それでもだいたいの位置はつかむことができるはずだ。

「――案内する。こっちだ」

ミラが荷物をまとめて馬に乗るのを待って、ティグルは歩きだした。

◎

雨の弱くなってきた草原に、ひとりの男が仰向けに倒れていた。

巨躯《きょく》の持ち主で、遠目にも薄気味の悪い紫色の肌をしている。まとっている衣はぼろぼろで、顔といわず身体《からだ》といわず傷だらけだった。

ヴォジャノーイだ。ティグルとミラが予想した通り、この魔物は滅んでいなかった。だが、すぐには立ちあがることもできないようだった。

不満そうな表情で、ヴォジャノーイは雨に打たれながら灰色の空を見上げていたが、何者かの気配を感じて離れたところに目をやる。

そこには、いつのまに現れたのかひとりの男が立っていた。

極端に背の低い男だ。細かな刺繍《ししゆう》のほどこされた絹服を着て、上等な外套《がいとう》を羽織っている。その装いだけでも裕福な貴族であるとわかるだろう。

しかし、男を見た者が最初に抱く感情は、おもわぬところで闇《やみ》を覗《のぞ》きこんでしまったような戸惑いと緊張、恐怖に違いない。そのような雰囲気が、男にはあった。

魔物の姿を見ても、男に動じる気配は微塵《みじん》もない。むしろ獲物を見つけた冷酷な狩人《かりゆうど》の表情で、ヴォジャノーイに近づいてくる。

「誰かと思えばおまえか」

ヴォジャノーイは憎々しげに男を睨《にら》みつけると、皮肉めいた声音《こわね》で話しかけた。

「何の用だ、コシチェイ。それとも、おまえの望み通りにガヌロンと呼んでやろうか」

コシチェイ、そしてガヌロンと呼ばれた男はぴたりと足を止める。

男の名はマクシミリアン＝ベンヌッサ＝ガヌロンといった。他の者がどう呼ぼうと、当人はそれこそが自分の名だと思っている。

このとき、ガヌロンはヴォジャノーイのそばまであと七歩というところに立っていた。ガヌロンの見るところ、巨漢の魔物は満身創痍《まんしんそうい》で、目と口以外には指一本動かせないようだ。ヴォジャノーイは、嘲笑《あざわら》うような口調でなおもガヌロンに呼びかけた。

「どうした、コシチェイ。僕を喰《く》らいにきたんじゃないのか」

ガヌロンの、開いているかどうかもわからない目に怒りがにじむ。彼は無造作に一歩前へと踏みだした。

刹那《せつな》、何かがガヌロンの頭上からすさまじい速さで襲いかかる。それは、ヴォジャノーイの口から伸びた舌だった。風を唸《うな》らせて迫りくるそれを、ガヌロンは見もせずに手でつかみとる。そのまま握り潰した。

ヴォジャノーイは痛がるふうもなく、先端を破壊された舌を口の中へと巻き戻す。ガヌロンは自分の手に目をやり、それから自分の服に視線を移して渋面《じゅうめん》をつくった。手を拭《ふ》こうと思って、考え直したらしい。憤然《ふんぜん》とした顔で寝転がったままの魔物を睨みつけた。

「死んだふりをして獲物を誘いだす獣がいるというのは聞いたことがあったが、蛙《かえる》にそういう習性があるとは知らなかったな」

「負け惜しみかい。僕の前に現れた時点で、誘いだされたのは事実だろう」

舌を再生させて出し入れしながら、ヴォジャノーイはゆらりと立ちあがってガヌロンに笑いかける。友好的なそれとは対極にある危険な笑みだった。

ガヌロンもまた、冷ややかな微笑を口元にひらめかせる。

「いまのうちに減らず口を叩《たた》いておくことだ。私に喰われれば、二度とそのようなことができなくなるのだからな」

ガヌロンには、魔物の持つ生気と能力を奪いとる能力がある。それを、彼は『喰らう』と表現していた。彼に喰われた魔物は灰となって消滅するからだ。

両者はわずかな距離を隔てて対峙《たいじ》する。殺意を帯びた視線が交差し、緊迫した空気が草原に満ちた。

「――やめよ、ヴォジャノーイ」

短い沈黙を破ったのは、第三者の声だ。ガヌロンはヴォジャノーイを警戒しつつ、そちらへ視線を向ける。

黒いローブに身を包んだ、小柄な老人が立っていた。小柄といってもガヌロンよりは背が高く、フードを目深《まぶか》にかぶっているため顔は見えない。

「ドレカヴァクか」

老人の名を、ガヌロンは吐き捨てるようにつぶやいた。ドレカヴァクも魔物であり、ヴォジャノーイの仲間だ。ガヌロンにとっては、いずれ喰《く》らう予定の獲物だった。

ガヌロンは、ふと顔をしかめる。全身から殺意を放《はな》っているヴォジャノーイとは対照的に、ドレカヴァクからは殺気どころか敵意さえも感じない。考えてみれば、彼はなぜヴォジャノーイを止めたのか。

「……私に何か用か」

ガヌロンの声に警戒心が混じる。ドレカヴァクは、事務的な手続きを進めるかのような淡々とした口調で言った。

「提案がある。手を組まぬか、コシチェイ」

「貴様らと……？」

おもわずガヌロンは聞き返す。一瞬だが、コシチェイと呼ばれたことによる怒りは吹き飛んでいた。それほどに、魔物の言葉はガヌロンにとって衝撃的だった。

ドレカヴァクは当たり前のことを口にするような、泰然《たいぜん》とした態度で答える。

「ティル＝ナ＝ファを地上に降臨させる。そこまでは、私たちの目的は一致しておろう」

ガヌロンは眉《まゆ》をひそめたが、黙って話の続きを促《うなが》した。そんなのはとうの昔にわかりきっていたことで、いまさら手を結ぶ理由にはならない。ドレカヴァクは続ける。

「女神降臨の儀を行うべき時機《じき》は、もう少し先だと考えていた。だが、予想以上に早まりそうでな」

「……貴様の推測では、いつごろだ」

「今年の冬」

ドレカヴァクの返答に、さすがのガヌロンも驚愕《きょうがく》を顔に貼りつかせて息を呑《の》んだ。

いま、ブリューヌでは春が終わりつつあり、南の方では一足早い初夏の風が吹きこんでいる。ドレカヴァクの推測が正しければ、半年後には待ち望んでいた時機が訪れるのだ。

「いまの弓には、五人の戦姫《せんき》が協力する姿勢を見せている。これも、いままでの弓たちにくらべて多い方だ。かなわないわけではないが、厄介ではある」

「それで、人手が多い方がいいと考えて、私に声をかけたというわけか」

ガヌロンの口元に冷笑が浮かぶ。ようやく彼は納得した。ガヌロンを、戦姫の足止めぐらいに使えればいいとドレカヴァクは考えているのだ。また、降臨の儀を邪魔されないように監視しておこうという思惑もあるかもしれない。

「ひとつ聞きたい。なぜ、時機が早まった？」

率直に、ガヌロンは疑問をぶつけた。それさえなければ、ドレカヴァクが自分に声をかけてくることはなかったはずだ。

「ムオジネルが攻めてきた」

ドレカヴァクの返答はそれだけだったが、ガヌロンは即座にその意味を理解する。

「いいだろう。力を貸そう」

不気味なほどにこやかな笑みを湛《たた》えてガヌロンは言い、それまで黙って二人のやりとりを眺めていたヴォジャノーイを驚かせた。だが、蛙《かえる》の魔物はドレカヴァクにすべて任せることにしているらしく、ガヌロンに不審《ふしん》の眼差《まなざ》しを向けながらも口は挟まない。

「では、よろしく頼む」

ガヌロンから承諾《しょうだく》を得ても、やはりドレカヴァクは態度を変えなかった。感情のこもっていない口調で言葉を返す。そのローブの裾《すそ》がわずかにめくれて、一匹の黒いトカゲが飛びだした。長い尻尾《しっぽ》を除けば、大人のてのひらにおさまるぐらいの大きさだ。

トカゲは地面を滑《すべ》るように這《は》っていき、ガヌロンの足元までやってくる。

「それが我々の言葉をおまえに伝える。おまえの言葉もまた、それを通して我々に伝えることができる」

ガヌロンはその場に屈《かが》みこんでトカゲの尻尾をつまむと、持ちあげた。逆さ吊《づ》りにされた格好のトカゲは四本の脚をばたばたと動かして暴れる。

「まさか、これの世話をしろと？」

「私の一部だ。放《ほう》っておいても死なん」

ドレカヴァクの言葉に、ガヌロンはあからさまにいやな顔をしてトカゲを眺めた。

だが、放り捨てるようなことはせず、己《おのれ》の肩に乗せる。トカゲはおとなしくガヌロンの肩にしがみついた。

「用件は終わりか」

ガヌロンが聞く。ドレカヴァクは何も言わなかったが、それは肯定を意味していた。

「魔物よ。貴様が私のことをくだらん名で呼んだことは覚えておく」

コシチェイというのは、ガヌロンがはじめて喰《く》らった魔物の名だ。そう呼ばれることに彼は強い嫌悪感を抱いていた。ドレカヴァクはそのことを知っていながら、ガヌロンをコシチェイと呼んだのだ。交渉とは別に、忘れることなどできようはずがなかった。

ガヌロンは踵《きびす》を返して、魔物たちに背を向ける。小降りになってきた雨の中を静かに歩き去っていった。

ヴォジャノーイは小さくなっていくガヌロンの後ろ姿を睨《にら》みつけていたが、気持ちを切り替えてドレカヴァクに視線を移す。

彼がティグルに襲いかかったのは、ドレカヴァクに頼まれてのことだった。それも、いかにも戦いの末に撃退されたというふうを装うために、戦姫《せんき》――ミラが近くに来るのを待ってから行動に移したのである。すべてはガヌロンを誘いだして、交渉するためだった。

ミラの凍漣《とうれん》に対して己の存在を誇示し、彼女をオルミュッツからここまでおびきよせたのはドレカヴァクである。かつてガヌロンと接触のあったヴァレンティナと、彼女と行動をともにしているエレンを避けると、もっとも近い位置にいる戦姫《せんき》がミラだったのだ。

ドレカヴァクの手に、何かが出現した。それは握り拳《こぶし》ほどの大きさの革袋で、充分な重みを感じさせるほどにふくらんでいる。その革袋を、黒いローブの老人は巨漢の魔物へと放《ほう》った。革袋を受けとったヴォジャノーイは、さっそく中身を覗《のぞ》きこむ。

まばゆい輝きを放《はな》つ金貨が、袋いっぱいに詰まっていた。

しかし、ヴォジャノーイは顔を上げると不満そうな表情になる。

「これだけ？」

「いや。その十倍の量を用意している」

ドレカヴァクの言葉に、ヴォジャノーイは歓喜の声をあげた。革袋を頭上に掲《かか》げて、口を大きく開けてから逆さにする。こぼれ落ちる金貨を、彼は一気に呑《の》みこんだ。満足そうな笑みを浮かべるヴォジャノーイに、ドレカヴァクは感情のない声で話しかける。

「弓と、槍《やり》はどうだった」

「強いね。前よりもずうっと強くなってた」

ヴォジャノーイは素直に、ティグルとミラの強さを認めた。もっとも、その言葉の根底には、自分の方がまだ上だという自負がこめられている。

「話がすんだあとで聞くのは馬鹿馬鹿《ばかばか》しいけど、僕とあんただけじゃ足りないのかい？」

「手駒《てごま》があるに越したことはない」

「コシチェイもそのへんは察してるだろうさ。こちらの思い通りに手駒になるもんかね。僕らと戦姫を嚙《か》みあわせるぐらいのことはやってきそうだけど」

「あれには隙《すき》がある」

懸念《けねん》を表明するヴォジャノーイに対して、ドレカヴァクは首を横に振る。

「自分がコシチェイでもあることを、あれが受け入れていたならば……。今日のうちに、確実に、滅ぼさなければならなかっただろう。だが、あれはマクシミリアン＝ベンヌッサ＝ガヌロンだけで自分ができあがっていると思いこんでいる。その間は恐るるに足らん」

「ふうん。まあ、あんたがそう言うならそれでいいけど」

ヴォジャノーイが気のない返事をよこすと、ドレカヴァクがかすかに身じろぎした。目深《まぶか》にかぶったフードの奥で、目が白く光っている。呆《あき》れているようだった。だが、ドレカヴァクは苦言を呈《てい》するようなことはせず、気になっていたことを訊《き》く。

「コシチェイからデュランダルの匂《にお》いはしたか」

「ほんの少し。けっこう上手に隠してる。姿を見せたのは、二対一での戦いになっても切り抜けることができるって計算もあったんだろうね」

しかめっ面をつくってヴォジャノーイは答えた。雨のやんだ草原を、二体の魔物はどちらからともなく歩きだす。今度はヴォジャノーイが訊いた。

「ムオジネルだっけ。言うほど大軍なのかい」

「十五万。ブリューヌとジスタート以外の国々も見ておくべきだった。ザクスタンとの戦が終われば、しばらくは大きな戦《いくさ》の機会もないと思っていたが」

ドレカヴァクは自分の判断が誤っていたことを認めたあと、呪文《じゅもん》を唱えるような低い声音《こわね》でつぶやいた。

「覚醒した弓のいる戦場は、すなわち供物《くもつ》を捧《ささ》げる祭儀の場。横たわる骸《むくろ》、流される血のことごとくが眠れる女神の糧《かて》となり、祭器たる漆黒の弓が鳴り響かせる弦《つる》の音は、女神を揺り起こす呼び声となる」

「だけど、青年がムオジネル軍に挑むかね。戦姫《せんき》が五人もついてるんだろう。ひとりぐらい気づいて止めそうなものだけど」

ヴォジャノーイが懐疑的な声を発した。この場合の青年とはティグルのことだ。

「いまのところ気づいた様子はないが、気づいたところでどうにもならぬ。いまの弓は当代の英雄だ。そして、戦は英雄を欲する。代役など誰にも務《つと》まらぬ」

「そして僕らは、あんたと僕だけ。挙《あ》げ句《く》、コシチェイまで使わないといけない。どこもかしこも人手不足か」

ヴォジャノーイは肩をすくめる。

草原を歩く魔物たちの姿は、やがて大気に溶けこむように消え去ったのだった。

3　北、南、北

ミラとティグルが目的の川に着いたころ、雨はやんだ。ヴォジャノーイとの死闘から四半刻ほどが過ぎている。

道すがら、ティグルから事情を聞いたミラは、さすがに驚きを隠せなかった。ティグルたちはザクスタン軍と戦っているものだとばかり思っていたのだ。

しかし、一方でミラは納得もしていた。話を聞いている間、彼女はティグルの態度や横顔がずうっと気になっていたのだ。彼女の知るティグルヴルムド＝ヴォルンは、圧倒的な強敵を前にしても、自棄《やけ》になることも、明るさを失うこともなかった。そのはずだった。

だが、いまの若者の顔には余裕がなく、目は昏《くら》く澱《よど》んでいる。声にも張りがない。

——あの魔物を消し去るまでは戦いに集中していたから、まったく駄目になったというわけではないんでしょうけど……。

「それにしても、エレオノーラを助けるために単独行動ね」

ミラは頭痛を堪《こら》えるかのように額に手をやって、呆《あき》れた声でつぶやいた。ティグルは多少なりとも気まずさを感じたようで、わずかに顔を背《そむ》ける。

二人はしばらく川沿いに歩いて、両岸を木々に挟まれているところで足を止めた。ティグルが確認したところ、このあたりは川底が浅く、流れも緩《ゆる》やかだ。雨による増水の影響もあまりない。

「ここで一休みしましょう。私の事情も話した方がいいと思うし」

ティグルの話が思った以上に長かったため、ミラは自分がなぜここにいるのかということについて、まだ話していなかった。

ミラは馬から下りると、荷袋と鞍《くら》を外して馬の身体《からだ》を拭《ふ》いてやる。雨がやんでくれたのはありがたかった。ティグルは近くの木の根元に荷袋を置き、弓と矢筒《やづつ》を立てかけると、手頃な大きさの石を拾い集めて簡単なかまどをつくり、火を熾《おこ》す。

「先に水浴びをすませましょうか。ティグル、あなたから先にする？」

努めて明るい口調でミラは聞いた。彼女も泥と汗でかなり汚れてはいるが、ティグルとは比較にならない。若者のくすんだ赤い髪には乾いた泥がこびりつき、緑を基調とした服は垢《あか》と汗と土とで真っ黒になっている。革鎧《かわよろい》や外套《がいとう》も似たようなものだ。

だが、ティグルは首を横に振った。彼は、自分の髪や顔についている泥を払い落とそうとすらしていない。そんなことに関心がないかのように。

「俺はいい。ところで、四半刻ぐらいここから離れていればいいか？」

ティグルの質問は、ミラへの配慮としては当然のものだった。しかし、青い髪の戦姫《せんき》は眉《まゆ》をひそめ、不満そうな目でティグルを見上げる。

「川から十歩ぐらい離れて、後ろを向いていてくれればいいわ。私が安心して水浴びができるように、荷物を見張っていてちょうだい。イタチや狐《きつね》を裸で追いかけまわすなんてしたくないもの」

ティグルはかすかな驚きと困惑をない交《ま》ぜにした顔でミラを見つめたが、断りはしなかった。ティグルも昔、狩りをしているとき、ちょっと目を離した隙《すき》に荷物の中の食糧を獣に食い荒らされたことがある。

ミラは川縁《かわべり》に立って鎧や脚甲《きゃつこう》を外し、服を脱ぐ。一糸まとわぬ姿となった。同年代の娘たちにくらべればいささか肉づきが薄いとはいえ、戦いと鍛錬《たんれん》とに鍛《きた》えられた身体は、しなやかな強さと均整のとれた美しさ、息を呑《の》むような色香を感じさせる。

しかし、それ以上にミラを愛らしく見せているのは、やわらかな微笑を浮かべたその表情に違いない。ティグルがそばにいることで、彼女は自然と戦姫ではない自分を表に出していた。

凍漣《とうれん》を足元の地面に置いて川縁に屈《かが》むと、ミラは右手で水をすくって肩と胸にかける。心地よい冷たさに、彼女の口から吐息が漏れた。

「こういうときはブリューヌがうらやましくなるわね」

ブリューヌではもう春が終わりつつあるが、ミラの治めるオルミュッツでは、まだ春半ばというところだ。川の水はなお冷たく、山によってはまだ雪が残っている。

晴れた日には水浴びや川遊びをする者もいるが、そうした者たちのほとんどは、川から出たら用意しておいた焚《た》き火《び》にあたって身体《からだ》を暖めるのだ。

ミラもそれが当たり前だと思っていただけに、ティグルからブリューヌでの水浴びや川遊びについてはじめて聞いたときは、驚いたものだった。

何度か身体に水をかけたあと、ミラはそっと脚を伸ばして、水の中にそろそろと入る。腰のあたりまで水に浸《つ》かった。

「水浴びなんてひさしぶりね」

滑《すべ》らないように気をつけながら歩き、冷たさに慣れたところで肩まで水に浸かる。潜って、十まで数えて水面に顔を出す。青い髪が顔にべっとりと張りついた。

楽しくなってきた。ミラは短い距離を何度も往復しながらゆっくりと泳ぐ。

オルミュッツを発《た》ってから今日まで、こうして水浴びをしたことは一度もない。身体の汚れや汗が気になるときは、水を絞った布で身体を拭《ふ》いてすませてきた。一人旅だったのでやむを得なかったのだ。

いまは違う。顔を上げれば、離れたところに、こちらに背を向けているひとりの若者の姿がある。ミラの口元に少し意地の悪い笑みが浮かんだ。

「ティグル！」

川の中から、ミラは手を振って呼びかける。

「あなたも入ってらっしゃい。気持ちいいわよ」

もちろん本気ではなく、からかっているのだ。このぐらいの冗談ならば肩をすくめて受け流すか、緊張して聞こえなかったふりをするだろうと思った。ミラにとって、ティグルに対する好意とは別に、こういった冗談を言える相手は貴重な存在である。

しかし、青い髪の戦姫《せんき》の予想は外れた。ティグルはたしかにこちらを振り返らず、言葉を返すことすらしなかったが、それは緊張によるものなどではない。彼の背中から伝わってくる感情は、まるで別のものだった。

「……まったく」

若者の内心を察したミラは、ため息をついて水浴びを再開する。ティグルの態度は面白くないが、次はいつこのような機会に巡り会えるかわからない。いまは心ゆくまで水を味わっておきたかった。

そうして一千近くを数えるほどの時間が過ぎたころ、ようやく満足したミラは、あらためてティグルの方を見る。若者の様子はまったく変わっていなかった。

さすがにミラは憤然《ふんぜん》として、凍漣《とうれん》をつかんで川から上がる。身体も拭かずにティグルのそばへと歩いていった。そうして若者の背後に立つと、手にしている槍《やり》を突きだす。氷塊を削りだしたかのような精巧なつくりの穂先は、ティグルの顔のすぐ横を通り過ぎた。

「ミラ！　いきなり何を……」

驚いて振り返ったティグルは息を呑《の》み、唖然《あぜん》とした顔でミラを見つめる。

水に濡《ぬ》れたままの白い裸身が、若者の目の前にあった。その身体《からだ》からこぼれ落ちる水滴が、地面にいくつもの染みをつくっている。ミラは右手に竜具《ヴィラルト》を持ち、左手を腰にあて、己《おのれ》の肌を隠そうともせずティグルを睨《にら》みつけて、突き放《はな》すような口調で言った。

「ティグル。私はあなたに見張りをお願いした覚えはあるけれど、陰々鬱々《いんいんうつうつ》とくさっていろなんて言ってないわよ」

ティグルは言葉に詰まって彼女の顔を見つめたものの、苛烈《かれつ》な眼光を受け止めかねて視線を下げる。ミラの裸身が視界に入って、慌《あわ》てて背を向けた。あえぐように言う。

「話をするなら、まず身体を拭《ふ》いて服を着てくれ」

「これでかまわないわ。あなたには前に言ったことがあるでしょ。犬や猫に裸を見られて恥ずかしいと思うのかって」

冷淡に、ミラはティグルの背中へと容赦のない言葉を浴びせかけた。若者の背中がびくりと震える。犬や猫、あるいはそれ以下の存在だと言われたのだ。

「エレンの心配をするのが悪いような言い方だな」

「そんなことを言いだす時点で失格よ。お情けでも一点もあげられないわ」

叱《しか》りつけながら、ミラは歯がゆさを覚えた。いまのティグルの態度が腹立たしいのはたしかだが、それでは若者を立ち直らせたら自分は満足するのかというと、おそらくそうは

ならないだろうと容易に想像がつくのだ。

立ち直ったティグルは、ただまっすぐにエレンのことを想い、彼女の救出に持てるすべての力を注《そそ》ぎこもうとするだろう。それは、どう考えてもおもしろくない未来図だった。

それを考えれば、ここでティグルに寄り添い、若者の心を少しでも自分に引き寄せるべきかもしれない。この若者を手に入れるのであれば、それこそが正しいはずだ。

——いや、駄目ね。

ミラは、自分では理想が高いと思っている。彼女が隣にいてほしいと思うティグルは、このような男ではない。曲げられない意地を持ち、逆境に屈せず、放《はな》たれた矢のように目標へ飛びこんでいく男だ。そういう男だからこそ、ともに歩いていきたいと思うのだ。

——いますぐオルミュッツに帰りたくなるわ。

ミラがブリューヌにいるのは、ラヴィアスに導かれて魔物の気配を追ってきたからだ。不審《ふしん》な点がいくつもあるとはいえ、とにかくヴォジャノーイを退《しりぞ》け、魔物の気配も感じられなくなった以上は、ここにいる理由はない。

それがわかっていても、ミラはティグルのために言葉を紡《つむ》いだ。

「ティグル。あなたもわかっているはずよ。私たちは戦姫《せんき》。竜具《ヴィラルト》を持って戦場に在るからには、虜囚《りょしゅう》となることはもちろん、死や辱《はずかし》めだって覚悟している。まして、あなたが無理に戦わせたわけじゃないでしょう」

「そんなことはわかっているさ」

　ティグルの口から、怒りを押し殺した声がこぼれる。

「だが、俺は自分が許せないんだ。エレンに頼り、甘えるのが当たり前になっていて」

「エレオノーラはあなたを頼ったり、甘えたりしなかったの？」

　ミラが問いかけると、虚《きよ》を突かれたように、若者は黙りこんだ。凍漣《ミーチェリア》の雪姫は続ける。

「頼れる相手に頼られるのは嬉《うれ》しいものよ。それでこそ対等な関係だもの。私だってそうよ。さっきの魔物との戦いだって、あなたを助けて、あなたに頼った。ティグルは？」

「……俺も、そうだ。君がいてくれたおかげで安心できた」

　ややたどたどしい口調ではあったが、ティグルは答えた。それは偽《いつわ》りのない本心だ。ミラがいなければ、若者はいまここにこうして立っていることはできなかったに違いない。

「ああすればよかった。こうすればよかった。そうやって自分の行動を悔やむ気持ちはわかるわ。私だって、いままでにいくつも失敗をして自分を責めたことがある。だから、自分を責めるなとは言わない。でも、それだけに何日を費《つい》やすつもり？」

　言い終えたとき、若者が息を呑《の》む気配がミラに伝わった。少しだけ不安になる。

　自分の言いたいことは、彼の心にまっすぐ届いているだろうか。ただ揺さぶっただけで終わっていないか。ミラはなおも続けた。

「私はいつまでも引きずっていたことはないわ。そんな状態では、何をやっても、何も得られないに決まっているもの。それとも、エレオノーラはいまのあなたでも簡単に救出できるような状況に置かれているのかしら」

言うべきことを言い終えたミラは、それ以上は言葉を発さずに若者の反応をうかがう。ティグルは言葉を返さずに黙って背中を向けていたが、彼の身体《からだ》にまとわりついている暗さはいくらか薄れたように思えた。

三十近くを数えるほどの時間が過ぎて、ようやくティグルは礼を述べる。

「……ありがとう」

やや恥ずかしそうな口調だった。ミラは苦笑に似た、複雑な笑みを浮かべてティグルの背中を見つめる。これでよかったと思う一方で、やはり口惜《くちお》しい。

とはいえ、エレンが敵に捕らわれているという状況でティグルに何かを求めるのは、さすがに気が引けた。ティグルの心にも余計なしこりを残すかもしれない。

――エレオノーラを助けたあとで、何か考えるとしましょうか。

「多少は気が晴れたなら、水浴びでもして気持ちを切り替えたら?」

「そうだな」

かすかな明るさを帯びた口調で答えて、ティグルはこちらを振り返る。若者は、再びミラの裸身を目の当《ま》たりにした。

ミラはとっさに自分を抱きしめるようにして、身体の各所を隠す。不意を突かれたせいか、憤《いきどお》りよりも羞恥《しゅうち》が先に立った。頬《ほお》を赤く染めて、彼女はティグルを見上げる。

「……そんな、じっと見ないで」

ティグルは顔を真っ赤にして、慌《あわ》てて後ろを向いた。


ミラはもう一度だけ水で身体を流すと、すばやく身体を拭《ふ》いて服を身につける。それからティグルと交代した。

「一千を数えるぐらいの時間、泳いできなさい。それくらいしないと、その匂《にお》いはとれないわ。あと、汚れはしっかり落として、服も洗って、髭《ひげ》も剃《そ》ること。それをすませたら、話の続きをしましょう」

細かく注文を出され、ティグルはおもわず彼女に反論する。

「待ってくれ。俺はいま急いで――」

「何を急ぐの？」

ティグルの言葉を遮《さえぎ》って、凍漣《ミーチェリア》の雪姫《の》は氷のような視線で若者を貫いた。小柄な身体から放《はな》たれる怒りに、ティグルは言葉を呑みこむ。

「敵の位置はわかっている。雨のおかげで見失う恐れもない。それなのに、何を急ぐの？あなたが水浴びをすばやくすませたら、エレオノーラは解放されるのかしら」

ティグルは何も言い返せず、その場に立ち尽くした。ミラがあれほど言葉を費《つい》やして自分を諫《いさ》めてくれたのに、まだ心の中に焦《あせ》りがくすぶっていたらしい。

「ぼうっとしてないで、さっさとすませてきたら？　急ぐんでしょ」

ミラはさらに容赦のない皮肉を投げつけて背を向ける。

「一千はちゃんと数えること。いいわね」

まるで子供扱いだ。かまどへ歩いていくミラの背中をティグルは憮然《ぶぜん》とした顔で見つめていたが、ため息をひとつついて気分を切り替えると、川縁《かわべり》に立った。

腰に差していた短剣を外し、革鎧《かわよろい》と服を脱いで、川の中に入る。肌に染み通るような水の冷たさが気持ちよい。

思えばアルサスにいたころは、春の終わりのこの季節はしょっちゅう川や湖で泳いでいたものだった。ちなみに昨年、ライトメリッツで春を過ごしたときは、近くの川で泳ごうとして水の冷たさに驚き、エレンには笑われ、リムには呆《あき》れられた。

腰まで水に浸《つ》かったティグルは顔を洗い、手で腕をこする。こびりついていた泥といっしょに、汚れや垢《あか》が水に混じってこぼれ落ちた。

――これは、たしかにひどい匂《にお》いだったのかもしれないな……。

ミラの言葉を思いだして、申し訳ない気持ちになる。

水の中に潜った。一千だったなと心の中でつぶやき、ティグルは水に慣らすようにゆっくりと身体《からだ》を伸ばす。

泳ぐのはひさしぶりだ。全身が水に包まれているこの感覚は好きだった。

はじめのうちは数を数えながら静かに泳いでいたが、不意に焦りと苛立《いらだ》ちがぶり返し、飛沫《しぶき》をあげて勢いよく泳ぐ。我に返り、途中から数え忘れていたことに気づいて、仕方なく覚えているところからまた続きを数えた。

——思い上がっていたのかもしれないな。

疲労を感じたので泳ぐのを中断し、水面に浮かんで灰色の空を見上げながら、ティグルはそんなことを考える。大軍を率いて戦《いくさ》に勝利し、英雄などと称賛《しょうさん》されているうちに、自分ひとりで何でもできると思いこんでいたのではないか。

ティグルの判断と行動が正しければ、エレンが敵に捕らわれることはなかったのか。そのような考えかたは、何よりもエレンの意思を無視しているのではないか。彼女は一軍の指揮官であり、彼女なりの考えと判断で戦っていたのだから。

泳ぎ終えると、川縁に置いていた短剣を手にとって髭《ひげ》を剃《そ》る。それから服を洗った。汚れはそうとうなもので、川面《かわも》が真っ黒になる。服はところどころが破れ、擦り切れて穴が開いていた。

替えの服などないので、洗ったばかりのそれを着る。気持ち悪いが、やむを得ない。最後に、革鎧を水につけて泥を落とした。

焦《あせ》りや苛立《いらだ》ちが完全におさまったわけではない。それでも、川から離れたときには、ティグルはいくばくかの冷静さを取り戻していた。

ミラのところへ戻ると、彼女は外套《がいとう》を敷物代わりに地面に敷いて、その上に腰を下ろしている。かまどには湯を満たした小さな鍋《なべ》がかけられ、白い湯気を立ちのぼらせていた。ティグルを見上げた青い髪の戦姫《せんき》は口元に満足そうな微笑を浮かべる。

「少しはましになったじゃない」

ティグルは笑みを返さず、真剣な顔になって、ミラに深く頭を下げた。まだ気分が完全に晴れたわけではないが、暗闇《くらやみ》の中を進む状態からは脱したのだ。依然として先は見えないものの、かすかな明かりが手元を照らしている。

明かりをもたらしてくれたのは、目の前にいる青い髪の娘だった。

「ありがとう、ミラ。君のおかげで本当に助かった」

ミラは首を横に振ると、笑顔を強気で挑発的なものへと変える。

「当然、貸しにしておくわよ。楽しみにしておきなさい」

「ああ。俺にできるかぎりのことをさせてもらう」

ティグルはかまどを挟んで彼女の向かい側に腰を下ろそうとしたが、青い髪の戦姫は自分の隣を指で示した。

「こちらに来なさい、ティグル。あなたと私の仲で、遠慮する必要はないでしょ」

ティグルは一瞬ためらったものの、わかったと答えてミラの隣に座る。どうしてためらったのかは自分でもよくわからなかった。

ミラは自分の荷袋から陶杯《とうはい》と紅茶《チャイ》の瓶《びん》を取りだし、慣れた手つきで紅茶を淹《い》れる。ティグルは陶杯を受けとり、さしだされたジャム《ヴァレーニエ》を溶かしてから、そっと口をつけた。

紅茶の香りと、舌に感じるかすかな甘みが若者の気持ちを鎮《しず》め、ほぐしていく。喉《のど》を通り抜けた熱い液体は、身体中《からだじゅう》に熱を染み渡らせるかのようだった。

「あたたかいな……」

無意識に、そんなつぶやきが漏れた。隣でミラが笑顔を浮かべているのがわかる。こんなふうに落ち着いて彼女の紅茶を飲むのは、いつ以来だったろうか。

少しずつ紅茶を飲みながら、ティグルは次第に眠気が襲ってくるのを感じていた。ただでさえ疲労がたまっていたところへ、ヴォジャノーイとの戦いで黒弓の力を何度も使ったのだ。気が緩《ゆる》んでしまえば、睡魔《すいま》に抗《あらが》えるはずもない。

紅茶を飲み終えて、陶杯を地面に置いたとき、ティグルはゆるやかに眠りの世界へと誘《いざな》われていた。


眠りから覚めたとき、ティグルはいつのまにか自分が横になっていたことに気づいた。

頭の下には、不思議なぬくもりを持ったやわらかい何かがある。何とはなしに手を伸ばしてそれに触れると、人肌のなめらかな感触がてのひらに伝わってきた。

驚いて真上を見ると、そこにはミラの顔がある。彼女は目を閉じて寝息を立てていた。自分は彼女の膝《ひざ》を枕にして寝ていたらしいと、ティグルはようやく理解する。慌《あわ》てて身体《からだ》を起こすと、その振動が伝わったのかミラの口からかすかな吐息が漏れた。

うっすらと目を開けた彼女と、視線が合う。眠ってしまう直前のことをティグルが思いだしたのは、このときだ。

「す、すまない……！」

地面に敷いている外套《がいとう》に額がつくほど、ティグルは深く頭を下げた。返事はない。ティグルには見えなかったが、ミラはきょとんとした顔で若者を見下ろしている。彼女も目を覚ましたばかりで、状況を思いだすのに多少の時間を必要としたのだ。

「何を謝っているのよ」

少し怒ったような声で、ミラが訊《き》いてくる。ティグルはおそるおそる顔を上げて、説明を試みた。

「いや、だから、俺が君の膝の上で――」

そこまで言って、ティグルは言葉を途切れさせる。先に眠ったのは、間違いなく自分だった。そのまま隣のミラにもたれかかってしまったのだろうが、彼女はそこで自分を押しのけるなり、外套の上に寝かせるなりできたのではないか。

「別に気にしてないわよ」

憮然《ぶぜん》とした顔でティグルを見ながら、ミラは言った。驚きと戸惑いとで何度か瞬《まばた》きをした若者に、青い髪の戦姫《せんき》は皮肉たっぷりに言葉を続ける。

「あなたの寝相の悪さには慣れているもの。これぐらいのことで怒っていたら身がもたないわ。それより――」

ミラが話題を変えようとしたとき、二人の間でくぐもった短い音が響いた。ティグルの腹の音だ。凍漣《ミーチェリア》の雪姫の表情からは完全に毒気が抜けてしまい、彼女は呆《あき》れた笑みを浮かべてティグルを見た。

「話よりも、先に食事にした方がよさそうね。たぶん、もう昼を過ぎていると思うし」

ティグルはくすんだ赤い髪をかきまわし、ごまかすような笑みを浮かべて立ちあがる。木の根元に立てかけていた黒弓と矢筒《やづつ》を手にとった。

「ミラ。半刻ほど待ってもらえるか？　何かとってくる」

「だいじょうぶなの？」

ミラは眉《まゆ》をひそめる。狩人《かりゅうど》としてのティグルの技量を疑うつもりはないが、このあたりは彼もはじめて訪れた場所のはずだ。さすがに危険ではないか。

しかし、ティグルは不安を微塵《みじん》も感じさせない落ち着いた態度で答えた。

「無理はしないよ。でも、お礼はちゃんとしたいからな」

「お礼って……。言ったでしょ、あれは貸しだって」

「紅茶《チャイ》と、あと枕の礼だよ。おかげでぐっすり眠れた」

台詞《せりふ》の後半は、むろん冗談のつもりである。このときティグルはミラを見ておらず、弓《ゆん》弦《づる》を弾《はじ》いて具合をたしかめていたので、彼女が顔を赤らめてうつむいたことには気づかなかった。

「……期待しないで待ってるわ」

そっぽを向きながら言った青い髪の戦姫《せんき》に軽く手を振って、ティグルは駆けだした。

◎

ティグルは言った通り、だいたい半刻が過ぎたころにミラのところへ戻った。血抜きをすませた二匹《にひき》のウサギと一匹のリスを腰に吊《つ》るした若者の姿を見て、ミラは呆然《ぼうぜん》としたものだ。ティグルはさらに十数粒の木の実と、食べられる野草の束を彼女の前に並べた。

「あと、鹿《しか》も仕留められそうだったんだけどな。けっこうでかかったのと、ここからかなり離れてたから、やめておいた」

「あなた、ここに来たのは本当にはじめてなんでしょうね……」

この上なく疑わしげな目で、ミラはティグルを見た。彼女も気晴らしに狩りをすることはあるが、生まれ育ったオルミュッツでもこうはいかない。

二人は手際よくウサギとリスをさばくと、肉を細かく切って、野草といっしょに鍋《なべ》に放《ほう》りこんだ。臓物《ぞうもつ》は危険な部位を取り除いて土の中に埋め、それ以外は川に捨てる。捨てるといっても、いずれは魚の餌《えさ》になって消えるだろう。

毛皮からできるかぎり脂《あぶら》を削《そ》ぎ落《お》として、川の水に漬けた。自分たちで毛皮をなめすのは面倒なので、近くの村や集落に持っていき、何かと交換してもらうつもりだ。

肉が煮えたのを確認して、食事にする。ティグルは食器を持っておらず、ミラも紅茶《チャイ》を飲むための陶杯《とうはい》を除けば、皿などは当然ながら自分のものしか持っていない。二人はひとつの皿を交互に使った。

肉は新鮮で、歯ごたえがありながらもやわらかい。肉だけなら単調になったかもしれないが、かすかな苦みを持つ野草が肉のうまみを引き立ててくれる。

塩のよく溶けたスープを飲むと、熱い息が漏れた。塩を多めに持っていたのはミラで、ティグルは心の底から彼女に感謝した。

「ひさしぶりに、うまいものを食べたという気がするよ。ここ数日は干し肉や干し野菜ばかりだったからな」

「旅をしていれば、そんなものでしょ。私だって似たようなものよ」

そう答えるミラも満足そうだ。実のところ、彼女もティグルに劣らず空腹だった。

鍋《なべ》が空《から》になると、ミラはそれを丁寧に洗ってから水を入れ、沸かして紅茶《チャイ》を淹《い》れる。紅茶を満たした陶杯《とうはい》を受けとったティグルは、不思議そうな顔で聞いた。

「どうして陶杯は二つ持っているんだ?」

「旅に出るときは、二つ持ち歩くようにしているのよ。陶杯だけならたいしてかさばらないし、きっかけづくりにも使えるから。知りあったひとに紅茶をご馳走《ちそう》して、代わりに役に立ちそうな話を聞かせてもらう、というふうにね」

ミラの説明に、ティグルは意外だという顔で彼女を見つめる。

「君でも町を出歩くことがあるのか」

「失礼ね。それぐらいあるわよ」

ミラは気分を害したように眉《まゆ》をひそめたものの、すぐに気を取り直して言葉を続けた。

「そういえば、あなたとはそういうことをしたことがなかったわね」

「うん。はじめて会ったときに、ロドニークの町を歩いたことぐらいかな」

ティグルがライトメリッツに滞在していたころ、ミラは何度かティグルを訪ねてきたことがあったが、いっしょに城下の町まで行ったことはない。公宮で、エレンやリムをまじえてさまざまな話を楽しみ、ともに食事をするぐらいだった。

実のところ、ミラがそうやって旅の途中に立ちよった町を歩くようになったのは、つい最近のことだ。ティグルやエレンからお忍びで町を歩きまわる楽しみを聞かされて、興味を持ったのがきっかけだった。そのことを話すつもりは彼女にはないが。

「今度、俺も真似《まね》してみるかな」

「紅茶をちゃんと淹れることができるならいいけど、そうでないならやめておきなさい。揉《も》めごとの種を増やすだけよ」

それから、ミラは自分がどうしてブリューヌを訪れたのかをティグルに話した。

「魔物の気配……？」

ティグルは首をひねる。実際に自分の前にヴォジャノーイが現れ、ミラの助けもあって撃退できたわけだが、こうして落ち着いて考えてみると不審《ふしん》な点がいくつかあった。ミラも同じ考えらしく、渋面《じゅうめん》をつくっている。

「正直、ブリューヌを半分近く横断する羽目になるとは思わなかったわ。途中で引き返そうと何度思ったことか」

ため息混じりに言って、ミラは肩をすくめた。彼女の治めるオルミュッツからここまでの距離を考えると、かなりの長旅だったことは間違いない。

「おかげで俺は助かったから、ありがたかったけどな」

そう言って彼女をなぐさめたあと、ティグルは真剣な表情で考えこむ。

「考えてみると、やられるために出てきたような感じだったな」

同意を示すようにミラはうなずいた。ヴォジャノーイがどこに潜んでいたのかは知らないが、ティグルとミラが合流する前にひとりずつ倒すことができたのではないか。ティグルだけでも、またミラだけでも、あの魔物を倒すのはおそらく無理だったのだから。

「ラヴィアスはどうなんだ？　何か教えてくれないのか」

ティグルが尋ねると、ミラは首を横に振る。彼女のそばに置かれた氷の槍《やり》は、氷塊と水晶で構成されたかのような穂先をかすかに点滅させた。

「この子も戸惑っているみたい。あいつが消えたあとは、魔物の気配はしないって」

「もしかして、こいつの力を試しに来たのかもしれないな」

ティグルの視線が黒弓に向けられる。すぐ手にとれるよう、荷袋の上に置いていた。話を打ち切るように、ミラが言った。

「ひとまず、魔物のことは横に置いておきましょう。滅んだかどうかわからないけれど、いなくなった以上、しばらく姿を見せることはないでしょうし……。それに、あなたにとって、もっと面倒な話があるの」

「魔物のことより面倒な話があるとは思えないが」

ティグルは冗談めかした口調で笑ってみせたが、ムオジネル軍がブリューヌに攻めこんだという話を聞いて、顔色を変えた。目を瞠《みは》り、言葉を失ってミラを見つめる。

「事実よ」

厳しい表情で告げると、ミラは彼女の知っているかぎりのことを説明した。

オルミュッツの国境にムオジネル軍が姿を見せたのだが、それは陽動であったこと、彼らはジスタートを攻めると見せかけながら、ミラの虚《きょ》を突いて北西へ進軍し、ジスタート領であるアニエスを突破して、ブリューヌの国境を越えたことを語った。

あくまで結果としてだが、ミラはムオジネル軍を追いかけ、追い抜く形でブリューヌに入ったのである。

「ムオジネル軍の数は……？」

そう問いかけるティグルの声は震えていた。

「私が見たかぎりでは、多すぎて把握《はあく》できなかったわ。ブリューヌに入ってから立ち寄った町や都市で聞いた話だと、十万から十五万だそうだけど」

ティグルはおもわずよろめいた。五、六万ぐらいを想像していたのだが、文字通り桁《けた》が違う。先日侵攻してきたザクスタン軍でさえ、クリューゲルの率いる二万に、シュミットの率いる五万を合わせて七万の軍勢だったのだ。目眩《めまい》がしそうだった。

――あの、ムオジネル軍が……。

ただでさえ、若者にはムオジネル軍に対する苦手意識がある。二年前、ブリューヌに攻めてきたムオジネル軍を、ティグルは寡兵《かへい》で迎え撃った。勝算などまったくなかった。ただ、民を守るために必死だったのだ。

最終的にムオジネル軍は撤退し、ティグルはムオジネルの王弟クレイシュ＝シャヒーン＝バラミールから『流星落者《シーヴラーシュ》』の称号を贈られ、名声を一挙に高めた。

だが、ティグルは知っている。彼らが撤退しなければ、自分たちは敗北を余儀なくされていたことを。


「どうするの？」


ミラの声で、ティグルは我に返った。気がつけば、額に汗がにじんでいる。腕で乱暴に汗を拭《ぬぐ》うと、紅茶《チャイ》を一口飲んだ。頭の中にブリューヌ全土の地図を描く。

ティグルがまず考えたのは、食糧のことだ。ムオジネル軍を十万だと仮定しても、膨大な量の食糧が必要となるはずだ。それを運ぶための荷車や牛馬も、途方もない数に違いない。そして、彼らの補給線はジスタート領を通過しているため、非常に不安定だ。

──彼らはまっすぐ王都ニースを目指さず、南部の港町群に向かうんじゃないか。

もしも王都を目指してくるなら、話は簡単だ。城門をすべて閉ざして防戦に徹《てっ》しつつ、別働隊を動かして彼らの補給線を断てばよい。そうすれば、大軍の強みはあっという間に弱みへと変わる。数の多さが重荷となって、彼らは数日で飢えるだろう。

そのような事態を避けるためには、南部の港町群をおさえて海路を確保するべきだ。

一呼吸分の間を置いて、ティグルは答える。


「俺は、自分の目的に集中する。ムオジネル軍のことは後回しだ」

「そうね。それが正しいわ」

　ミラは満足そうにうなずくと、からかうような、少し意地の悪い口調で笑いかけた。

「あなたがあまりに迷うようだったら減点として頭を冷やしてあげたところだけど、そうならなくてよかったわ」

「温かい紅茶を飲んだばかりでそれは勘弁してほしいな。ところで、これからだが……」

　そこまで言ってから、ティグルはあることに気づいて表情をあらためる。重要なことを忘れていた。身体《からだ》ごとミラに向き直って、頭を下げる。

「ミラ、頼む。エレンを助けるのに力を貸してくれ」

　彼女がここにいるのは魔物の気配を追ってきたからであって、別にティグルを助けるためではない。自分の言葉で頼むべきだった。

　若者の後頭部を見ながら、青い髪の戦姫《せんき》は楽しげな笑みを口元ににじませる。ここまでは合格だというふうな表情で、彼女は言った。

「エレオノーラに大きな貸しもつくれるし、手伝ってあげてもいいけれど……。ひとつ条件があるわ。あなたなりに、私の立場を保障してみせて」

　ティグルは首をひねったが、すぐにミラの言いたいことを理解する。ジスタートの戦姫という立場にある者が、まさか魔物を追ってきたなどという理由でブリューヌにいるのは、たしかに問題があるだろう。

「隣国の友人が遠路はるばる俺を訪ねてきたというのではだめかな」

真面目《まじめ》な顔でティグルは提案してみたが、返答は凍漣《とうれん》での一撃だった。軽く叩《たた》いた程度ではあったが、不意を突かれてはかなり痛い。冷気のおまけつきとあれば、なおさらだ。

「次は刺すわよ」

二種類の怒りを帯びた視線で、ミラは若者を冷たく貫く。内容だけでなく、友人という単語も彼女をいちじるしく不機嫌にさせたのだが、ティグルはそれに気づかなかった。

「それじゃあ、こういうのはどうだ。ジスタート領であるアニエスを断りもなく突破したムオジネル軍の無法を問うべく、ミラはブリューヌを訪れた。そして、面識があって信頼でき、レギン王女から軍を預かっている俺のところへ来た」

「及第点というところかしら。ブリューヌは攻めてきたムオジネルにどう対処するつもりなのか、オルミュッツの主《あるじ》としてレギン王女の意向《いこう》を聞きに来た、というのを追加すればもっとよかったわ」

ミラとソフィーの二人に対して、ムオジネルを警戒せよという命令を、ジスタート王は太陽祭《マースレニッツア》の場で発している。さらに、ムオジネル軍はブリューヌへ侵攻する前、オルミュッツの南端にあるフォドニー城砦《じょうさい》を攻めているのだ。

ジスタートにとってムオジネルは明確な敵であり、同盟国のブリューヌに共闘を持ちかけるのは当然のことだ。そうミラに説明されて、ティグルは大きくうなずいた。

「わかった。それも付け加えさせてもらう」

二人は握手をかわす。多少のこじつけがあっても、ミラが戦姫《せんき》として動くためにこうした形式は必要だった。

二つの陶杯《とうはい》に新たな紅茶《チャイ》をそれぞれ注ぎながら、ミラは若者に尋ねる。

「さっそくだけど、これからどう動くのか話してくれる？」

「とりあえず、これまで通りグレアスト軍を追うつもりだが……」

ティグルが答えると、凍漣の雪姫《ミーチェリア》は懐疑的な表情をつくった。

「今夜も敵の幕営に忍びこんで、隙《すき》をうかがうということ？」

ミラの反応に戸惑いつつもティグルがうなずくと、彼女は首を横に振る。出来の悪い弟子を叱《しか》る師のような顔つきで口を開いた。

「毎晩そんなことをやっていたら、エレオノーラを助けだす前に私たちが疲れて動けなくなるわ。それと、いま、とくに何も考えないで言ったでしょう」

「な……何を言うんだ！　何も考えないなんて、そんなはずはないだろう！」

ティグルはかっとなって必死に反論する。自分がエレンのことをどれだけ心配し、一刻も早く助けだしたいと思っているか、わからないはずがないのに、なぜ彼女はそのようなことを言うのか。

熱くなるティグルとは対照的に、ミラは冷ややかに応じた。

「ずいぶん頭に血が上ってしまっているようね。いいわ、ひとつだけ助言をあげる。グレアスト軍とやらの食糧について考えてみなさい」

「食糧……？」

眉《まゆ》をひそめて当惑した顔になるティグルを、ミラは無言で見つめる。若者はくすんだ赤い髪をかきまわして唸《うな》ると、うつむいて考えこんだ。凍漣《ミーチェリア》の雪姫は、紅茶《チャイ》を飲みながら静かに待っている。

――グレアスト軍の食糧か……。

昨晩、彼らの幕営に忍びこんで拾い集めた情報を、ティグルは頭の中に並べていく。

彼らはコティヤール伯爵《はくしゃく》の領内にある村や町を襲って、食糧を得ていたという。月光の騎士軍《リューヌルーメン》を破って以後は、ティグルの知るかぎり略奪行為をしていない。ムオジネル軍の侵攻を知って、少しでも早く北へ逃れようとしているのだろう。

ティグルがこの数日間、観察したところでは、彼らはそれほど大量の食糧を抱えているようには思えなかった。せいぜい残り五、六日分というところだ。

――でも、やつらが食糧について不安を感じている様子はなかったな。数日中には食糧を補充できる見込みがたっているということか。

食糧が足りなくなると、兵士はそれを敏感に察知する。数日はごまかせても、小さな違和感が不安に変わり、やがて不審《ふしん》となる。士気の低下は指揮官への反発を生み、少しずつ軍を蝕《むしば》んでいく。行き着く先は反抗や脱走だ。

そうした事態を防ぐには充分な食糧を用意するか、食糧を入手する予定を示して、彼らを安心させるしかない。わざと飢えさせて戦意を煽《あお》る手もあるが、それは兵の暴走を生みやすい危険な行為だ。

——やつらが向かっているのはモントゥールという地だったな。そこで食糧を調達するつもりなんだろう。攻め落とすという話はしていなかったから……。

モントゥールを治めている者については知らないが、グレアストの味方に違いない。

そこまで考えて、ティグルはおもわず手を打った。ミラの言いたいことが理解できたのだ。青い髪の戦姫《せんき》を見つめて、若者は慎重に口を開く。

「グレアスト軍がモントゥールに入る直前の夜に、忍びこむ。そうだな？」

「そういうこと」

仏頂面《ぶっちょうづら》を消し去って、ミラは不敵な笑みを浮かべた。

「一万もの敵の中に忍びこんで、人間ひとりを助けて脱出するのよ。機会は一度しかないと思った方がいい。それなら、敵がもっとも気を緩《ゆる》める瞬間を狙《ねら》うべきだわ」

ミラの言葉に、ティグルは力強くうなずき返す。ただ愚直に敵を追うことしか考えつくことのできなかった自分を恥ずかしく思った。

「まずは、モントゥールがどのあたりにあるのかを調べることだな」

ミラの持っている地図には、モントゥールの位置は記されていない。地図に描かれなかったほど小さな領地なのかもしれないが、これについては、てきとうな村や集落に立ち寄って聞けばいい。

そうしてモントゥールの位置がわかったら、グレアスト軍に見つからぬよう彼らを追い抜き、その近くで待ち伏せる。

「それじゃ行きましょうか」

二人は立ちあがった。火を消し、かまどを崩《くず》す。荷物をまとめると、若者は徒歩で、戦《せん》姫《き》は馬に乗って歩きだした。

──エレン。もう少しだけ待っていてくれ。

ティグルは心の中でつぶやく。黒い瞳《ひとみ》には、生気に満ちた決意の光が輝いていた。

◎

ブリューヌ王国南部には、すでに初夏を感じさせる風が海をわたって吹きこんでいる。

本来、この時期の南の海は、白い帆に風をはらませた船団の姿を見ることが珍しくないはずだった。隣国であるザクスタンやムオジネルをはじめ、諸国の船が沿岸にある港町群に向かって列を為《な》し、さまざまな品を運んでくるのだ。

塩漬けの肉や魚、珍しい果物や香辛料、茶と酒、潮風を浴びないよう絹布《けんぷ》で何重にも巻かれた芸術品に、宝石をふんだんに使った装飾品、頑丈な木材、巨大な大理石、絨毯《じゅうたん》に象牙《ぞうげ》などが次から次へと港に姿を見せ、そのたびに商人や客たちが歓声をあげる。

ものが入ってくるばかりではない。他国の商人、旅の吟遊詩人《ミネストレーリ》に娼婦《しょうふ》、道化師《クローウン》、傭兵《ようへい》に遊歴の騎士なども港町を訪れる。彼らは港町に留《とど》まることはほとんどなく、ブリューヌのどこかを目指して、今度は陸路での旅をはじめるのだ。

初夏の熱気と人々の熱気とが混じりあい、諸国の言語が無軌道に飛び交って、どの港町も大変なにぎわいを見せるはずだった。

だが、今年にかぎってはそうはならなかった。ブリューヌを訪れる船団などごくわずかで、それらも長く留まることはない。商人の数も客の数も少なく、市場には初夏の陽射《ひざ》しがもたらす熱気だけがわだかまっていた。

原因のひとつは、今年はじめに攻めてきたザクスタン軍の存在だ。彼らはメリザンドと密約を結び、いくつかの港町を戦わずして支配下に置くことができた。だが、いくら血が流れなかったとはいえ、いずれ戦場になるだろう町へ寄りつく商人などそうはいない。

港町群を支配していたクリューゲル将軍は決して非道な男ではなかったが、軍というものは大事な交易品を力ずくで取りあげるはた迷惑な輩《やから》という認識は、多くの商人が抱いていた。彼らはザクスタンやムオジネルで様子見を決めこんだのだ。

そのザクスタン軍が敗北して去ったかと思えば、その余韻《よいん》も冷めないうちに、今度は陸路でムオジネル軍が姿を現した。それも、ザクスタン軍とは比較にならない大軍である。

都市を囲む城壁の上や、高い塔から彼らの姿を見た兵士たちは、一様に肝《きも》を潰した。

十五万のムオジネル兵が文字通り地平を埋めつくして進軍する姿は、あたかも鉄の色をした洪水が、徐々に大地を呑《の》みこんでいくかのようだった。

陽光を反射して輝きながら風を受けてはためくのは、緋色《ひいろ》の地に、角を生やした黄金の兜《かぶと》と剣を描いた軍旗だ。戦神ワルフラーンである。

彼らは二万五千の騎兵と、十二万五千の歩兵で構成されている。歩兵はさらに、五万五千の平民の兵士と七万の戦奴《マルダー》とにわけられていた。

戦奴とは、奴隷《どれい》の身分の兵士のことだ。

騎兵と平民の歩兵はムオジネル人だけだが、戦奴はさまざまで、ムオジネル人はもちろんブリューヌ人やジスタート人もいる。そのために、戦奴だけは白い肌をした者と褐色《かっしょく》の肌をしている者が混在していた。

彼らは歩兵の半分以下の俸給《ほうきゅう》しかもらえず、戦《いくさ》となれば最前線に立たされ、逃げようとすれば味方から容赦なく射殺される。

約束されているのは食事と、他の兵たちと同様の略奪許可、それから金貨一千枚で奴隷の身分から解放されるということだけだった。

ムオジネル軍がジスタート領アニエスを突破してブリューヌに侵入したのは数日前のことだが、すでに多くの港町が戦わずして城門を開き、降伏している。十五万もの兵を遠目に見て、戦意を喪失したのだ。町を捨てて、山や森に逃げこんだ者たちもいた。

城門を閉ざして抵抗の意志を見せた町もあったが、彼らの運命は悲惨の一言に尽きた。ムオジネル軍は嵐のように襲いかかり、城壁を梯子《はしご》で乗り越え、城門を破城鎚《はじようつい》で破壊して町の中へとなだれこんだ。

抵抗した者と老人はことごとく殺され、それ以外の者は子供でさえも捕まって奴隷にされた。金品はどれほど小さなものでも奪われ、神殿に並ぶ神々の像にほどこされた金箔《きんぱく》さえもむしり取られた。

最後に建物へ火が放《はな》たれ、ムオジネル軍は廃墟《はいきょ》となって燃えあがる町を背に、進軍を再開したのである。

一方で、ムオジネル軍は降伏した町に対しては寛容だった。略奪もしなければ、住人を奴隷にすることもない。食糧や物資を要求はしたが、それは直接的な暴力を伴うものではなく、すべてを奪おうというものでもなかった。

だが、その態度で町の長《おさ》たちは悟らざるを得なかった。

ムオジネルは略奪をして帰るのではなく、自分たちを支配しにきたのだと。

そのムオジネル軍十五万の兵を指揮しているのは、クレイシュ＝シャヒーン＝バラミール。『赤髭《バルバロス》』の異名を持つ、王国の王弟である。現在三十九歳。大きくくぼんだ目と、長い鼻と耳で構成された悪相には、活力と茶目《ちやめ》っ気《け》があふれていた。

クレイシュは十五万の兵たちの最後方で、宝石をあしらった豪奢《ごうしや》な輿《こし》に乗っている。引き締まった身体《からだ》を純白の絹服に包み、頭部を包む絹布《けんぷ》にも同じく白い羽根を差していた。異名のもととなった、胸元まで伸びている赤髭《あかひげ》だけが強い色彩を帯びている。

派手好きな彼にしては珍しい格好だが、これには少々意地の悪い理由があった。

将軍たちが、何らかの報告をしに彼のもとを訪れる。

彼らは総指揮官の服をまじまじと見つめて、当惑した表情になる。彼らの知るクレイシュは虹色の衣装だとか、どぎつい赤と黄と青で構成され、金糸をちりばめたような服だとか、そういう派手な衣装を好むからだ。

報告する間も、彼らの表情は晴れない。ついにはおそるおそる「何かございましたでしょうか」と、ある者は率直に、またある者は遠回しに聞いてくる。そこでクレイシュはことさらに憮然《ぶぜん》とした表情をつくって「当ててみよ。わからぬのか」と尋ねるのだ。

クレイシュは寛大な人柄で知られているが、王弟であり、ムオジネルに並ぶ者のない戦功を誇る『赤髭』である。機嫌を損ねるような返答をすれば、首を刎《は》ねられるとまではいかずとも、奴隷《どれい》の身分に落とされる可能性はあった。

まさか「私どもをからかっておられるのではございませんか」などと聞く者はいない。

悩んだ末に思いついたことを口にしては、クレイシュに「もうよい。下がれ」と言われ、顔を真っ青にして退出する者が後を絶《た》たなかった。

なぜ、このようなことをクレイシュがしているのかといえば、とくに理由はない。強《し》いていえば、退屈を持て余しているせいである。この王弟はそういう人物だった。

「わかってはいたことだが、暇だな」

太陽があと少しで中天に達するというころ、今日で何度目かの報告を受け、兵にねぎらいの言葉をかけてを退出させると、クレイシュはあくびを噛《か》み殺しながら独りごちた。

ブリューヌ王国に侵入を果たしてから、彼は戦《いくさ》らしい戦を一度も経験していない。

十五万の兵に向かってくる敵など、そうそういるはずがない。二百や三百の兵をどうにかそろえた程度の微弱な抵抗では、大人と子供の喧嘩《けんか》にすらならない。こちらがちょっと小突けば相手は瓦解《がかい》して壊滅《かいめつ》してしまう。

そのような戦では、クレイシュの出る幕などない。将軍のひとりが一万ばかりの兵を率いて町を攻め落とし、略奪まですませたあと、結果をクレイシュに報告して終わりだ。

今度の遠征でクレイシュが選び抜いた将軍たちは、いずれもたしかな力量を持ち、忠誠心も高く、勇敢な者ばかりである。港町ひとつ攻め落とすのに、手間取るはずもない。

それに、いちいち自分の判断を仰《あお》がないですむようにと、ブリューヌに入る前からクレイシュはおおまかな方針を決めておいた。そのため、将軍たちはそれに沿って迅速に動くことができたのである。

　また、十五万もの兵の行軍となれば、前後で動きが乱れて部隊同士が衝突してしまったり、脱落者が出たりするものだが、いまのところそのようなことはなかった。将軍たちはクレイシュの信頼に応《こた》え、力を合わせて見事に軍を統率していたのである。

「私の仕事が、食って寝て輿《こし》に揺られて報告を聞くだけになってしまっている」

そのような状況に置かれたクレイシュが将軍たちをからかうのは、仕方のないことかもしれない。末端の兵までからかおうとしないのが、せめてもの救いだろう。

　彼の座っている輿のまわりでは、側近たちが王弟を守るように馬を進めているのだが、誰もクレイシュの暇潰しを止めなかった。将軍たちを少し困らせるだけなら、まだましな部類だと思っているからだ。

　ただ、王弟をなだめる必要があるとは感じたらしく、側近のひとりが口を開いた。

「港町群をおさえて海路を確保しましたら、戦勝祝いとして鷹《たか》狩りでもいたしましょう。ブリューヌは平坦《へいたん》な草原が多いゆえ、場所選びにもさほど苦労せぬかと存じます」

「ほう。鷹狩りか」

　クレイシュのおちくぼんだ目が、すばらしい思いつきだというふうに輝く。

「では、こうしよう。私は一万の兵を率いてブリューヌをぐるりと周り、おおいに鷹狩りを楽しむ。おまえたちは残り十四万の兵を連れて私についてこい。その際、何者かに攻め落とされた町や都市を見かけたら、すかさず占領するように。はっはは、なかなか胸が躍《おど》る鷹狩りになりそうではないか」

側近たちはそろって絶句した。それは絶対に鷹狩りではない。何より問題なのは、この王弟は喜んでやりかねないということだ。

鷹狩りを提案した者も含め、側近たちはクレイシュに平身低頭してその考えを撤回してもらうよう願った。赤髭《あかひげ》の王弟はつまらなそうに顔をしかめる。

「何が不満なのだ」

「我々の身体《からだ》がもちませぬ」

この上なく真剣な顔で側近は答えた。クレイシュが本気で自由奔放《じゆうほんぽう》に暴れまわったら、側近たちだけでなく、将軍らも、兵たちも、王弟の後を追うだけで精根尽き果ててしまうだろう。とても軍を維持するどころではない。

「閣下《かっか》。ブリューヌも、さすがに王都へ迫れば戦わないわけにはいかないでしょう。ここは楽しみを先にとっておくということで、堪《こら》えていただけませぬか」

側近のひとりが懸命《けんめい》に言葉を紡《つむ》ぐ。クレイシュは失望と落胆を露《あら》わにして鼻を鳴らしたものの、彼らの願いを拒絶はしなかった。

そのとき、兵のひとりが報告に現れる。その兵は気まずさに似た雰囲気が輿のまわりに立ちこめているのを感じたが、気づかないふりをした。

「申しあげます。王弟殿下にお目通りを願う者たちが……」

クレイシュの目に、わずかながら興味の光が灯《とも》る。この際、退屈しのぎになれば何でもいいのだろう。彼に会いたいという者たちの素性《すじよう》を聞いて、赤髭《あかひげ》は薄い笑みを浮かべた。

「ラメール、アグド、マッシリアか……。よかろう。連れてこい」

いずれもそれなりの規模を持つ港町だが、この三つの町にはひとつの共通点がある。メリザンドを通じてザクスタンに寝返っていたという点だ。

クレイシュは輿《こし》を止めさせる。一万の兵が、彼を守るために同じく行軍を止めた。

それから四半刻ほどの時間が過ぎて、ようやくそれぞれの町の長《おさ》がクレイシュの前に姿を見せる。三十代から五十代の男たちで、上等な絹服に身を包んでいた。

槍《やり》を持ったムオジネル兵たちに挟まれるようにして、彼らは輿から十歩ほど離れたところに並んで立つ。三人はムオジネル語で丁重な挨拶《あいさつ》をすると、クレイシュの武勲《ぶくん》の数々を言葉を尽くして褒《ほ》め称《たた》え、進んで協力すると申し出た。

彼らの意図は明白だった。メリザンドが死に、ザクスタンが破れた以上、彼らはレギン王女の処分を待つばかりである。そこへ現れたムオジネル軍は、彼らにとってまさに、さしのべられた救いの手に見えたのだろう。

彼らの話を聞き終えたクレイシュは、満足そうにうなずいたあと、傍《かたわ》らに控える側近へと目を向けた。

「こやつらを戦奴《マルダー》として最前線に送れ。エクレムにも、そのように扱えと伝えろ」

エクレムは、今度の遠征でクレイシュが抜擢《ばってき》した将軍のひとりだ。二万の戦奴を統率しており、今日の行軍では最前列を担当していた。続けて、クレイシュは命じる。

「それから、こやつらの家族、親族をことごとく捕らえよ。男は戦奴とし、女と子供は奴隷《どれい》とする。老人は放《ほう》っておいてかまわんが、抵抗するようなら殺せ」

苛烈《かれつ》な命令に、ラメールの長が悲鳴をあげた。マッシリアの長が、衝撃と恐怖とで顔を青くし、次いで赤くして一歩前に出る。クレイシュの側近たちが血相を変えて膝立《ひざだ》ちになり、ムオジネル兵たちがすばやく槍を突きだした。

「な、なぜ、そんなむごい仕打ちをなさるのですか！　他に降伏した町は、命も財産も保護されたと……！」

槍に行く手を阻《はば》まれながら、マッシリアの長はブリューヌ語混じりのムオジネル語で必死に訴える。クレイシュは突き放《はな》すような口調で答えた。

「何やら勘違いしているようだが、降伏と裏切りは違うぞ、マッシリアの長よ。おぬしの言う他の町とやらは、ブリューヌを裏切ってはおらぬだろう」

クレイシュは裏切りという行為を嫌っているわけではない。彼らの言う全面的な協力とやらでは見合わないと判断したのだ。

この三人が率先してムオジネルに協力を表明し、また他の町にも裏切りを呼びかけるなどすれば、クレイシュはそれなりの待遇を彼らに与えただろう。

だが、すでに大軍の圧力に屈して降伏した港町がいくつも存在する。彼らとこの三人を同列に扱えば、他の町の長《おさ》たちが反感を抱くことは必至だった。

かといって、この三人を他の者の下に置けば、今度は三人が不満を持つだろう。ブリューヌを二度も裏切るような者たちが、ムオジネルを裏切らないという保証はない。

処分してしまうのが、もっとも手っ取り早かった。

「わ、我々には町を統治してきた経験と実績が……」

それまで言葉を失っていたアグドの長が、我に返って必死に懇願《こんがん》する。赤髭《あかひげ》は、今度ははっきりとせせら笑った。

「南の海に面した港を持つ町は、我が国にも数多くある。心配は無用だ」

それは、三つの港町はムオジネル人が直接支配するという意味の言葉だった。

おとなしく従う他の町については、これまで通りブリューヌ人に統治を任せてもよい。統治者よりも上位にムオジネル人がいればよいのだ。

それとは別に、ムオジネル人が彼らに代わって町を統治するという例をつくっておいてもよいだろう。その場合の問題点を早期に洗いだすこともできるし、ブリューヌ人の統治者との間に競争意識を持たせることもできる。

クレイシュが軽く手を振ると、ムオジネル兵たちが槍《やり》を突きつけて、三人のブリューヌ人を連れていった。彼らの姿が見えなくなると、クレイシュの輿《こし》が持ちあがる。王弟と一万の兵たちは行軍を再開した。

それからまもなく、クレイシュはあることに気づいて小さく声をあげる。

「ザクスタンのことを、あやつらから聞きだしてもよかったな」

まだ年が明けて間もなかったころ、ザクスタンがブリューヌに攻めこんだという話を聞いたクレイシュは、ザクスタンに使者を送ったことがある。

結局、返事はなく、クレイシュ自身も単独でブリューヌを攻めることを決めたのだが、彼らが思い描いていた戦略や戦術については興味があった。いまのブリューヌ人たちはザクスタンと密接な関係にあったはずだから、詳しく知っていたかもしれない。

しかし、クレイシュは頭《かぶり》を振ってその考えを打ち消した。自分の前まで来て、その程度の交渉もできないような者ならば、たいしたことを知っているはずもない。仮に知っていたとしても、有益な話はできないだろう。

ふと、クレイシュは側近のひとりを振り返って訊《き》いた。

「そういえば、ダーマードから何か報告はあったか」

側近は「ございませぬ」と答えて首を横に振る。ダーマードはクレイシュの側近のひとりで、ひとりの戦士としても一軍の指揮官としても才能を感じさせる若者だ。

アニエスを抜けてブリューヌ領内に入ったとき、クレイシュはダーマードに二千の騎兵を与えて、ひとつの命令を下した。

王都ニース周辺および、ブリューヌ西部を偵察し、情報を集めよと。

月光の騎士軍《リューンルーメン》がグレアスト軍に敗北してから、まだたいして日数は過ぎていない。

クレイシュはいくつも偵察隊を放《はな》ち、あるいは降伏した港町の長《おさ》や商人から話を聞くなどして情報を集めていたが、ザクスタン軍の撤退も、月光の騎士軍の敗北も、グレアスト軍の存在さえも、まだ知らなかった。正確には、噂《うわさ》として耳にしても、事実としては捉えていないといったところだ。

これは距離と伝達手段の問題であり、クレイシュが南の沿岸を進むのではなく、王都に向かって北上していれば、よりたしかな情報を得られただろう。だが、赤髭《あかひげ》の王弟は総指揮官として補給線の確立を優先し、代わりにダーマードを遠くへ放ったのである。

「王都までとなると日数がかかるゆえ、期限は設けなかったが……。ダーマードめ、どこまで行ったのやら。まさか迷子になってはおるまいな」

クレイシュのつぶやきに、側近たちは沈黙して誰も答えなかった。

一万の兵たちに守られながら、王弟を乗せた輿《こし》は悠然とブリューヌの街道を行く。

そのころ、クレイシュに妙な心配のされ方をしていたダーマードは、王都ニースから西へ半日ほど歩いたところにいた。彼は配下の二千騎を従え、まわりに草原が広がる小さな丘の上で、しばしの休息をとっている。

ダーマードの頭上には、灰色の雲が薄く広がっていた。同じブリューヌでも南部と中央とでは天候が異なる。いますぐ雨が降ってくるとは思えないが、不安になる空模様だ。

「どうにも貧乏くじを引いた気がするな」

灰色の空を見上げて、ダーマードは忌々《いまいま》しげに吐き捨てた。現在十九歳。ムオジネル人特有の褐色《かつしよく》の肌をした長身の若者で、鼻と顎《あご》が細く、鋭《するど》い眼差《まなざ》しをしている。

ダーマードは厚手の服の上に革鎧《かわよろい》をつけ、反りのある剣を腰に吊《つ》るし、弓を鞍《くら》に差していた。頭にかぶっている鉄の兜《かぶと》は、指揮官の証《あかし》である。本音をいえば重くて脱ぎたいのだが、指揮官としての自尊心で耐えている。

はじめて訪れた地で、二千の兵を統率している力量はなかなかのものといってよい。だが、彼は不満だらけだった。

クレイシュに遠方の偵察を命じられたことについては、それほど不服はない。港町群の攻略戦に参加できなかったのは戦士として残念であり、攻略後の略奪のことを考えるともったいなかったと思うが、クレイシュは情報収集を非常に重視する男だ。ダーマードが正確で貴重な情報を持ち帰れば、正しく評価してくれるだろう。

当てが外れたと思ったのは、ブリューヌ南部から西部にある村や町を襲ったときだ。

食糧については、ダーマードは現地調達を命じられている。すなわち、敵から奪えということだった。これは奴隷《どれい》の入手の容認でもある。

ところが、ブリューヌ南部の町や村はザクスタン軍と、そしてグレアスト軍に食い荒らされていた。ある村の長《おさ》などは、ダーマードに平伏《へいふく》しながら、食糧はほとんど残っていないと涙ながらに語ったものだ。調べさせてみたら、本当だった。

このような村や町がひとつや二つではなかったので、ダーマードは困り果てた。

とにかく自分たちも食糧が必要だったので「おまえたちは王都にねだれ」と冷たく告げて、力ずくでいくばくかの量を奪ったものの、達成感よりも徒労感《とろうかん》の方が大きい。

奴隷はひとりも手に入れていない。まず自分たちの食糧を充分に確保しなければならないのに、奴隷を手に入れる余裕などあるはずがなかった。ダーマードは奴隷に対して慈悲深い考えを持っているわけではないが、むやみにのたれ死にさせる趣味もない。

本来の目的である偵察及び情報収集については、上手《うま》くいっている。

ダーマードはザクスタン軍が月光の騎士軍《リューンルーメン》と一戦したあとに撤退したことも、月光の騎士軍が正体のよくわからない一団に敗れたことも知っていた。

この一団というのはグレアスト軍のことなのだが、ダーマードは当然ながらその名称を知らない。漠然と、反王女派の軍勢ぐらいに捉えていた。

――あれが失敗だったかな……。

視線を転じて、丘の上から草原を見下ろしながら、ダーマードは考える。

クレイシュは王都周辺の偵察をダーマードに命じたとき、ブリューヌ西部へ向かわせるかどうかまでは、まだ決めていなかった。ブリューヌ全土の地図を見せて、訊《き》いたのだ。

「東部と西部、どちらをまわる？」

ダーマードが西部を選んだのは、ザクスタン軍の情報を確実に得られるだろうという考えがあったからだが、それだけではない。

地図の北東部に、彼はアルサスという地名を見つけてしまったのだ。それがティグルヴルムド＝ヴォルンの領地であることを、ダーマードは知っていた。

ブリューヌ東部まではザクスタン軍の手も延《の》びていない。テリトアールやアルサスといった地を襲えば、いまほど有益な情報は得られなかっただろうが、食糧や物資、奴隷などは充分に確保できただろう。それはそれで評価されたに違いない。

「どうしますか、閣下《かっか》」

副官を務《つと》める兵士が尋ねてくる。ダーマードより二つか三つ年長の男だ。

「ザクスタン軍と、月光の騎士軍とやらについては充分な情報が手に入ったと思います。食糧もそれほど余裕はありませんから、ここで引き返しては」

「おまえ、今回の収穫には満足か？」

ダーマードは憮然《ぶぜん》とした顔で聞いた。副官は苦笑を浮かべて答える。

「偵察隊としては、満足すべき成果だと考えます。とくに、ブリューヌにまとまった兵力がないということを王弟殿下が知ったら、お喜びになるでしょう」

その言葉に、ダーマードは視線をより鋭《するど》いものにして副官を見据えた。

「本当に、そう思うか？」

「ブリューヌとジスタートの混成軍が一敗地にまみれ、あの『流星落者《シーヴラーシュ》』が行方不明になったという話が、偽《いつわ》りだというのですか？」

怪訝《けげん》な顔をして副官は聞き返す。ダーマードは彼から視線を外し、遠くを眺めて独り言のようにつぶやいた。

「あいつ、砂狐《ラムリピー》よりもしぶといからな」

砂狐はムオジネルに棲息《せいそく》する狐だ。砂漠の昼の暑さにも、夜の寒さにも平然と耐え、二日間飲まず食わずでも活発に動きまわる。

はあ、とぼんやりした返事をよこす副官を横目に、ダーマードは考えを巡らせる。頭の中に地図を描いた。ここから、四方のいずれに馬首《ばしゅ》を向けるべきか。

任務を終えたと判断して本隊に合流するなら南。略奪を考えるなら東だろう。

撤退後のザクスタン軍やアスヴァールの動向について調べるなら西だ。ただし、西に向かうと食糧や物資の調達はいま以上に厳しくなるに違いない。

――あとは北だが。

　グレアスト軍について、あらためて考えてみる。月光の騎士軍《リューンルーメン》を破ったとなれば、その強さはかなりのものだろう。

　彼らがレギンと対立しているのはあきらかだが、ブリューヌを裏切ってムオジネルに協力する可能性はあるだろうか。その逆にムオジネルを敵と見做《みな》し、一時的にでもレギン王女と手を組む可能性は。

　──もう少しだけ、さぐってみるか。

　ムオジネルの敵になるかもしれない集団を、放《ほう》っておくわけにはいかなかった。こちらはたった二千なので戦う気はないが、彼らの狙《ねら》いと拠点、指揮官の素性《すじょう》ぐらいは調べておきたい。いずれ交渉するにせよ、刃《やいば》をまじえるにせよ、無駄にはならないだろう。

「北へ行く。反王女派とやらいう連中がどんなやつらなのか確認して、それがすんだら本隊に戻るぞ」

「王都より北へ向かうのは、さすがに危険ではありませんか？」

　首をひねる副官に、ダーマードは功名心をにじませた笑みを浮かべて答えた。

「王弟殿下もそう考えておられるだろう。つまり、それだけの成果になるということだ」

　ほどなく休息を終えて、ダーマード率いるムオジネル軍二千騎は丘を下る。北へ向かって馬を進ませた。

4　モントゥールの戦い

その日の昼過ぎ、偵察隊から報告を受けたカロン＝アンクティル＝グレアストは、整った顔に困惑をにじませた。このようなところでムオジネル軍の姿を見たと聞いては、それ以外の反応をすることは困難だっただろう。

目的地であるモントゥールまで、あと二日というところに彼らはいる。

「ムオジネル軍だと？」

クッションを敷き詰めた馬車の中で、彼は何枚かの地図を広げる。現在、王都ニースとルテティアの間に、いったいどれだけの軍勢がいるだろうか。

ヴァレンティィナ率いるオステローデ軍が、王都ニースとルテティアを結ぶ街道を北上しているのは知っている。月光の騎士軍《リューンルーメン》約七千が、彼女らに一日遅れて王都を発《た》ったのも。

グレアスト軍から見て、オステローデ軍は北東へ歩いて一日半ほどの距離にいる。月光の騎士軍は、南東へ向かって徒歩で約二日の距離だ。

彼らはルテティアに向かっているのだろうが、急に方向を変えてこちらに向かってきたとしても気づかないはずはなく、対処も充分に間に合うはずだ。

だが、ここにムオジネルが飛びこんできた。自分たちから見て、彼らは南へ歩いて一日半というところにいるようだ。

「侵攻してきたムオジネルの軍勢は十万を超えるはず。その中のたった二千、それも騎兵ばかりとなると、偵察隊か……」

そこまではグレアストも推測できる。だが、その偵察隊がどこまで接近してくるかとなると、さすがに読めなかった。ましてや、彼らの目的が自分たちであるなど。

「ひとまず放《ほう》っておくか。やつらは二千。まさか一万近くの我々に仕掛けてはくるまい」

そのように結論を出すと、グレアストは予定通り、モントゥールへ向かうことにした。

「月光の騎士軍の考えは読めている。我々より先にルテティアに入り、おそらくはアルテシウムに立てこもって時間を稼ぐつもりだろう」

アルテシウムはルテティアの中心都市であり、ルテティアを掌握《しょうあく》するつもりならば、絶対におさえておくべきところだ。グレアストも最終的にはそこを目指すつもりでいる。

「だが、だからこそモントゥールまでは邪魔をされずにすむ」

モントゥールからルテティアまでは、一日とかからない。モントゥールから定期的に偵察隊を放《はな》っていれば、かなりの精度でルテティアにいる兵の動向がつかめるのだ。

グレアストがモントゥールを理想的な拠点と考えたのはそこにある。彼は、たしかに指揮官として充分な力量を備えていた。

「モントゥールに着いたら、オステローデ軍に使者を送ってみるか。動きからして、月光の騎士軍に協力していることは間違いないが、ヴァレンティナ殿とガヌロン公に交流があったことは彼らも知っているはず。惑《まど》わせることぐらいはできよう」

いまの時点で、できることはこれぐらいだろう。それから、グレアストはエレンのことを考えた。おそらく、今夜が幕営で彼女をもてあそぶ最後の夜となる。モントゥールに入ったら、何をしようか。

「愛する者に助けを求めさせてみるというのも一興だな」

グレアストが己《おのれ》の手と指と舌を使って彼女を責める間、そのように要求するのだ。どれほど叫んでも助けなど現れないということを、彼女にわからせるために。エレンが固く口を閉ざすのであれば、こちらからささやきかけてもいい。

「楽しみだな、エレオノーラ殿」

モントゥールには、昨日の時点で使者を出している。食糧と、安全な寝床が確保されれば、兵たちの士気をまだ保《たも》つことができるだろう。

たとえば月光の騎士軍《リューンルーメン》あたりが、エレンを救出するための部隊をこちらに差し向けている可能性については、グレアストも考えたことがある。彼はエレンを捕らえたことをいまだに公表していなかったが、それでも聡《さと》い者は気づくだろう。

だが、彼は己の構築した幕営に自信を持っていた。忍びこむことができても、エレンを助け、彼女を連れて逃げることなどできるはずがないと、たかをくくっていた。

その判断が間違っているとはいえない。それだけの備えが、グレアスト軍の幕営にほどこされていたのはたしかだからだ。

それに、兵たちにはエレンを閉じこめている幕舎《ばくしゃ》に近づかないよう徹底してあった。これは歪《ゆが》んだ独占欲の表れだったが、幕舎に近づく者にすぐ気づくことができるという効果を発揮してもいたのだ。

その日も、グレアスト軍は日が沈む半刻前に行軍を止め、平たい丘の上に幕営を設置した。近くに川や森はあるが、森は小さく、見晴らしは悪くない。問題はないはずだった。

◎

ティグルヴルムド＝ヴォルンとリュドミラ＝ルリエは、グレアスト軍の幕営の近くにある森の中に潜んでいる。二人とも、服こそ旅の中で汚れていたが、瞳《ひとみ》には強い意思の輝きがあり、表情には活力がみなぎっていた。

「いよいよね」

ミラの声には二種類の感情が入り混じっている。ひとつはかすかな緊張。もうひとつは名残惜《なごりお》しさだった。ティグルは硬い声で「ああ」と短く答える。

見上げれば、空は夜の闇《やみ》を迎え入れつつあった。雲が月の姿を隠しているのは、これから忍びこもうという二人にはありがたい。

「いまになってみると、ローダント伯爵《はくしゃく》があなたに行動の自由を許したわけがわかるわ」

　グレアスト軍の幕営から目を離さず、ミラはしみじみと言った。ティグルと再会してから今日で五日目になる。二人はグレアスト軍をひそかに追い抜き、モントゥール側へ先回りをして、ただ一度の機会を待った。

　言うほど簡単なことではない。グレアスト軍は変わらず偵察隊を頻繁《ひんぱん》に放《はな》っていたし、森や丘などの遮蔽物《しゃへいぶつ》がまったくない草原を半日以上進んでいたこともあった。

　だが、ティグルはその偵察隊の目をことごとく避け、つかず離れずという距離を巧みに維持しながら、グレアスト軍に追いつき、並び、追い抜き、引き離すという離《はな》れ業《わざ》をやってのけたのだ。おそらくは狩人《かりゅうど》としての技量のみで。

　ミラだけでグレアスト軍を追っていたら、早い段階で偵察隊に見つかっていただろう。そうならないよう身を隠す事を優先していたら、彼らを追い続ける事すら難しかったに違いない。

「ミラのおかげだ」

　ティグルは青い髪の戦姫《せんき》の方を見て、感謝の笑みを口元に浮かべた。

「君がいっしょに来てくれたから、がんばれた。ありがとう」

「口だけの感謝なら、いらないわ。エレオノーラを助けだしたら、そうね。あなたに紅茶《チャイ》を淹《い》れてもらおうかしら。おいしいのをね」

「努力するよと言いたいが、紅茶はブリューヌじゃ高価だからなあ。無駄にするとティッタに叱《しか》られる。リムもそうだな」

一万もの兵がいる敵地に忍びこまなければならないというのに、二人には軽口を叩《たた》きあう余裕すらあった。

ちなみにミラは青を基調とした服の上に、毛皮をつなぎ合わせた外套《がいとう》を羽織っている。この数日間の旅で仕留めた獲物の毛皮を使い、足りない分は、立ち寄った村で馬と交換して間に合わせたのだ。顔を隠せるように、フードは大きめにしてあった。

槍《やり》も、凍漣《とうれん》は隠して手製の粗末なものを持っている。見事な装飾のほどこされている竜具《ヴイラルト》が、あの幕営で目立たないはずがないからだ。ミラが願えば、凍漣はすぐに手元に現れるということもある。

地上を覆《おお》う闇《やみ》が濃くなり、グレアスト軍の幕営を囲むいくつものかがり火が鮮やかさを増す。兵たちの喧噪《けんそう》がここまで聞こえるようになってきた。

「行こう」

ティグルが言って、静かに歩きだす。ミラも毛皮のフードをかぶって若者に続いた。闇《やみ》に紛《まぎ》れて近づき、ときに、わざとかがり火のそばに立ってグレアスト兵を装う。

最初の壕《ごう》を、ミラはティグルに手を引かれて乗り越えた。幕舎《ばくしゃ》に隠れながら進み、二つめの壕《ごう》は、慎重に滑《すべ》り落ちてから、底に埋めこまれた剣や槍《やり》を避《よ》けて這《は》いあがる。

「あなた、よくこんなところに入りこめたわね」

壕から出たとき、ミラは呆《あき》れて言ったものだ。一日しか使わない、それも敵が近くにいるわけでもない幕営の守りとしては、面倒すぎるというのが彼女の感想だった。

ミラも、敵が近くにいるときならば、もう少し手のこんだ守りを考えるが、普段はここまでしない。兵を疲れさせるからだ。敵の指揮官はよほど兵から信望《しんぼう》を得ているのか、それとも兵をぎりぎりまで酷使する能力があるのか。

壕を越えて、幕舎《ばくしゃ》の陰《かげ》から出ると、グレアスト兵たちは夕食をとっていた。見たところパンとスープ、塩漬け肉だけだが、彼らの表情は明るい。夕食の前に、グレアストからモントゥールまでの距離を教えられて、士気が上がっていた。

「本当に寄せ集めの集団なのね」

兵たちの間を慎重な足取りで歩きながら、ミラがつぶやく。他にも歩きまわっている者が数多くいることもあって、ティグルとミラに注意を向けている者はいなかった。

「ひどい負け方をしたと聞いたけど、信じられないわ」

「俺も少し前まではそう思っていたんだが……」

ティグルは左腕で黒弓を抱えこむようにして、ミラよりも慎重に歩いている。腰に下げている矢筒《やづつ》も、右手で上からおさえていた。この前のような失敗をまたやるわけにはいかない。今度はミラまで巻きこんでしまう。

「何日か考えてみて、どうして負けたのか、わかった気がした」

彼らは驚くほど連係のとれた動きをする。ひとりひとりが存分に力を発揮して。

出自はばらばらで、武装の統一もされておらず、充分な訓練もしていない。そんな彼らを強兵の集団に変えたのは、グレアストの卓越した指揮能力と、部隊の編成能力だろう。

しかし、それについて説明する前に、目的の場所が見えてきた。

幕営の中心には二つの幕舎がいくらか離れて設置され、その周囲には誰もおらず、広い空間がぽっかりと生じている。幕舎のそばに置かれた三つのかがり火が、静かにゆらめいていた。

その空間の外側に、十人の兵士が楕円形《だえんけい》を描くように、等間隔に立っている。彼らは、中心にある幕舎に近づく者がいないか見張っているのだ。

幕舎の陰に隠れて様子をうかがったミラは、呆れた声を出した。

「信頼などで兵を統率しているわけじゃなさそうね」

「以前、かなり残酷な処刑をやったことがあるそうだ。たぶん、それだろう」

ティグルの説明を聞いたミラは、嫌悪感に顔を歪《ゆが》める。遠慮などするつもりはなかったが、いざとなれば思うがままに暴れてもよさそうだ。

「どうするの？　このまま幕舎に突っこむこともできそうだけど」

エレンが閉じこめられている幕舎《ばくしゃ》がどちらなのかはわからないが、幸いにも、いずれの幕舎もそれほど大きいものではない。飛びこめば、一目で中が見渡せるだろう。

「少し、様子を見よう」

ティグルの言葉は、ミラへの返事というよりも、逸《はや》る気持ちをおさえるために自分に言い聞かせているかのようだった。青い髪の戦姫《せんき》は毛皮のフードを少し持ちあげて、観察するような目を若者に向けると、首を横に振る。

「私は、すぐにでも騒ぎを起こした方がいいと思うわ。いまのあなたを見ていると、時間がたてばたつほど、焦《あせ》ってどこかで失敗しそうな気がするもの」

ティグルは小さく唸《うな》ったが、エレンが捕らえられているだろう幕舎を目の前にして、緊張と不安が急速に湧《わ》きあがっているのを自覚してはいた。ただ、一応ミラに尋ねる。

「他に理由はあるか？」

「予想よりも警備が厳重なことね。たぶん、時間が過ぎても状況はたいして変わらないんじゃないかしら。敵の半分が寝るまで待つ手もあるけど、いまならいまで……」

どうやって敵陣に騒ぎを起こすか。ティグルとミラは今日までに何度も話しあって、いくつか案を練《ね》っておいた。あとは、この状況に合わせて調整するだけだ。

ミラの案を聞いたティグルは、小さくうなずいた。

「わかった。それでいこう」

ティグルは腰に下げている革袋のひとつを慎重に取り外すと、自分たちが隠れている幕舎に中身をぶちまけた。中に入っていたのは油だ。油のかかった箇所が黒く濡《ぬ》れた。

ティグルとミラはその場から離れ、兵たちの使う幕舎の間を通り抜けて、楕円形《だえんけい》の空間を半分ほど回りこんで反対側へと出る。空間の中心にあるかがり火のおかげで、場所はほぼ正確にわかった。

ティグルはもうひとつ、腰に下げている革袋を取り外す。それにも油が入っているのだが、こちらは幕舎にぶちまけるために使うのではない。革袋を左手で持ち、ティグルは右手で矢筒《やづつ》から矢を一本取りだす。

ミラがそれを受けとって、すばやく鏃《やじり》にぼろきれを巻くと、革袋の中に浸した。火矢をつくっているのだ。狙《ねら》いは、さきほど油をかけた幕舎である。

いま、ティグルが立っているところと、狙うものの間には二つの幕舎がそびえているのだが、若者もミラも矢が外れるとは思っていない。距離はせいぜい百アルシン（約百メートル）ほどしかないし、大きく弧を描くように射放てばよい。

ティグルが火矢を用意し、黒弓につがえる。それを待って、ミラは幕舎の陰《かげ》から出て、悠然と歩きだした。当然、見張りの兵士たちが見とがめて声をかける。ミラはその場に立って、見張りのひとりが近づいてくるのを待った。

近くにいる見張りたちが、ミラに注目する。それを確認してから、ティグルは火矢を放《はな》った。夜空を背景に、火矢は華麗な放物線を描いて二つの幕舎《ばくしや》のはるか上を飛び、油をまいた幕舎に狙《ねら》い通り突き立つ。

幕舎が燃えあがった。油の量が多くなかったこともあって、それほど大きな炎ではないが、見張りたちを驚かせ、そちらに意識を向けさせるのには充分だった。

このとき、ミラのそばには二人の見張りが近づいていたが、その二人もおもわず燃えあがる幕舎へと目を向ける。凍漣の雪姫《ミーチェリア》は、その隙《すき》を見逃さなかった。

手に持っていた槍《やり》を一閃《いっせん》させると、ひとりがものもいわず崩《くず》れ落ちる。すばやく手首を返して、もうひとりの喉《のど》を貫いた。

「ただの槍で仕留めるなんてひさしぶりね」

そうつぶやいたとき、ティグルが彼女のそばへと走ってくる。左手には黒弓を持ち、右手には新たな矢を握りしめていた。言葉をかわす前に、ティグルは足を止め、矢をつがえて射放つ。一呼吸分の間のあと、離れたところにいる見張りが額を貫かれて倒れた。

「し、侵入者だ！」

見張りのひとりが叫んだ。ティグルとミラはかまわず、中心にある幕舎へ走りだす。いまの声を聞きつけて、兵たちが来るとしても、彼らはまず燃えている幕舎に目を留めるだろう。少しでも時間を稼げれば、それでいい。

中心にある二つの幕舎のうち、近い方へと飛びこむ。天井から吊《つる》されているランプの明かりが、二人の顔を照らした。地面に絨毯《じゅうたん》を敷き、その上にクッションを敷き詰めた幕舎の中には、だが、誰もいない。

「外れか！」

二人はすぐに飛びだして、もうひとつの幕舎へと駆けこむ。

こちらは薄暗く、すぐには中が見渡せなかった。だが、ひとの気配がした。

「エレン！」

おもわずティグルは叫ぶ。そして、薄闇《うすやみ》の中から返事が聞こえた。

「……ティグルか？」

か細く、疲れきった、弱々しい声。ミラは顔色を変えながらも、すぐに幕舎の外に飛びだした。自分が羽織っていた毛皮の外套《がいとう》にかがり火の炎を移して、再び幕舎に戻る。

毛皮の火が、すぐに手元まで迫ってきたので、槍で突き刺して松明《たいまつ》代わりにした。

炎に照らされた幕舎の中、その中央に鉄の柱が一本立っている。

その柱にくくりつけられるようにして、エレンは地面に座りこんでいた。

「エレン……！」

ティグルは彼女の名前を叫んで駆け寄る。ミラは無言でその場に立ち尽くしていたが、彼女の顔には驚きと同時に、怒りが湧《わ》きあがっていた。ジスタートの戦姫《せんき》に対し、いや、戦場で勇敢に堂々と戦っただろう戦士に対して、これはいったい何の真似《まね》だ。

　エレンが顔を上げる。憔悴《しょうすい》した表情に、いまにも泣きそうな笑みを浮かべた。

「本当に、ティグルなのか……？　夢ではなく」

「そうだ、そうだよ……。俺だ、エレン。夢なわけがないだろう」

　ティグルは左手に弓を持ったまま、彼女を力強く抱きしめる。エレンの両腕を拘束する鎖が、がしゃりと鳴った。ティグルは両眼に殺意すらにじませて、その鎖を睨《にら》みつける。

「どきなさい、ティグル」

　ようやく気を取り直したミラが、若者の隣に並んだ。ティグルに即席の松明《たいまつ》を渡して下がらせると、右手を虚空《こくう》にかざす。

「――ラヴィアス！」

　叫び声とともに、彼女の右手に青白い輝きが生まれた。周囲の大気が一瞬にして冷気へと変わり、青白い輝きは細長く伸びて、槍《やり》の形をとる。光が音もなく弾《はじ》けて消えたとき、ミラの手には氷塊と水晶を組みあわせてつくりあげたような美しい槍があった。

　ミラは無造作に凍漣《とうれん》を振るって、エレンの腕に毒蛇のように絡みつく鎖を破壊しようとした。だが、金属的な響きを放《はな》って、凍漣の穂先が弾かれる。ミラだけでなく、ティグルも目を瞠《みは》った。エレンがミラを見上げて、苦しげに言葉を発した。

「これは……竜技《ヴェーダ》を、打ち消す……」

　聞きとれたのはそれだけだが、ミラには充分だった。

おかしいと思ったのだ。ぱっと見るかぎり、エレンは消耗《しょうもう》こそしているようだが、目立った外傷はない。それどころか、傷の手当てはしっかりされている。それなのに、どうして竜具《ヴィラルト》を呼んで逃げなかったのか。

「そういえば、あったわね。そんな忌々《いまいま》しいものが」

ミラの目に怒りの光が灯《とも》る。二年前の内乱のとき、彼女はエレンとともに戦ったのだ。その巨体に、奇妙な鎖を巻きつけていた竜たちと。鎖には、竜技を打ち消す不思議な力が備わっていた。

ミラは再び凍漣を振るう。鎖ではなく、それとエレンを結びつけている鉄柱を狙《ねら》って。幕舎《ばくしゃ》の中に、再び金属的な響きがこだました。ただし、さきほどのものよりは鈍《にぶ》い。

鉄柱は見事に切断され、ティグルは再びエレンに駆け寄って、その腕から鎖を取り去った。実に十日ぶりに、エレンは自由を回復した。

「貴様ら、そこで何をしている！」

怒りを帯びた叫びが、ティグルとミラの背後から聞こえた。

振り返ると、灰色の髪をした長身の男が、右手にランプを持って立っている。騒ぎを聞きつけて幕舎に入ってきたらしい。

ティグルは言葉を返さず、黙って黒弓に矢をつがえる。この男がグレアストだと、若者はすぐに思いだすことができた。額を狙うのに、何のためらいもなかった。

至近距離から放《はな》たれた矢に、グレアストはとっさに反応する。右手に持っていたランプを顔の前にかざして防ごうとした。

小さく鈍《にぶ》い音に、地面に落ちたランプが砕けるささやかな破壊音が続く。グレアストの口から呻《うめ》き声が漏れた。ティグルの放った矢は、ランプを砕いて男の右手を貫いていたのだ。激痛に、グレアストは右手をおさえて膝《ひざ》をつく。

ティグルはとどめを刺すために、新たな矢を腰に下げた矢筒《やづつ》から抜きだしたが、それをグレアストに放つことはできなかった。

幕舎《ばくしゃ》をめくりあげて、手に武器を持ったグレアスト兵たちが入ってくる。

「ティグル！　エレオノーラは任せたわ！」

そう叫んだときには、ミラが凍漣《とうれん》をかまえて飛びだしていた。鋭《するど》い槍《やり》の一突きごとに、グレアスト兵は額か喉《のど》から血を噴きだし、虚空《こくう》に赤黒い虹を描いて倒れていく。

幕舎の出入り口は当然狭くできており、二人以上が並んで入ってくることは難しい。柄の長い武器を持ったミラにとっては、理想的な戦場といえた。

エレンは地面に座りこんで、鉄柱によりかかったままだ。ティグルは彼女を背負おうとして、横からぶつかってきた何かに吹き飛ばされた。

「渡さんぞ……。私の……私の、ものだ……！」

グレアストだった。右手には矢が突き刺さったままで、血はてのひらから指をつたって地面に無数の染みをつくっている。ティグルを見下ろす両眼は血走って、尋常ならざる狂気がにじんでいた。呼吸を荒《あら》くしながら、グレアストはエレンの前に膝をつく。

「さあ、エレオノーラ殿。私の手についた傷を、あなたの肌のぬくもりで癒《い》やしてくれ」

大量の汗に顔を濡《ぬ》らしながら、それでもグレアストは笑みを浮かべて、白銀の髪の戦姫《せんき》に呼びかけた。男の左手は、地面に捨てられていた鎖を握りしめている。

右手の痛みを堪《こら》えて、鎖を両手で持つと、グレアストはエレンの背後にまわりこもうとした。鎖でエレンの竜具《ヴィラルト》を封じこめつつ、首を絞めて人質にするつもりなのだ。

「──アリファール」

しかし、それより一瞬早く、エレンの右手に白銀の輝きが生まれる。それは長剣の形をとって、彼女の手に握りしめられた。そのときを待ちわびていたかのように、銀光の粒子をまき散らして。

エレンとグレアストの頭上に、何かが飛んだ。血の尾を引いて。

ぼとりという音をたてて地面に転がったそれは、矢に貫かれた右手だった。

グレアストは唸《うな》り声を発して地面を転がったものの、すぐに身体《からだ》を起こす。灰色の髪が乱れて、獅子《しし》のたてがみのようになっていた。すさまじい激痛に襲われながらも、それに耐え抜いた意志の強さは驚くべきものだろう。

「二度と……二度と、私に触るな！」

エレンは視線だけを動かして、グレアストを睨《にら》みつける。だが、それで力尽きたのか、よろめいて倒れかけた。彼女の身体《からだ》を、横から伸びた手が支える。ティグルだった。

ティグルはエレンを背負いながら、ミラの方へと視線を向ける。凍漣《ミーチェリア》の雪姫は、幕舎《ばくしゃ》の出入り口の前に立って、竜具《ヴィラルト》たる槍《やり》を振るい続けていた。グレアスト兵の中に彼女を手こずらせるような相手はいないのだが、とにかく次から次へと飛びこんでくる。

ティグルがグレアストを人質にすることを思いついたのはそのときだったが、灰色の髪の侯爵《こうしゃく》の方がわずかに行動は早かった。

若者がエレンを地面に下ろす前に、グレアストはこけつまろびつしながら幕舎の出入り口へと走っていく。すぐ横でグレアスト兵がミラの槍に突き倒されるのを横目に、転がるように幕舎を飛びだした。これにはティグルだけでなく、ミラも唖然《あぜん》とする。

「いきなり出てきたと思えば、逃げ足の速いやつね」

吐き捨てながら、しかしミラの声にはかすかな警戒がこもっていた。グレアストが逃げたと同時に、敵兵が飛びこんでこなくなったのだ。おそらく、あの男がやめさせたのだろう。青い髪の戦姫《せんき》はティグルを振り返った。

「いまのが、あなたの話していたグレアスト？」

ティグルはうなずくと、エレンを背負い直す。若者は左手に黒弓を持っているので、弓弦《ゆんづる》などで彼女の脚を傷つけないよう気をつける必要があった。左手に負担がかかるが、やむを得ない。

首だけを動かして、背負い直したエレンを振り返る。意識はあるようだが、ぐったりとしていた。右手の長剣を握りしめることに、残っている力を振り絞っているようだった。

二人とも、すぐに幕舎を飛びだそうとはしない。正面から幕舎を出たら、おそらく矢の雨を浴びせられるだろう。彼らは、月光の騎士軍《リューンルーメン》との戦いで火矢を用いた。弓を使える者が集団でいるはずだ。また、圧倒的多数の敵に囲まれればミラとていつかは力尽きる。

ミラは、ちらりとエレンを振り返る。非道な扱いに怒りを覚えはしたが、グレアストはエレンを傷つけてはおらず、手当てさえもしている。彼女を危険にさらすような真似《まね》は控えるのではないか。

しかし、彼女はすぐにその考えを消し去った。確証が持てない。それに、思いつきで時間を無駄にはできない。この状況では、時間が過ぎるほど敵が有利になるからだ。

「ティグル。計画通りにいくわ」

幕舎の出入り口を見据えて、ミラは言った。ティグルは短く返事をすると、地面に転がっていた松明《たいまつ》代わりの毛皮と槍を拾いあげる。毛皮はほとんど燃えて、火はだいぶ小さくなっていたが、まだ消えてはいなかった。

ティグルはそれを、出入り口とは反対側の部分に近づける。最初は燻《くすぶ》っているだけだったが、すぐに火が移って燃えだした。煙を吸わないように、ティグルは離れる。ミラがこちらへ歩いてきた。

火は急速に広がっていき、幕舎《ばくしゃ》の一部がめくれあがる。ほどなく、人間ひとりが通り抜けられそうな大きな穴が生まれた。とはいえ、炎と熱と煙とが三重の壁となって立ちはだかり、通過を阻《はば》んでいる。

ミラの手にある凍漣《とうれん》が白く輝いて、冷気を放出した。それは使い手である彼女とティグル、エレンの三人にまとわりつき、見えざる凍気の甲冑《かっちゅう》となる。

「エレオノーラがしっかりしていれば、煙も何とかなるんだけど……。とにかく、息は止めていてちょうだい」

ミラが先頭に立って、炎と熱気とを退《しりぞ》け、まき散らしながら果敢《かかん》に幕舎を飛びだす。ティグルもエレンを背負って、彼女に続いた。

驚いたのは、幕舎の外で待ち受けていたグレアスト兵たちだろう。総指揮官たるグレアストの指示に従って幕舎を囲んでいたら、それが突然燃えあがったのだ。しかも、侵入者たちは炎を割って後ろから現れたのである。

右腕を負傷していたため、グレアストの指示が正確さを欠いたということもあるが、グレアスト兵たちは幕舎の出入り口に集まっていた。後ろにいたのは、どちらかといえば様子見のためにやってきた数人であり、凍漣の雪姫《ミーチェリア》は相手が何者だろうと容赦しなかった。

炎の壁を駆け抜けて現れた槍《やり》の穂先が、夜気とともに敵兵を貫き、薙《な》ぎ払《はら》う。冷気が命を奪う音に短い悲鳴が重なり、グレアスト兵たちが次々と地面に倒れ伏した。ほとんど一瞬で、ティグルたちは敵陣を突破する。

敵陣を突破したといっても、全体から見れば、ほんの薄い層のひとつでしかない。すぐに新手が現れて行く手を阻み、さらに、ティグルたちに逃げられたことに気づいたグレアスト兵らが追ってきた。

このような事態は予想している。ミラとティグルは無言で視線をかわし、すぐ近くの幕舎に飛びこんだ。ミラが出入り口を警戒し、その間にティグルはすばやく火を熾《おこ》して、出入り口から見て右側の箇所に火を放《はな》つ。

グレアスト軍が夕食をとっているこの時間に襲撃をかけた理由は、こうして幕舎を次々に燃やしてかく乱し、それを利用して逃げるためだった。

真夜中にことを起こせば、敵のいる幕舎にわざわざ飛びこむことになる。寝ていたり、起きても混乱していたりするならいいが、すばやく立ち直ってこられたら面倒だった。

「この方法、前にも使ったことがあるのか？」

ティグルが尋ねると、ミラは肩をすくめて首を横に振った。

「冗談にしても笑えないわね。こんな粗雑で乱暴な方法、はじめてに決まっているわ」

「俺は悪くないと思うけどな」

「悪いとは言わないわよ。品性に欠けるのと、そもそも敵陣深くに忍びこんで騒ぎを起こすという発想はおかしいと思うけど」

幕舎《ばくしゃ》の右側が燃えあがり、同じように穴が開く。飛びだしてみると、炎と煙とでグレアスト軍は混乱のただ中にあった。地面には食べかけのパンが転がり、スープがぶちまけられている。何度踏み潰されたのかわからないような塩漬け肉まであった。

ときに幕舎の陰《かげ》に隠れて走り抜け、ときに敵陣を突破し、あるいは幕舎を燃やして混乱を起こす。ティグルもエレンを背負っていなければ、次々に矢を射放っていただろうが、この場はミラが縦横無尽《じゅうおうむじん》に暴れまわるに任せた。

氷槍《ひょうそう》の一閃《いっせん》とともに冷気の嵐を巻き起こし、大地に無数の霜《しも》を走らせ、敵兵の吐く息や流血すらも凍《い》てつかせる凍漣《ミーチェリア》の雪姫は、遠目には愛くるしい雪の妖精に見えたかもしれないが、対峙《たいじ》した者にとっては恐ろしい氷の魔神だった。

十数度の戦いを切り抜けて、ついに三人は内側の壕《ごう》にたどり着く。さすがにここは冷気も通じず、慎重に行かねばならない。

そのとき、ティグルの腕を何かが引っ張った。同時に、若者とミラのまわりを不自然な動きの風が取り巻く。ティグルは自分が背負っている白銀の髪の娘を見やった。

「……エレン？」

これは、彼女の持つアリファールの力に違いない。ミラもそのことを理解したようで、一瞬だけ不満そうな顔をしたが、風を拒《こば》まずに受けいれた。

「竜具《ヴィラルト》の力を使って、だいじょうぶなのか？」

「頼りなさい、ティグル」

　答えたのはミラだ。彼女は姿勢を低くして、壕を飛び越えようとしている。ティグルもエレンから視線を外して、壕に向き直った。

　これはおそらく、戦姫《せんき》としてのエレンの矜持《きょうじ》なのだろう。それに、ティグルとしても両手がふさがっている以上、風の力で跳躍できるのはありがたい。

　地面を蹴《け》る。大気はティグルたちを阻《はば》むのではなく、むしろ押しあげるように働いた。身体《からだ》が浮遊感に包まれ、重力から完全に解き放《はな》たれたかのような錯覚すら抱く。ティグルとミラは、軽やかに壕の向こう側へと着地した。

　ここまでくれば、逃げきったも同然である。それからほどなく、ティグルたちはグレアスト軍の幕営から完全に抜けだした。暗がりに包まれた地面を懸命《けんめい》に走り、ふと振り返れば、幕営からは火の手があがっている。自分たちが燃やした幕舎だろう。

「これからどう動くの？」

　呼吸を整えながら、ミラが尋ねる。彼女は額にうっすらと汗をかいていた。ティグルは迷わず答えた。

「しばらく南へ向かって、それから東だ」

　ここから東へ行けば、二、三日後には、王都ニースとルテティアを結ぶ主要な街道に出られるはずだ。月光の騎士軍《リユーンルーメン》がその街道を通っている可能性は高い。

だが、グレアストもそれは予測しているだろう。東に追っ手を差し向けるに違いない。

それを考えると、南へ行った方がいい気がする。それに、南ならば、大雑把《おおざっぱ》にではあるが地形はつかんでいる。

「じゃあ、場所を知っている村か集落へ向かいましょうか。馬を手に入れないと」

ティグルはうなずいて、エレンを背負い直す。夜の闇《やみ》に包まれた草原を、慎重に歩きだした。追っ手のことを考えると明かりを持てないのが不便だったが、背中に感じるぬくもりと重みが、若者に喜びと活力を与えてくれる。

——やっと、やっと……助けることができた。

月光の騎士軍が敗北し、エレンが捕らえられてから十日が過ぎている。

長かった。ようやく報われたと思えた。

◎

夜もふけて、闇がいっそう深まるころ、幕営の中心にある総指揮官用の幕舎《ばくしゃ》で右腕の手当てを受けながら、グレアストは報告を受けていた。

手当てといっても、ここには簡単な薬と包帯ぐらいしかない。傷口を水で洗い、酒を浴びせて消毒し、薬を塗るぐらいのことしかできなかった。

消毒したとき、すさまじい痛みにグレアストは意識を失いかけたが、耐え抜いて治療を続けた。軟膏《なんこう》を塗って清潔な布を当て、包帯を巻く。すぐに血がにじんできたが、放《ほう》っておくしかなかった。

そして、死傷者の数と焼かれた幕舎の数を聞いて、グレアストは渋面《じゅうめん》をつくった。

死者の数は五十人弱。すべてがミラに討ち取られたわけではなく、混乱の中で同士討ちによって死んだ者もいる。ともかく、大損害というほどではない。幕舎が焼かれたことは痛手だが、初夏が迫るこの季節ならば、やはり大事には至らないだろう。

——ティグルヴルムド＝ヴォルン……。

どれほど憎んでも足らない男の名を、内心で吐き捨てる。兵を殺され、幕舎を焼かれたことよりも、エレンを奪われたことが彼は許せなかった。

それも、よりにもよってあの若造に。

——王宮に放《はな》っておいた連中も、あてにならんな。いずれルテティアを掌握《しょうあく》したら、一から作り替えなければ。

憤怒と憎悪で内心を染めあげていたグレアストだが、報告を聞き終えたときには冷静な表情を取り戻しており、次々と的確な指示を出す。右手の治療をさせた娘に、額の汗を拭《ふ》かせながら。

この娘は、コティヤール伯爵《はくしゃく》の領地を荒らしまわったときにさらった者のひとりだ。エレンを捕らえていた間、彼女の世話はこの娘に任せていた。

そうして指示を出し終えたあと、グレアストは今後の予定を変更していた。

──モントゥールの手前で月光の騎士軍《リューンルーメン》を迎え撃ち、叩《たた》きつぶす。

月光の騎士軍は、自分たちを討つために街道を北上しているはずだ。こちらが動かずにいれば必ずやってくる。

こちらから敵のいるだろう街道へ出向く手もあるが、グレアストとしては軍の再編成に時間を割《さ》きたかった。兵たちの士気も回復させておきたい。

娘や兵たちを下がらせ、ひとりになった幕舎《ばくしゃ》の中で、グレアストはぬるくなっている酒を呷《あお》った。虚空《こくう》を見上げて、執念を帯びた声を吐きだす。

「エレオノーラ殿……。私はまだ諦《あきら》めぬぞ」

◎

夜が明けた。平たい丘の連《つら》なる起伏に富んだ草原を歩くティグルとミラの顔には、さすがに疲労の色が濃い。二人は、夜通し歩き続けていたのだ。ミラは交代でエレン背負うことを提案したが、ティグルは礼を述べながらも断っていた。

　自分が彼女を背負っていたいという思いもあったが、小柄なミラではエレンを背負って歩くのは厳しいのではないかとも考えたのだ。ティグルの考えを見抜いたのか、青い髪の戦姫《せんき》は意地の悪い笑みを浮かべて「じゃあ、好きにしなさい」と言ったものだった。

　丘を上ったとき、小さな森を見つけて、二人はその中に入る。ようやく休憩した。

「追っ手は来ていると思う？」

　革袋に入れていた水を飲みながら、ミラは尋ねる。ティグルは首を横に振った。

「たぶん、諦めたんじゃないかな」

　昨夜、ミラは獅子奮迅《ししふんじん》の活躍を見せたが、グレアスト軍に大損害を与えたというわけではない。灰色の髪の侯爵《こうしゃく》は、月光の騎士軍がまた現れるだろうと踏んでいる。

　月光の騎士軍がグレアスト軍討伐の命令を受けていることをティグルは知らなかったが、レギンやマスハスが、グレアストと彼に従う私兵集団を放《ほう》っておくはずがない。どこかで彼らを打ち倒さなければならないはずだった。

　そして、それはグレアストの方でもわかっているだろう。

「モントゥールの手前あたりで待ちかまえていると思う」

「私たちはそろそろ東に向かって、街道に出るべきということね」

　ミラの言葉に、ティグルは干し肉をかじりながらうなずいた。あまり食欲はないが、食べておかなければいざというときに動けない。

そのとき、遠くから馬蹄《ばてい》の響きが聞こえて、ティグルは顔を青ざめさせる。ミラも同様で、二人は慌《あわ》てて木の陰《かげ》に身を潜めた。

だが、そこで二人はほぼ同時に怪訝《けげん》な顔をする。音は、北ではなく南から聞こえた気がしたのだ。グレアスト軍の追っ手が、いつのまにか自分たちを追い抜いたとも思えない。

ティグルとミラは、木の陰から森の外の様子を慎重にうかがう。馬蹄の音は徐々に近づいてきて、その正体があきらかになった。

ブリューヌ産ではない、黒っぽい皮膚をした馬、それを駆る軽装の戦士たち。頭部に黒い布を巻き、服の上に革鎧《かわよろい》を着け、腰には反りのある剣を吊《つる》している。鞍《くら》には弓を差し、矢筒《やづつ》を引っかけていた。何よりも印象的なのは、褐色《かっしょく》の肌だろう。

「ムオジネル……」

さきほどまでの楽観的な気分は完全に吹き飛んで、ティグルは呆然《ぼうぜん》とムオジネル人の騎兵部隊を見つめていた。ミラも声を失いつつ、凍漣《とうれん》を握りしめる手に力をこめる。

彼らは五十騎ほどの部隊で、森を横切って駆け抜けていった。馬蹄の音が聞こえなくなるまで待って、さらに二十まで数えてから、ティグルとミラはエレンを置いて森を出る。

「運がよかったわ。見つかったら、ただじゃすまなかったでしょうね」

ミラがため息をついた。いくらティグルとミラの二人でも、エレンを守りながら五十もの騎兵と正面から戦うのは厳しい。まして、二人ともグレアスト軍の幕営を襲撃したあと夜通し歩き続けて、さすがに疲れが溜《た》まっている。

「でも、どうしてムオジネル軍がここに……」

「数から考えても、偵察隊でしょう」

ミラの言葉に、ティグルはびくりと肩を震わせた。いま、ムオジネル軍はブリューヌ南部を突き進んでいるのではなかったか。偵察隊がここまで来たということは、もう王都ニースまで迫っているのだろうか。

──いや……。

そこまで考えて、ティグルは首を横に振る。十五万の大軍が王都近くまで迫れば、このあたりにも間違いなく影響は出る。町や村を捨てて、目立たないところへ逃げる人々や、近くの領地を治める貴族の兵が、頻繁《ひんぱん》に目につくようになるはずだ。

「いまのうちから、小規模の偵察隊を出して様子見というところかな」

「そんなところでしょうね」

ティグルの言葉に、ミラは同意を示す。

二人の推測通り、ここにいる五十騎の部隊は、ダーマードが率いる偵察隊のさらに一部だった。ダーマードの命令で、より深くまでさぐりに来たのである。

「ひとまず、ここから離れましょう。あの連中が戻ってくるかもしれないし、休むならもう少し安全な場所がいいわ」

ミラが言い、ティグルもうなずきかけたときだった。

「──ティグル」

不意に、若者は後ろから名前を呼ばれた。耳慣れた、優しい声で。

驚きとともに振り返ると、白銀の髪を風になびかせて、ひとりの娘が立っている。彼女は気恥ずかしそうに頬《ほお》をかいて、ティグルに笑いかけた。

「その、すまなかったな。長い間背負わせて」

ティグルの返答は、感情を爆発させての抱擁《ほうよう》だった。エレンは頬を赤く染めながら、そっと若者を抱きしめ返す。それからミラと視線が合って、ぎこちない会釈をした。

まだ彼女を抱きしめているティグルの背中を、そっと叩《たた》く。

「ティグル。いまは急ぐのだろう。あとで好きなだけ抱きつかせてやるから」

その言葉で若者は一気に冷静さを取り戻し、自分の行為にも気づいてすばやく離れる。

するとエレンがよろめいたので、急いで彼女を支えた。その慌《あわ》てふためきぶりに、エレンだけでなくミラまで苦笑を誘われる。

ようやく、ティグルはエレンと顔を合わせた。

万感の思いをこめて、白銀の髪の戦姫《せんき》は短く言った。

「ありがとう、ティグル」

若者は、やはりありったけの感情を乗せて笑みを浮かべ、小さくうなずいた。

　森を出た三人は、東に向かって歩いている。おりしも太陽が昇ってきて、方角を間違える心配はなくなった。

　ティグルの心配をよそに、エレンはしっかりした足取りで草原を歩いている。

「昨晩はどうしても身体《からだ》に力が入らず、ずうっとおまえに背負われていたが、重傷を負っているわけでも、病《やまい》に罹《かか》ったわけでもないんだ」

「それなら、昨日のうちからきりきり歩いてほしかったわ」

　ミラが悪態をついた。エレンは不愉快そうに眉《まゆ》をひそめる。

「私だって、ちゃんと身体が動かせればやつの手ではなく首を刎《は》ねていた。あれほど歯がゆい思いをしたのはひさしぶりだ」

「それは困るな。やつの首は俺もほしい」

　二人の戦姫に挟まれる形で歩きながら、ティグルが何気ない口調で会話に入る。話を合わせたわけではない。エレンの言葉ではないが、ここまで誰かを憎んだのは、本当にひさしぶりだった。昨晩のエレンの姿を思いだすだけで、自然と弓を持つ手に力がこもる。

「私に譲《ゆず》ってくれてもいいと思うがな。私がやつの首をとっても、総指揮官たるおまえの功績になるんだから」

「戦えるの？」

ミラが目を細めて短く問いかける。エレンは不敵な笑みを浮かべた。

「ティグルの背中にくっついていたら、元気が湧《わ》いてきてな。それに——やられたからにはやり返さないとな」

全身から過剰なほどの戦意をあふれさせて、エレンは言った。紅玉《こうぎょく》の瞳《ひとみ》には尋常ならざる覇気が宿っている。ミラは「頼もしいわね」と皮肉って肩をすくめた。

ティグルは足を止め、真剣な表情でエレンを見る。

「エレン。やつとの戦いに加わるなら、ひとつだけ条件がある」

若者の声に決して譲《ゆず》れない意思を感じて、エレンも立ち止まった。続きを促《うなが》す。

「俺の命令には絶対に従うことだ。退《ひ》けといったら、そのときは退いてくれ」

それは、エレンを心配するあまり発せられた言葉だった。彼女の身体《からだ》から放《はな》たれる怒りが、感情のおもむくままに暴走することを懸念《けねん》しての頼みだった。エレンはティグルの心情を読み取ったかのように、口元をほころばせる。

「総指揮官には従うとも。当然のことだ」

「私が総指揮官なら、病みあがりは引っこんでいろと命令するところだけど」

横から口を挟んだミラを、エレンは仏頂面《ぶっちょうづら》で睨《にら》みつけた。

「なんだ、おまえは。さっきから、ぐちぐちと。助けてもらった恩があるから、たいていのことは聞き流すつもりだったが、喧嘩《けんか》を売っているなら買う用意はあるぞ」

「こんなものが喧嘩を売るうちに入ると思っているの？　しばらく見ないうちに短気な性分がさらにひどくなったのね。そのうち、食事の時間が遅くなっただけで怒りだすようになるんじゃないかしら」

「言ったな。しばらく食事のとれない身体にしてやろうか」

紅玉の瞳と蒼氷《そうひょう》の瞳が敵意の火花を激しく散らしてぶつかりあう。ティグルは慌《あわ》てて二人の間に割って入った。

「こんなところで喧嘩はやめてくれ。ミラは、エレンのことを心配して言ってくれているんだろう。少し言い方に棘《とげ》があったかもしれないけど……」

ティグルはエレンとミラにそれぞれ向き合って、どうにか彼女たちをなだめる。二人はとりあえず言葉の刃《やいば》を収めたが、おたがいにそっぽを向いて鼻を鳴らした。

ティグルは気づかなかったが、ミラが腹を立てている原因のひとつはこの若者だった。エレンが目覚めてから、彼女ばかり見ているように思えて気に入らないのだ。しかし、ミラはその思いを口の端《は》に乗せることすらしなかった。

気まずい雰囲気に包まれて、三人は歩くことを再開する。

太陽がかなり高くまで昇ったころ、ティグルたちは再び馬蹄《ばてい》の轟《とどろ》きを耳にした。今度はちょうど丘を下っている最中であり、近くに隠れられそうなものはない。

最悪の事態を覚悟して、三人はそれぞれ武器をかまえる。しかし、馬蹄《ばてい》の音を響かせてこちらへ近づいてくる集団を見たとき、ティグルの顔に浮かんだのは驚きと喜びだった。

若者は左手の弓を高々と振りあげて自分の存在を主張しつつ、騎兵の集団の先頭に立っている男に向かって叫んだ。つい、昔の呼び方で。

「ガスパール兄さん！」

三十騎ほどの騎兵集団の先頭で馬を駆っていたのは、マスハスの次男であり、ティグルとは長いつきあいのガスパールだった。

◎

ガスパールの率いる偵察隊とともに、ティグルたちが月光の騎士軍《リューンルーメン》の幕営に帰り着いたのは、その日の夕方ごろだった。

「ティグル様！」

総指揮官用の幕舎《ばくしゃ》に姿を見せたティグルに真っ先に飛びついたのは、ちょうどそのとき幕舎の中を掃除していたティッタだ。手に持っていた雑巾《ぞうきん》を放《ほう》りだして、彼女はティグルの胸に飛びこんだ。ティグルも、笑顔で栗色《くりいろ》の髪の侍女を抱き止める。

「ただいま、ティッタ。心配かけたな」

「いえ、いいえ……！　無事に帰ってきてくださって……」

それ以上は言葉にならない。十数日間とはいえ、彼女も不安を抱えていた。敵はこちらを負かすほど強いのに、ひとりでだいじょうぶなのか、エレンを助けられるのだろうかと胸を痛めていたのだ。ティグルは彼女が落ち着くまで、頭と背中を優しく撫《な》で続けた。

それからティッタは、若者に続いて幕舎に入ってきたエレンにも挨拶《あいさつ》をした。彼女の姿を見たときはしばしばみ色の瞳《ひとみ》を大粒の涙でうるませたが、抱きつくようなことはせず、深く一礼した。エレンはからかうような笑みを浮かべて、両手を広げてみせる。

「ティッタ。遠慮せず、ティグルにやったように抱きついてもいいんだぞ？」

栗色の髪をポニーテールにしている侍女は顔を上げると、笑顔で首を横に振った。

「はい。喜んで、そうさせていただきます。でも、今回はあたしより先に……」

ティッタの視線が動いて、エレンの背後へと向けられる。

白銀の髪の戦姫《せんき》が振り返ると、そこにはリムが立っていた。常の愛想のない顔で、彼女はエレンを見つめていたが、よく見ると肩がかすかに震えている。

エレンはリムの前まで歩いていくと、笑おうとして失敗したかのような、複雑な表情で三つ年上の親友を見上げた。

「心配かけたな」

その眼差《まなざ》しの中に、ごく短い言葉の中に、どれほどの感情がこめられていただろう。それは、エレンの想いを過不足なく受けとったリムにしかわからないものだった。

リムは答えず、黙ってエレンを見下ろしている。言葉を発しないのは、無理をして維持している無愛想な表情が、少しずつ剥《は》がれ落ちているからだった。

エレンは両腕を伸ばして、彼女の頭を自分の胸に埋めるように抱えこむ。リムはされるがままに従った。やがて、胸の間からかすかな嗚咽《おえつ》が漏れた。

それから四半刻後、総指揮官用の幕舎《ばくしゃ》には五人の男女が輪をつくって座っていた。ティグル、エレン、ミラ、リム、マスハスである。ティッタは輪の中に加わらず、五人分の葡萄酒《ヴィノー》や菓子を用意するのに忙しい。しかし、陶杯《とうはい》に葡萄酒を注いだり、皿に菓子を盛ったりしている彼女はとても嬉《うれ》しそうだった。

「まずは、よくぞ無事に帰ってきてくださった」

マスハスはそう言ってエレンに一礼し、次いでミラにも深く頭を下げる。

「事情はうかがいましたが……。戦《いくさ》を控えたこのときに、戦列に加わってくださり、感謝の言葉もございませぬ」

「堅苦しい挨拶《あいさつ》は抜きでいいわ。成り行きのようなものだから」

ミラは笑って、軽く言葉を返した。ほどなくティッタが葡萄酒と菓子を五人の前に並べる。菓子は小麦に卵と砂糖を混ぜて保存をきかせるために焼き締めたもので、固いが、舌に感じる甘みが、身体《からだ》に溜《た》まっている疲労を取り払ってくれるように思えた。

「ティッタの菓子はやはり旨《うま》いな」

エレンも満足そうに次から次へと口に放《ほう》りこんでいる。なごやかな雰囲気の中で、ティグルとマスハス、リムは慌《あわ》ただしく情報を交換した。エレンとミラは黙って耳を傾《かたむ》ける。

「こちらが七千で、敵が一万弱。かなり不利ね。一度はあなたたちを破ったんでしょう」

ミラが遠慮のない意見を述べる。憤然《ふんぜん》としてエレンが応じた。

「あのときはこちらも疲れていたし、毒も使われたからだ」

「そう言ってるけど、実際にはどうなの？」

ミラはエレンを無視してティグルとマスハスに尋ねる。深刻な表情で答えたのはマスハスだった。

「強い。とくに、こちらの意図を読んで先に対応してくる能力は、恐ろしいものだて」

リムも同じ意見らしく、硬い表情でうなずく。そうなるとエレンも反論できず、幕舎の中に重苦しい雰囲気が漂った。その雰囲気を破るように、ティグルが口を開く。

「そのことなんですが、マスハス卿《きょう》」

「何か思いついた手でもあるのか？」

その場にいる皆の視線がティグルに集中する。若者は言葉をさがすように、くすんだ赤い髪をかきまわした。

「やつの幕営に潜りこんで、そこの兵たちを見たときから、気になっていたことがあるんです。彼らは間違いなく寄せ集めの集団だった。どうして俺たちは負けたんだろうって」

そして、ティグルは自分の考えたことを四人に話した。それをもとにした作戦案も。

最初に感想を述べたのはマスハスだ。

「ずいぶん乱暴な手だな。しかも、こちらの方が少数なのに、それをやるか」

「ですが、今日まで私もマスハス卿《きょう》も、これといった案が浮かんでいないのも事実です」

淡々とリムが言い、彼女は青い瞳《ひとみ》をティグルに向けた。

「私はティグルヴルムド卿の案に賛成します。前と同じ戦い方では、やはり負けるでしょう。それならば、実際に敵の幕営を見てきた方《かた》の言葉に賭《か》けます」

「私は客将扱いだけれど、ティグルの案でいいわ」

そうミラが言えば、エレンも大きくうなずいた。

「その肝心な部分を私にやらせてくれるなら、乗る」

「ならば決まりじゃな」

三人のジスタート人を見回して、マスハスは灰色の髭《ひげ》を震わせた。ティグルは不思議そうに何度か瞬《まばた》きをする。

「マスハス卿も賛成してくれるのですか?」

「はじめから反対とは言っとらんじゃろうて。それに、おぬしらが見たムオジネルの偵察隊というのも気になる。いまグレアストを討てるなら、討つべきじゃ。——ところで」

　マスハスは、エレンとミラに意見を求めた。いまごろルテティアにいるはずのヴァレンティナとオステローデ軍に、連絡をとるべきか。もしも彼女たちが加わってくれれば味方の数は九千六百となり、グレアスト軍と互角になる。

「いいんじゃないか。とりあえず伝令を送ってみようか」

　ティグルはそう言ったが、エレンとミラはそれすら不要《ふよう》とばかりに首を横に振った。

「はっきり言おう。あいつは信用できない」

「同感だわ。自分のことしか考えていないわよ、あいつ」

「そうは言うが、ザクスタン軍との戦《いくさ》でも、グレアスト軍との戦でも、彼女は俺たちに危害を加えるようなことはしなかったぞ」

「ろくでもない提案ばかりしてきただろう」

　エレンは不快さを隠さず、率直に言った。ティグルは黙りこむ。

　たしかにその通りだ。騙《だま》し討ちや毒の使用など、ヴァレンティナの提案はその美しい外見に反して非道といってよい。しかも、それを提案することと、提案に対する他者の反応を楽しんでいる節《ふし》がある。

「申し訳ありませんが、今回は私もティグルヴルムド卿には賛同しかねます」

　リムも、はっきりと言った。

「ヴァレンティナ様が間違っているとは言いません。ですが、あの方は今回、私たちと明確に距離を置きました。いま、この場にいないことがその証明と言っていいでしょう」

「……わかった」

ティグルはうなずいた。

「でも、エレンを無事に救出できたことだけは知らせておこうと思う」

マスハスが疑念を抱いたように、ヴァレンティナがグレアストに協力する意思を持っていたとしても、エレンが救出されたことを知れば、考えを変えるかもしれない。ティグルがそう説明すると、他の四人は不承不承《ふしょうぶしょう》という感じでうなずいたのだった。

伝令は、その日のうちにオステローデ軍のいるだろうルテティアへ発《た》った。


夜が明けて、幕営を引き払った月光の騎士軍《リューンルーメン》七千は、街道から外れて進軍を開始した。まっすぐモントゥールへと向かう。

この七千の兵は貴族諸侯《しょこう》の兵が四千八百、シャイエに率いられたリュテス騎士団一千、ライトメリッツ軍一千二百で構成されている。

ライトメリッツ兵に関しては、よほどの重傷者を除いて、ほとんどが戦列に加わった形だ。リュテス騎士団はザクスタン軍との戦《いくさ》から、ずうっと同行している。彼らはグレアスト軍の毒で二百人近い仲間をやられており、復讐《ふくしゅう》戦に燃えていた。

大柄な体躯《たいく》と厳《いか》つい顔が特徴的なシャイエは、ふてぶてしい笑みを浮かべてティグルに言ったものだ。

「最後に勝利して、やつらを叩《たた》きのめしてくれるのでしたら、私どもをいかようにも使っていただきたい。盾《たて》にでも鎧《よろい》にでもなりましょう。むろん、剣でも槍《やり》でもかまいません」

「このあとのムオジネルとの戦にもつきあってほしいんだ。無理はしないでくれ」

ティグルはそう言うことで、シャイエの覇気を掣肘《せいちゅう》した。

川の水に気をつけて、進軍速度もわずかに落とし、一日をかけて月光の騎士軍はモントゥールの近くにたどり着く。

夜を明かし、翌日の朝。月光の騎士軍とグレアスト軍は、モントゥールの南東に広がる草原で対峙《たいじ》した。

両者の激突したこの一帯にはとくに名がつけられておらず、この一戦は「モントゥールの戦い」と呼ばれ、草原ものちに「モントゥールの野」と名づけられることになる。

モントゥールの野だが、平坦《へいたん》な草原が広がっているように見えて、北には昼でもなお暗い森を有し、南には川が流れ、東西には丘が連《つら》なり、草原自体も凹凸だらけの一帯があるなど、平坦さからはほど遠い。

グレアスト軍は草原の北側に、森を背にする形で布陣した。約九千の歩兵を三千ずつ、中央本隊と右翼、左翼に振りわけ、四百未満の騎兵を予備兵力として後方に配置する。異常な総指揮官に似合わない、常識的な陣形だった。
月光(リューンルーメン)の騎士軍は南の川からなるべく離れて、兵を配置する。
中央本隊は貴族諸侯(しょこう)の兵を集めた四千八百。総指揮官はティグルで、マスハスが補佐を務(つと)める。右翼はシャイエに率いられたリュテス騎士団一千が引き受けた。左翼はライトメリッツ軍千二百で、エレンが指揮し、リムが補佐を務める。

将としてミラがエレンと肩を並べた。

とにかく、エレンはミラに多大な借りをつくった。ティグルも明言していたが、彼女の協力がなければ、エレンはいま、ここにこうしていることができなかったかもしれない。さらに、客将としてミラを迎え入れたのだが、布陣を終えてから、二人の戦姫(せんき)は顔を合わせようとすらしなかった。

ちなみに、西にある丘のひとつに陣取って、この戦いを見守る二百ほどの騎兵集団がいる。ブリューヌ人ではなく、ジスタート人でもない。ムオジネル人である。

ダーマードに統率された偵察隊だった。他の千八百騎は、モントゥールよりもずうっと南にいる。ダーマードはいくつも放(はな)っていた部下たちの報告から月光の騎士軍の動きを知って、自分の目で確認するために駆けつけたのだった。

彼は、どちらかに与しようなどとは露(つゆ)ほども思っていない。両軍に気づかれているだろうことを承知の上で、ずうずうしく観戦を決めこむつもりだった。

この戦《いくさ》で勝った方が、のちにムオジネル軍の敵となるだろう。勝敗を見届け、彼らがどのように戦ったのかを『赤髭《バルバロス》』に届ける義務が、彼にはあるのだ。そのついでに、ティグルヴルムド＝ヴォルンが行方不明かどうかもはっきりさせておきたかった。


「何じゃ、あいつらは」

西の丘にムオジネル軍の騎兵部隊がいるという報告を受けて、マスハスは面倒くさそうにつぶやいた。ティグルも呆《あき》れた顔で応じる。

「見物客のいる戦なんて、はじめてですよ」

ただ、そのおかげでひとつの疑問が氷解した。ティグルがミラとともに見たムオジネル軍の偵察隊は、月光の騎士軍か、あるいはグレアスト軍をさぐるためにここまで足を延《の》ばしていたのだろう。

「何にせよ、たった二百なら放《ほう》っておきましょう。あまりに近づいてくるなら、そのときに対処するという形で」

そう決めてから、ティグルは右翼と左翼にその旨《むね》を伝えるべく伝令を放つ。

「しかし、ティグルよ。グレアスト軍は本当に無秩序じゃな」

初夏の朝の陽光を浴びて、草原にたたずむグレアスト軍を遠目に見《み》ながら、マスハスが憮然《ぶぜん》とした顔で言った。老伯爵《はくしゃく》の言うように、グレアスト軍は見事なほどの寄せ集めぶりをさらけ出している。

鉄の兜《かぶと》と鎧《よろい》、盾《たて》で隙間《すきま》なく身を固めたコティヤール兵の部隊の隣に、山賊や野盗《やとう》だけで構成されたかのような部隊がいる。そのまた隣には革鎧《かわよろい》を着て剣だけを持った部隊がいるというありさまで、まともに機能するのかどうか疑わしい。

だが、先日の月光の騎士軍《リューン・ルーメン》は、彼らに敗れたのだ。そのときのグレアスト軍も、このような兵の配置をしていた。その苦々しい出来事は、マスハスの記憶にもまだ新しい。

「つまり、こちらの狙《ねら》い通りということです」

ティグルはマスハスを元気づけるように言って、ふと左翼へ視線を向ける。エレンはだいじょうぶだろうかと思った。彼女とライトメリッツ兵は、この戦《いくさ》の要《かなめ》なのだ。

──いや、エレンのことだ。きっと上手《うま》くやってくれる。

そのころ、ライトメリッツ軍では、整列した兵たちをエレンがまっすぐ見据えていた。

「あらためて──おまえたちには心配をかけた」

エレンは馬に乗っておらず、長剣を地面について、両手をその柄頭《つかがしら》に置いている。彼女の声は風に乗って、最後列にいる兵の耳にもはっきりと聞こえた。

「私は見ての通り無事だが、それは目の前にいる敵がまともな扱いをしたからではない。やつらは私に人質としての価値を認めはしたが、客将とは見做《みな》さなかった」

この言葉は半分嘘《うそ》だが、エレンは何ら怯《ひる》みを覚えず、堂々たる態度を崩《くず》さなかった。グレアストの異常性など口にしたくもないし、話したところで何の意味もない。

「今日だけは、私は屈辱《くつじょく》を晴らすべく、戦場にいる。この煮えたぎる怒りで、やつを粉々に踏み砕き、地の底深くに沈めるために剣を振るう。おまえたちはどうだ」

軍の先頭に立っていたルーリックが、雄叫《おたけ》びをあげた。彼らが指揮官に見せるべきは戦意であり、敵を一兵たりとも許さぬという断固たる意思であり、蛮勇だった。そのために言葉は、必要なかった。

ルーリックに続けとばかりに、ライトメリッツ兵が次々に叫び、吼《ほ》え、怒鳴り、大気をびりびりと震わせる。怒りにかられた猛獣の群れを思わせた。

やがて、最後の一兵の咆哮《ほうこう》の残響すらも消えたころ、エレンは不敵な笑みを浮かべた。

「よろしい。おまえたちの勇戦に期待する！」


中天を目指して、太陽がゆるゆると昇っていく。草原に映る影が、形を変える。風が吹いて草花をそよがせ、両軍の吹く角笛の響きが、空に溶けていく。

月光の騎士軍とグレアスト軍は、どちらからともなく前進をはじめた。やがて、双方の距離が縮まると、グレアスト軍の先頭に立つ部隊は弓矢を取りだす。月光の騎士軍の兵たちは盾《たて》を取りだした。

水色の空を切り裂いて、一方的な矢の雨が月光の騎士軍《リューンルーメン》に降り注ぐ。だが、そのほとんどは盾に防がれ、死傷者はわずかだった。

奇妙だったのは、月光の騎士軍において、弓矢を使えるはずのライトメリッツ軍も、盾をかざして防御に徹《てっ》したことだろう。

グレアスト軍の中央本隊で、そのことを知ったグレアストは眉《まゆ》をひそめたが、深くは考えなかった。失われた彼の右手は包帯が巻かれたままである。

一日に一度は消毒のために酒を浴びせ、薬を塗った布を当て、包帯を替えている。すさまじいのは、この傷もいずれ愛することができるだろうと彼が確信していることだった。ティグルヴルムド＝ヴォルンにつけられた不快な傷を、彼の愛するエレンは、彼女のつけた傷にしてくれたのだ。グレアストはそう思いこみはじめていた。

そして、その空想は、彼の思考の明晰《めいせき》さをいささかも損なうことはなかった。

矢戦《やいくさ》が一段落すると、彼は前進を命じた。中央本隊での兵力は劣るが、左右においては勝っている。ならば、中央本隊は敵の攻撃を受け止めつつ、左翼と右翼はそれぞれ敵を撃破して、最終的に包囲してしまえば勝利できるだろう。

もしエレンが攻めこんできても、竜具《ヴィラルト》の力を封じる鎖は特定の部隊に用意させている。あとは、エレンをそこまで誘導すればよい。問題は、もうひとり戦姫《せんき》がいるらしいことだが、この鎖には何本も予備がある。まずは、エレンだ。

ほどなく、双方の中央本隊は怒号とともに激突した。剣と鎧《よろい》が激突し、槍《やり》と盾がぶつかりあい、手斧《ておの》と兜《かぶと》が火花を散らす。目に浮かぶのは恐怖と殺意であり、狂気だった。剣を折られた者が容赦なく槍を突きこまれ、鎧を砕かれた者は大地を血で汚して崩《くず》れ落ちる。

獰猛《どうもう》さにおいては、月光の騎士軍の方がはるかに勝った。

彼らは毒を飲まされたことを覚えており、傷ついた仲間を焼かれたことを覚えており、みじめな敗走を強《し》いられたことを覚えていた。

砕けよとばかり剣を叩《たた》きつけ、折れてもかまわぬという勢いで槍を突いた。顔を裂き、腹をえぐり、腕や脚を引きちぎって、彼らは自分と敵の足元を血で染め続けた。

グレアスト軍とて負けてはいない。彼らは相手に対して何ら怯《ひる》むところがなかった。毒を飲んだ者が悪いのであり、火から逃れられなかった者が悪いのであり、ひっくるめていえば負けた者が悪いのだ。盾で殴りつけ、槍で上から打ち叩き、斧で太腿《ふともも》に斬《き》りつける。怯んだところを突き倒して、囲んで踏み殺す。

風は血の臭《にお》いに染まり、草花は臓物《ぞうもつ》に汚れた。太陽は静かに、折れ重なるいくつもの死体を照らしていた。まだ戦《いくさ》ははじまったばかりだった。

中央にわずかに遅れて、月光の騎士軍の右翼とグレアスト軍の左翼が衝突する。

月光の騎士軍の右翼に勢いがあったと思われたのはぶつかりあう瞬間までで、すぐに後退をはじめた。右翼を担当するリュテス騎士団の数は一千であり、グレアスト軍左翼は三千を数える。勢いに圧《お》されたとしても仕方のないことかもしれなかった。

シャイエは先頭に立って剣を振るい、剣が血と脂《あぶら》で斬《き》れなくなると槍《やり》に持ち替えた。槍を振るう間に、従者に命じて剣を拭《ぬぐ》わせる。

正面から向かってくるコティヤール兵らしき武装の敵を一突きで葬《ほうむ》り去り、二人がかりで襲いかかってきた新手の敵を、槍を薙《な》ぎ払《はら》うことで地面に叩《たた》き伏せる。指揮官の奮戦によって、月光の騎士軍《リューンルーメン》右翼は持ち直した。剣を振りあげ、槍をかかげて反撃に移る。

一方、月光の騎士軍左翼——ライトメリッツ軍である。

こちらは、戦いがはじまる前の雄叫《おたけ》びはどこへいったのかと思うほどに消極的だった。盾《たて》を並べて敵の猛撃に耐えながら、後退に後退を重ねているばかりである。エレンとミラも襲いかかってくる敵を打ち倒してはいるが、積極的に前へ出ようとはしない。

グレアスト軍右翼は、確実に前進している。

戦《いくさ》がはじまってから、四半刻が過ぎた。すでに大地は数百もの死体で厚みを増しつつある。月光の騎士軍が有利なはずの、中央本隊同士のぶつかりあいで変化が生じていた。

月光の騎士軍が、押されはじめたのだ。この前の戦いと同じ流れだった。グレアスト軍は、隊列が乱れている部隊や兵の動きが鈍《にぶ》い部隊を突き崩《くず》しにかかってきたのだ。

グレアスト軍の軽装の部隊が、身軽な動きで斬りかかってくる。彼らはこちらに致命傷を与えようとはしない。それどころか、隊列を崩せばいいというぐらいに打撃が軽い。

攻撃を受けた部隊においては、死者どころか負傷者すらほとんど出ないが、そこへ一撃必殺を己《おのれ》に課したような部隊が間髪《かんぱつ》を入れず襲いかかってくる。彼らの武器は大鉈《おおなた》や大剣など、甲冑《かっちゅう》を容赦なくひしゃげさせてしまうようなものばかりだ。

金属的な破壊の響きは、ほぼ同時に発生する肉を断ち割る響きと入り混じる。流血のあとに死が続き、月光の騎士軍の兵が次々に倒れていく。

そうして、軍の一角に穴が開く。そこへ投入されるのは、コティヤール兵に代表される武装の整った一団だ。彼らのつくりだした傷口がふさがれぬように維持し、傷口を広げる部隊が来るまで、ここを死守するのが彼らの役目だった。

だが、時を同じくして月光の騎士軍からも新たな部隊が現れる。甲冑で身を固めた者たちが、大盾を並べて侵入してきた敵を押し返しはじめた。

正面からのぶつかりあいは、気迫の勝負となる。怒りを全身にみなぎらせている月光の騎士軍の兵たちが、徐々に敵を押し戻し、ついには叩きだした。

このとき、中央本隊の各所で同じような状況が発生し、ほとんどの場合、月光の騎士軍が勝利した。負けたところも、すぐに別働隊が支援に向かって事なきを得る。

「俺は、グレアスト軍の幕営を見てから、ずうっと考えていました」

中央本隊で指揮を執《と》りながら、ティグルがマスハスに言った。

「寄せ集めの集団に、どうして俺たちは負けたのか。それは、グレアストが彼らの長所を正確に見抜いて、それに適した部隊をつくっていったからだと思ったんです」

たとえば、剣も槍《やり》も苦手だが、弓だけは得意だという兵士が百人いるとする。

また、腕力はないに等しいが、身軽ですばしっこい兵士が百人いるとする。

次に、動きは鈍《にぶ》いが、重い甲冑《かっちゅう》を着て敵の猛攻に耐えられる兵士が百人いるとする。

どう組みあわせれば、理想の戦いが行えるか。たとえば、身軽な兵たちで敵をおびきよせ、重い甲冑を着た兵たちで敵の攻撃を受け止め、弓が得意な兵たちで一方的に殲滅《せんめつ》するというのが、まず考えつくものかもしれない。

ティグルはそういう説明をした上で、苦い表情で続けた。

「山賊や野盗《やとう》だった者でも、腕力に長《た》けた者もいれば、身軽さが取り柄の者もいたでしょう。グレアストは彼らの長所を正確に見抜いて部隊を編成し、それを充分に活《い》かせる戦い方をとっているのだと」

聞き終えたマスハスは、絶句してしばらく言葉が出なかった。

「……できるのか、そんなことが？」

マスハスでさえ、ひとりひとりの長所を見抜いて配属を決めるなどという真似《まね》はできない。出自やしがらみなどを除いても、何が本当の長所かなど、当人にすらわからないことが多いからだ。

だが、もしもそれが可能ならば、目の前の敵は寄せ集めの集団などではない。精強で剽《ひょう》悍《かん》な、考えうる限り最悪の敵ではないか。

そして、敵の動きや、こちらの受けた被害などを考えると、マスハスはティグルの推測を否定できなかった。グレアストの恐ろしさは卓越した知謀だけでなく、その知謀を充分に活かすことのできる編成能力にあったのかと思うと、戦慄《せんりつ》を禁じ得ない。

マスハスは長い時間をかけて驚きから立ち直ると、大きなため息をついた。

「だから、おぬしはエレオノーラ殿に頼んだのか」

ティグルはうなずく。勝つためには、おもいきった手を打たなければならない。グレアストの知謀や編成能力を超えるのではない。それに対応した策を講じるのだ。

兵士が報告に現れる。

「敵の右翼が、こちらの左側面を攻撃しております！」

月光の騎士軍《リューンルーメン》の左翼を担当するライトメリッツ軍が後退しすぎたために、それは起こったのだった。いまや、ティグルとマスハスの指揮する中央本隊は、敵の中央本隊と右翼の猛攻にさらされていた。

ティグルとマスハスは矢継ぎ早に指示を出し、崩《くず》れかける本隊を懸命《けんめい》に支える。

そうして、敵の果敢《かかん》で多彩な攻めが一旦中断したとき、ティグルは先頭に立っているすべての部隊に命令を下した。

「突撃せよ！」


敵の右翼の一部が、中央本隊への攻撃をはじめたのを見て、エレンは呼吸を整えた。

「無茶をしたものね」

隣で馬を並べているミラがつぶやく。不本意だが、彼女の強さは認めざるを得ない。いや、この凍漣《ミーチェリア》の雪姫がいるからこそ、ティグルはこの策を考えたのかもしれない。

「行くぞ！」

エレンはアリファールを高々と掲《かか》げ、猛然と馬を走らせる。正面の敵右翼にではない。それを避《よ》けるように、大きく迂回《うかい》行動をとったのだ。ミラが彼女に並び、馬蹄《ばてい》を轟《とどろ》かせて一千二百の騎兵が続く。

ライトメリッツ軍の行動の変化を見たグレアスト軍右翼の先頭が突出して、こちらに向かってくる。

その瞬間、戦場の中央に盛大な鬨《とき》の声があがった。ティグルが反撃を命じたのだと、エレンは悟った。こちらは敵を気にせず、馬を走らせればいい。

彼女がそう思った通りに、ほどなく敵右翼の動きが鈍《にぶ》くなる。それでも数百ほどの兵士が、ライトメリッツ軍の側面に襲いかかった。

しかし、この場合は襲われた方がより猛々《たけだけ》しかった。多くのライトメリッツ騎兵が猛然と離脱して、積極的に敵兵と距離を縮め、武器を振りあげたのだ。馬上から剣を振りおろし、槍《やり》で突き刺し、馬蹄で蹴《け》散《ち》らす。

離脱したライトメリッツ騎兵はわずか百前後だったが、彼らは、歩兵とはいえ数倍もの敵を容赦なく叩《たた》き潰した。怒りが勢いを増し、勢いを増した武勇は接触する前から敵をたじろがせた。怯《ひる》んで立ち尽くした敵を、ライトメリッツ兵は次々と死体に変えていった。

一方、中央本隊では、それまで絶《た》えることのなかった綻《ほころ》びがようやく消えつつある。ティグルの突撃命令が、効果を発揮しているのだ。

この命令は、敵陣深くに斬《き》りこんで、敵の陣営に傷口をつくるためのものではない。ティグルの意図は、混戦状態をつくりあげることにあった。

敵は、さまざまな能力を持つ部隊をいくつも組みあわせることで、強力な攻撃と柔軟《じゅうなん》な防御をどのようにでも展開することができる。ひとつひとつ対応していては、こちらがいずれ負ける。グレアストの知略から、彼らを引き離す必要があった。

そして、グレアスト兵たちは、総指揮官たるグレアストの命令が届かなくなったので、個々の判断で戦わなければならなくなっていた。

訓練を受けた兵ならば、すぐそばにいる味方と歩調を合わせて攻撃や防御を行うことができる。だが、グレアスト兵たちのほとんどには、それができなかった。混戦状態からの立ち直りにおいては、あきらかに劣っていたのだ。

月光の騎士軍《リューンルーメン》の兵たちが、槍《やり》をそろえて一斉に突きかかる。グレアスト兵たちは足並みをそろえることができず、反撃しても思うような成果を得られず、ひとり、またひとりと地面に倒れていった。

それでも、数の上では中央本隊と右翼とでグレアスト軍は六千を数え、月光の騎士軍は中央本隊のみで四千八百である。いずれは指揮系統も回復し、グレアスト軍が優位に立っただろう。

だが、そのような事態が到来するより早く、迂回《うかい》を成功させたライトメリッツ軍が、グレアスト軍中央本隊の右側面に喰《く》らいついた。

側面を突いたとはいえ、ライトメリッツ軍は一千二百。グレアスト軍中央本隊の半分以下である。それにもかかわらず、兵たちの顔に恐怖の色は一切ない。

川に毒を流されたことを彼らはもちろん忘れておらず、さらに主《あるじ》たる戦姫《せんき》を傷つけられた怒りが加わっている。たとえ敵が十倍、二十倍であろうと彼らは立ち向かっただろう。

いま、彼らは大陸でもっとも勇敢で、かつ獰猛《どうもう》な集団だった。

その一千二百の兵の先頭に立って、二人の戦姫が並んで馬を走らせる。

エレンが銀閃《ぎんせん》を振るうたび、白銀の輝きが虚空《こくう》に弧を描く。グレアスト兵たちは鮮血を噴きあげ、もの言わぬ骸《むくろ》となって地面に倒れていった。

ミラが凍漣《とうれん》を薙《な》ぎ払《はら》うと、冷気がグレアスト兵たちの間を吹き抜ける。寒さを感じたときには、ほとんどの者たちが首をはねられ、あるいは喉《のど》を貫かれて絶命した。エレンが倒した敵ほどには出血が多くないのは、傷口が瞬時に凍りつくためだ。

グレアスト兵たちは、誰ひとりとして二人の戦姫を傷つけることができなかった。

わずかでも彼女らの間合いに踏みこめば、風をまとった白刃か冷気を帯びた槍先が襲いかかってくるのだ。剣や槍を振るう余裕などない。遠くから矢を射かけても、風によってそらされ、矢はあらぬ方向へ飛んでいく。

彼らに続くライトメリッツ兵たちの奮戦もすさまじい。盾《たて》の上から剣を叩《たた》きつけてグレアスト兵をひるませ、兜《かぶと》といわず鎧《よろい》といわず戦斧《せんぷ》や鎚矛《メイス》でめった打ちにする。全身を甲冑《かっちゅう》で固めていても、これではひとたまりもなかった。

グレアスト軍は、ライトメリッツ軍の側面攻撃に合わせて陣形を柔軟《じゅうなん》に変化させ、彼らの猛撃を受け止めるのではなく、少しずつ後退して威力を削《そ》ぎつつ、左右から挟撃《きょうげき》する形をとった。

エレンやミラに一騎当千の武勇があろうと、彼女たちに続く兵たちはそうではない。ライトメリッツ軍の隊列が細長くなるよう突出させ、削り潰すつもりだった。

だが、この策はグレアストの思ったような結果を導かなかった。ライトメリッツ兵の戦意は、まだ沸騰《ふっとう》していた。常軌《じょうき》を逸した蛮勇が実力以上の強さを発揮して、本来なら彼らを死に至らしめたはずの冷徹な知略を踏みにじったのである。

敵の中央本隊を分断して突破すると、ライトメリッツ軍は進路を右に変更してグレアスト軍左翼に背後から襲いかかった。それに合わせて、それまで敵の三分の一の数で耐えていたリュテス騎士団が反撃に移る。

前後から挟み撃ちにされたグレアスト軍左翼は、流血と死の間に悲鳴と絶叫をほとばしらせながら、すさまじい速さでその数を減らしていく。

グレアストの指示が届く状態では、なくなっていた。

風が吹き、雲が流れて太陽が陰《かげ》った。

昼と呼ぶにはまだ早すぎるころ、カロン＝アンクティル＝グレアストは自軍の中央本隊で指揮を執《と》っている。中央本隊を分断され、左翼を前後から挟撃《きょうげき》されて、グレアスト軍はいまや劣勢に陥っていた。

しかし、彼はそれが他人事のような冷静さを保《たも》っている。

「あの一戦で読まれたのか？」

疑問混じりの口調で、独語《どくご》した。寄せ集めの集団を、グレアストはどのようにして機能させているのか。それを見抜いたのでなければ、混戦状態に持ちこんでグレアストの命令を遮断するなどという策はとってこないはずだ。

先頭集団が混戦状態に持ちこまれてうろたえている間に、ライトメリッツ軍の迂回《うかい》と側面攻撃、果ては突破まで許してしまった。

もっとも、突破についてはグレアストが彼らの戦意を見誤った結果だった。

側面攻撃までは、彼も「おそらくそう来るだろう」と想定していた。だからこそ、すぐに対応できたのだ。ライトメリッツ軍でなければ、左右から傷つけられてついには足を止め、寸断されて壊滅《かいめつ》していただろう。

グレアストは的確な指示を出し続け、中央本隊と右翼の陣容を回復させつつあった。

だが、左翼はもう見捨てるしかないほどに痛めつけられている。ライトメリッツ軍とリュテス騎士団によって。

「恐ろしいのはやはり戦姫《せんき》か」

いまのライトメリッツ兵たちは憎悪と復讐《ふくしゅう》心の塊と化しているが、それでもエレンとミラがいなければ、グレアストはもっと早い段階でライトメリッツ軍の猛撃を食い止めることができていただろう。

「いや、せめてエレオノーラ殿ひとりであれば、まだ手の打ちようはあったのだ」

エレンだけなら、竜具《ヴィラルト》の力を封じこめる鎖を利用し、二重三重に罠《わな》を張り巡らせて捕らえる自信があった。

だが、いまのライトメリッツ軍にはもうひとり戦姫《せんき》がいる。エレンを罠にかけたとしても、単騎で彼女を救出できる力を持つ者がいるのだ。ミラをしのいだとしても、ティグルヴルムド＝ヴォルンもいる。彼もエレンの救出に動くに違いない。

「移動する」

グレアストは部下に命じて、指揮を執《と》る場所を中央本隊の後方へと移した。ライトメリッツ軍の猛攻によって分断された箇所を修復する必要もあったし、混戦によって崩《くず》れた先頭部隊はまだ回復しきっていない。

だが、彼はそれだけの理由で本営を動かしたわけではない。ほどなく、予想していた報告がグレアストのもとへもたらされた。

「後方から敵襲です！　数は二千以上……！」

「その敵が何者かはわかるか」

グレアストの問いに、兵士は息を切らして答えた。軍旗は水色で、中央に白と黒で構成された大きな円が描かれていたと。

この兵士はある貴族の家で紋章官を務《つと》めており、諸貴族の軍旗について詳しい。だからこそ、グレアストも彼にそうした役目を任せていた。兵士は言葉を続ける。

「ブリューヌでは見たことのない意匠です。あるいはジスタートのものかもしれませぬ」

「わかった。下がって休め」

グレアストはそっけなく答えて兵士を下がらせた。その軍旗を掲《かか》げる者について、彼はよく知っている。

――オステローデか。

グレアストは内心で呻《うめ》いた。ヴァレンティナ＝グリンカ＝エステスの軍だ。彼女はグレアスト軍が背にしている森をひそかに通り抜けて、戦場にたどり着いたのである。

――手のこんだ真似《まね》をする。いや、言い訳のしやすい真似か。

森を通っていたために戦《いくさ》に加わるのが遅れた。そう主張することができるなと、彼は思った。ともあれ、グレアストは実に三人の戦姫を相手にすることとなったのだ。

「ヴァレンティナ殿を罠にかけることはできぬだろうな」

ヴァレンティナはエレンやミラと違い、後方で軍の指揮に専念する戦姫だ。それも、堅実で隙《すき》のない用兵をする。そのような敵に背後をとられたのは、敗北に等しい。

グレアストは後方の部隊に指示を出し、兵を左右に散開させて、攻めかかってきたオステローデ軍を自軍の内側へと受けいれた。そうして前進してきたオステローデ軍を、左右から挟撃《きょうげき》する形をとる。ライトメリッツ軍に仕掛けたのと似たような手だ。

これは一定の効果があり、オステローデ軍はすばやく後退した。グレアストとしては追撃をかけて相手にさらなる損害を与えたいところだったが、オステローデ軍の陣容は整然として、隙《すき》を見せない。

「こんなところか。積極的に攻撃してくるはずがない」

グレアストの言葉通り、ヴァレンティナはそれ以上の積極的な行動は控えた。

彼女はオステローデ軍の後方で、妖艶《ようえん》な笑みを湛《たた》えて悠然と指揮を執《と》っている。この戦場でもっとも余裕のある指揮官は、間違いなく彼女だろう。

ライトメリッツ軍と月光の騎士軍《リューン・ルーメン》がグレアスト軍と積極的に激突しているため、オステローデ軍は半ば傍観者としての立ち位置をとることが許されていた。

もちろんこれは一時的なもので、ライトメリッツ軍と月光の騎士軍が劣勢に陥るような事態にでもなれば、オステローデ軍も多少の無茶はせざるを得なくなるだろう。

ヴァレンティナは時折兵たちに指示を出し、グレアスト軍を牽制《けんせい》した。グレアスト軍の側面に別働隊を向かわせたり、積極的に攻撃するふりを見せたりして動揺を誘った。

この状況に陥っても、なおグレアストは動揺も狼狽《ろうばい》もしなかった。

月光の騎士軍とオステローデ軍に挟まれながら、彼は少数の部隊を使って敵を牽制し、別働隊を動かして敵の前進を止め、隙をつくって突き崩《くず》し、その数を減らしていった。グレアスト以外の指揮官であれば、とうに軍を崩壊させていただろう。

だが、もはや彼の指示の届かなくなった左翼はついに壊滅《かいめつ》した。散り散りになって逃げていく兵たちの姿と、こちらへ攻撃を加えるために隊列を整えているライトメリッツ軍、リュテス騎士団の姿が見える。

「……ここまでだな」

さらに思考を重ねたのち、グレアストはチェスの終わりを告げるかのような口調でつぶやいた。まだ戦うことはできるが、それは敗北を引き延《の》ばすものでしかない。

壊れた玩具《おもちゃ》を捨てるような感覚で、グレアストは彼の軍を捨てた。彼の心からは、もはやこの寄せ集めの集団を維持する理由も気持ちも消え失せていた。

――戦姫《せんき》。戦姫。戦姫か。次までに、練《ね》っておかねばならぬ。戦姫にも勝てる策を。

内心でそうつぶやいたときだった。悲鳴のような声で、新たな報告がもたらされる。

「敵が向かってきます！」

グレアスト軍の中央本隊は、もはや三方向から猛攻を受ける運命にあった。グレアストは、指揮をとる場所をさらに移すと告げた。

それからまもなく、グレアスト軍の中央本隊は苛烈《かれつ》な攻撃を一気に叩《たた》きこまれる形となった。

ティグルとマスハスの指揮する月光の騎士軍中央本隊が、正面から押し潰しにかかる。

それに合わせて、ライトメリッツ軍とリュテス騎士団が、左側面に攻撃を仕掛ける。

オステローデ軍は積極的に攻撃を仕掛けることこそしないが、グレアスト軍の後方を脅

かす姿勢を崩《くず》さない。

三方向から攻めたてられて、グレアスト軍の中央本隊は急速に瓦解《がかい》する。それにつられて、グレアスト軍の右翼も崩壊の兆《きざ》しを見せはじめていた。

もともと欲望と恐怖によって統率されていた者たちである。それ以上の衝撃を与えられれば、彼らに戦意が残るはずもない。

ひとりが逃げ、二人が逃げ、十人が逃げる。逃走は他の者の逃走を誘発し、敗北の恐怖を伝染させていった。降伏した者もいたが、そのほとんどは許されなかった。

昼になる前に、モントゥールの戦いは終わりを告げた。

そして、戦場にグレアストの姿はなかった。

◎

グレアスト軍が全面崩壊に至るその少し前に、ダーマードは馬首《ばしゅ》を巡らせていた。

「引きあげるぞ」

そっけない口調で、部下たちに号令をかける。顔を青ざめさせている副官を見た。

「どうだった」

「あれが、戦姫《せんき》ですか……」

震える声で副官は答え、首だけを動かして戦場へと視線を向ける。

敵右翼を避《よ》けて迂回《うかい》しての、暴走としか思えぬほどのすさまじい中央突破。

それを目《ま》の当たりにした衝撃と恐怖を、彼は忘れられないだろう。

副官だけではない、他の部下たちも、ある者は強敵の存在に興奮し、ある者は戦慄《せんりつ》のあまり言葉を失っていた。この次は、自分たちが戦姫と戦うのだ。

しかし、ダーマードは笑って首を横に振った。

「恐ろしいのは戦姫だけじゃねえ。まあ、王弟殿下へのこれ以上ない報告にはなるな」

この黒髪のムオジネル人は、月光の騎士軍の中にティグルがいることに気づいたのだ。

彼が指揮官に徹《てっ》して『流星落者《シーヴラーシュ》』らしい技量を見せなかったことは少しばかり残念だが、それについてはクレイシュも自分も知っているのだから、まあいいかと思った。

「──そういえば」

思いだしたように、ダーマードは副官を見る。

「ちょうど、奴隷《どれい》として連れて帰ってもよさそうなのが湧《わ》きそうだが、どうする」

こちらへ逃げてくるだろうグレアスト兵のことを、彼は言っていた。

◎

太陽はとうに中天を過ぎていたが、まだ明るく地上を照らしている。昼下がりといったところだろうか。モントゥールで戦いが終わってから一刻以上の時間が過ぎていた。

木の根元に座りこんで、グレアストは荒《あら》い呼吸を繰り返している。

汗にまみれた顔は苦痛に歪《ゆが》み、金糸を縫いこんだ絹服は乱れ、汗と泥で汚れている。右腕に巻かれた包帯には血がにじんでいた。

そばには乗ってきた馬が立っている。鞍《くら》を外す余裕などはなく、そのままだ。

ここには彼しかいない。グレアストは供《とも》の者を連れず、単騎で戦場から離れて逃げてきたのである。従者など、彼にとってはいてもわずらわしいだけだった。

——ここまで来れば、ひとまずはだいじょうぶだろう。

道らしい道のない、小さな森の中である。茂みも多く、グレアストひとりならばいかようにも隠れることができそうだった。

このような戦場で死ぬ気はない。逃げ延《の》びて再起を果たし、再びブリューヌを混乱させて、次の機会にこそエレンのすべてを己《おのれ》のものとするつもりだった。

ここはモントゥールの北西あたりだ。グレアストは、ただむやみに逃げたわけではなかった。日が沈むのを待ってモントゥールに入り、ヴァーノンに会うことができれば、身体《からだ》を休め、右腕の治療を受けることもできるはずだ。

「ティグルヴルムド＝ヴォルンは、ムオジネルの相手をせねばならぬはず。いつまでもここに留《とど》まっていることはできぬ。そこに隙《すき》を見出《みいだ》すこともできよう。ジスタートがどう動くかはまだわからぬが……」

「――そうですね。どう動くと思いますか？」

独り言に、微笑を含んだ涼やかな声での反応があり、グレアストは言葉の続きを呑《の》みこんだ。とっさに腰の剣に手を伸ばしたものの、慣れない左手でやっと剣の柄を握りしめたときには、グレアストの喉元《のどもと》に湾曲した巨大な刃《やいば》が突きつけられている。

「おひさしぶりですね、グレアスト侯」

グレアストが寄りかかっている木の陰《かげ》から現れたのは、虚影の幻姫《ツェルヴィーデ》ことヴァレンティナ＝グリンカ＝エステスだった。グレアストの首の下で不吉な輝きを放《はな》っている大鎌《おおがま》は、彼女の手に握られている竜具《ヴィラルト》エザンディスだ。

薔薇《ばら》をあしらった白いドレスの裾《すそ》が、風を受けてなびいた。

「ヴァレンティナ殿か。その節《せつ》は世話になった」

グレアストは剣から手を離し、微笑を浮かべてヴァレンティナに礼を返す。相手に命を握られているのが明白な状況でも悠然とした態度を崩《くず》さないのは、見事な胆力《たんりょく》といえた。

左腕の袖《そで》で顔の汗を拭《ぬぐ》いながら、グレアストは世間話に興じるような口調で尋ねる。

「私の首をご所望かな？」

「いただいても、使い道に困りますので」

黒髪の戦姫《せんき》もまた、花を愛《め》でるような微笑を浮かべて答えた。その表情だけを見ていると、とても相手に大鎌《おおがま》を突きつけているようには思えない。

「私がグレアスト侯を追ってきたのは、伺いたいことがあってのことです。それを教えていただければ、笑顔で見送ってさしあげますよ」

「……ほう。私に答えられることならいいが」

グレアストの表情が、少しずつ冷静さと余裕を取り戻す。自分を追ってきたのがヴァレンティナだったことは幸運だった。このように交渉の余地があるからだ。もっとも、まだ気を抜くことはできないが。

「──ルスラン殿下」

ヴァレンティナの口から発せられた名前に、グレアストは顔をしかめる。一拍《いっぱく》の間を置いて、確認するように訊《き》いた。

「ヴィクトール王の長男の、ルスラン王子のことか？」

「そうです。あなたなら、ルスラン殿下がどうしてあのようになってしまったのか、その原因を知っているかもと思いまして」

ルスランはヴィクトール王の息子であり、何ごともなければ次代のジスタート王となっていたはずの男だった。だが、彼は数年前に心を病んでしまい、宮殿に火を放《はな》ったのだ。

その後、ヴィクトール王はルスランを王都シレジアにある神殿に閉じこめた。

幽閉《ゆうへい》も同然の処分だったが、国王はつい最近まで次代の後継者を定めなかった。愛する息子が心を取り戻すのを、待ち続けていたのである。

グレアストの口元から笑みが消える。ほんの一瞬、彼はヴァレンティナの表情を静かに観察した。黒髪の戦姫は、わずかな陰《かげ》も感じさせない無邪気な微笑を浮かべている。たいていの者はその笑顔にだまされてしまうだろう。

だが、グレアストは彼女の瞳《ひとみ》が野望の光をにじませているのを正確に見抜いた。方向性は違えど、自分と彼女は同じ世界に属する存在だ。

「よろしい。私の知っているかぎりのことを教えてさしあげよう」

それから四半刻後、ヴァレンティナと別れたグレアストは、馬に乗って森の中を進んでいた。彼女との交渉は、円満に終わった。

──あの女、ジスタートで何かことを起こすつもりのようだな。

そのためにも、ブリューヌを混乱させようとしているグレアストには、まだ死なれては困るというところだろう。彼女が自分を殺さなかった理由を、灰色の髪の侯爵《こうしやく》はそのように推測した。

彼女に踊らされることに不満がないわけではないが、ガヌロンの指示と偶然一致したと思えば、不快感はそれほどでもない。

──しかし、私がルスランについて調べていたことを、よく嗅《か》ぎつけたものだ。

グレアストがルスランのことを調べていたのは、何かに利用できるのではと考えたからだったが、それはヴァレンティナに譲《ゆず》った方がよさそうだ。彼女がジスタートを混乱させれば、それはグレアストにとっても助けとなるはずだった。

日が沈んだころ、グレアストは予定通りにモントゥールに入り、ヴァーノンの居館に着いた。幸いといっていいだろう、月光の騎士軍《リユーン・ルーメン》の兵には見つからなかった。

「こ、侯爵閣下《こうしやくかつか》……！」

今年で二十三歳になるヴァーノン＝ラスペード子爵《ししやく》は、驚愕《きようがく》の表情でグレアストを出迎えた。グレアストが突然現れたことと、その格好とで二重に衝撃を受けたようだった。

「ひさしいな、ラスペード子爵。先に使者が伝えていた通り、しばらく厄介になりたい」

グレアストは言葉を飾るようなことをせず、率直に要求を告げる。ヴァーノンは顔を青ざめさせたが、灰色の髪の侯爵の気迫に押され、うなずいた。自分がどうやって現在の地位を手に入れたかを、彼はよくわかっている。断れるはずがなかった。

ヴァーノンはグレアストを迎え入れ、従者と侍女を呼ぶ。もっともよい客室を用意し、侍女に右腕の手当てをさせた。その間に従者は湯を沸かし、服を用意する。

一刻後、グレアストはさっぱりした姿でヴァーノンの部屋を訪れた。負傷と疲労とで顔はやつれていたが、眼光の鋭《するど》さは増している。腕に巻かれた包帯なども、痛々しさよりは名門の貴族らしい不屈の意志を感じさせた。

ヴァーノンは食事と葡萄酒《ヴィノー》を運ばせ、二人はテーブルを挟んで話しあう。突然の来訪だったために、テーブルに並んだのはパンとスープ、鶏の丸焼きと酢漬《すづ》けの野菜、一房《ひとふさ》の葡《ぶ》萄《どう》だけだったが、グレアストは不満を述べなかった。

「月光の騎士軍とやらの使者は、ここへも来ました。閣下の姿を見なかったかと。見かけたら連絡すると答えると、帰っていきました。軍そのものは来ていません」

ヴァーノンは中肉中背ながら、その身体《からだ》はよく鍛《きた》えられている。指揮官や領主としてはともかく、戦士としての力量はたしかなものがあった。顔のつくりもいかつい。一睨《にら》みしただけで、気の弱い者は逃げだすだろう。

だが、いまの彼は気弱そうに肩を縮めて、終始グレアストの機嫌をうかがいながら言葉を続けていた。グレアストは苛立《いらだ》ちを覚えたが、ここで何かを言えば、いっそう萎縮《いしゅく》するだけだとわかっている。鷹揚《おうよう》にうなずいて、いくつかのことを尋ねた。

――なるほど。

ヴァーノンから答えを得て、グレアストの目が活力を帯びる。月光の騎士軍は、モントゥールにはたいして注意を払っていない。自分はルテティアか、かつて彼の領地だったエヴルーに逃げたと彼らは考えているらしい。

これは、仕方のないことだったろう。ティグルも、そしてマスハスも、グレアストとヴァーノンの関係は知らないのだから。マスハスにとって、ヴァーノン＝ラスペードはレギンに忠誠を誓っている貴族のひとりでしかなかった。

――いずれは宰相《さいしょう》のボードワンあたりが何か嗅《か》ぎつけるかもしれないが……。

だが、そのときには自分は逃げきっている。

「ラスペード子爵《ししゃく》。明日から、卿《けい》には私の名代《みょうだい》として動いてもらう。ルテティアをおさえた暁には、伯爵位《はくしゃくい》とともに、私の領地だったエヴルーを任せよう」

口元に狂気じみた笑みを浮かべて、グレアストは言った。

グレアストが目を覚ましたとき、まわりはやけに薄暗かった。

視界の端では暖炉の炎が揺らめいている。奇妙なことだと彼は思った。まもなく初夏を迎えるというのに、なぜ暖炉に火を入れているのか。暖炉には何か金属の塊のようなものが入っているらしく、紅蓮《ぐれん》の炎の中に朱色の輝きが見える。

そこでようやく意識が明瞭《めいりょう》になり、グレアストは、自分が椅子に座らされていることに気づいた。両腕は後ろにまわされて拘束され、両脚を椅子の脚に結びつけられている。

「何だ、これは」

驚きが、言葉となって口をついた。彼は、ヴァーノンが用意した客室のベッドで眠りについたはずだ。寝具の質にはいささか不満があったが、疲れていた彼はすぐに寝入ってしまった。それが、なぜこうなっている。ヴァーノンが裏切ったのか。

「——お目覚めになりましたか」

感情をおさえた低い声とともに、光と足音が近づいてきた。手にランプを持ったひとりの男が、グレアストの前に立つ。二十歳前後といったところか、長い褐色《かっしょく》の髪に、痩《や》せた身体《からだ》の持ち主だ。左手に何かを持っているようだが、よく見えない。

見覚えのある顔だったが、その男の正体を思いだすのに、グレアストは多少の時間を必要とした。そして、思いだしたとき、灰色の髪の侯爵《こうしゃく》はおもわず目を疑った。

「ドニか……？　ヴァーノンの弟の」

「恐れ多くも侯爵閣下《かっか》に覚えておいていただいたとは、光栄です。いえ、いまのあなたは侯爵ではない。カロン卿《きょう》とお呼びするべきですな」

ドニと呼ばれた男の眼差《まなざ》しも、声音《こわね》も、おそろしいほどに冷ややかだ。その身体から血の臭《にお》いが漂っていることに、グレアストは気づいた。

ドニは、ラスペード家の次男だ。だが、二年前にグレアストの策謀によっていわれのない罪を着せられ、この地から姿を消したはずだった。

「なぜ私がここにいるのか、という顔をしていらっしゃいますな。長年住み慣れた己《おのれ》の屋敷に帰ってくるのが、それほどおかしいことですかな」

ドニの言葉を聞きながら、グレアストはようやく闇《やみ》に慣れてきた目で周囲を観察する。小さな部屋だ。おそらく客室のひとつだろう。部屋の中には自分とドニの他に数人の男がいて、暖炉のそばで動きまわっている。

「この家の当主たるヴァーノンはどうしたのかな」

落ち着きを失わず、すました顔でグレアストは尋ねた。事態をわかっていないのではない。わかっているからこそ、取り乱すような真似《まね》はすまいと決めたのだ。

グレアストの態度にさしたる感銘を受けた様子もなく、ドニは無表情で手に持っていた何かを床に放《ほう》る。

それはヴァーノンの生首だった。いかつい顔の中で両眼が大きく見開かれ、世の理不尽さを訴えるような表情で固まっている。その切断面からは、まだ赤黒い血が流れていた。

血の臭《にお》いのもとは、これだったのだ。

「次は、あなたの番だ」

ドニがそう言うと、暖炉のそばにいた男たちがこちらを見る。彼らの目には暗い輝きが宿っており、何人かは鍛冶師《かじし》が使う大きな金鋏《かなばさみ》を両手で持っていた。彼らはドニの友人であり、この二年間、彼とともに逃亡生活を続けていた者たちだ。

ひとりが暖炉の中に金鋏を突っこみ、朱色の輝きを帯びた何かを引っ張りだす。それは、つま先から臑《すね》までを覆《おお》う形状の鉄靴だった。

これから行われることを理解して、さすがにグレアストも身体《からだ》を硬くする。かつて彼が考案した処刑方法のひとつ『炎の甲冑《かっちゅう》』だ。

「あなたがどのようなやり方で父の命を奪ったか……。私はよく覚えている」

男たちが金鋏で鉄靴を挟みこんで、慎重にこちらへと運ぶ。グレアストの足下に置いた。床の焦げる音に、グレアストの顔から幾筋もの汗が滴《したた》る。

男のひとりがグレアストの後ろにまわりこんで、猿轡《さるぐつわ》をかませた。そして、グレアストの両肩を後ろから抱えこむ。さらに別の男が、グレアストの右足を椅子の脚から外して持ちあげた。

「父の使っていた鎧《よろい》だ。では、はじめよう」

ドニが淡々と告げた。グレアストの右足が、焼けた鉄靴に押しこまれる。

気を失いかねないほどの激痛が、グレアストの右足を襲った。グレアストは耐えるつもりだったが耐えられず、右足をはねあげる。椅子ががたがたと前後左右に揺れた。猿轡の間から声にならない悲鳴がよだれとともに漏れ、肉の焦げる臭いが周囲に漂う。

だが、ドニをはじめその場にいる者たちは、表情をまったく変えなかった。

「次だ」

ドニが短く言い、金鋏を持った男たちが暖炉から左脚用の鉄靴を運んでくる。むろん、それも灼熱《しゃくねつ》の輝きを放《はな》っていた。

　グレアストの顔は汗にまみれ、憔悴《しょうすい》しきっている。右膝《みぎひざ》から下の皮が焼け、肉が焦げ、爪《つめ》が溶けて潰れたのだ。目には見えないが、グレアストにはわかった。鉄靴の内側に満ちている熱気が、脚を痛めつける。呼吸が荒《あら》くなっていた。

　左脚が鉄靴に押しこまれる。新たな激痛に、グレアストは暴れた。右脚も激しく動かしてしまったため、さらに焼け焦げた。灰色の髪を振り乱し、喉《のど》から血を噴きあげんばかりに彼は叫んだ。

　長い時間をかけて激痛が遠ざかっていくと、脚を切り離したくなるほどの火傷《やけど》の痛みがグレアストを襲う。つま先と足の裏の感覚は、ほとんど失われていた。

「次は、籠手《こて》だ。左、右の順でいこう」

　拘束していた手を解いて、左右の腕に籠手をつける。右腕に籠手を押しこまれたとき、切断された傷口を包帯ごと焼かれて、それまで以上の激痛がグレアストを襲った。

　自分を羽交い締めにしていた男を突き飛ばし、椅子ごとグレアストは後ろにひっくり返る。床を転がって暴れた。だが、鉄靴も、籠手も脱げない。

　男たちは金鋏《かなばさみ》をかまえてグレアストを冷然と見下ろし、彼がおとなしくなるのを待った。万が一、襲いかかってきたときは、金鋏で殴りつけるつもりだ。

　やがて、グレアストはか細い呻《うめ》き声を漏らしながら暴れるのを止《や》める。彼の意識は朦朧《もうろう》としていたが、その目にはまだかすかな意志の輝きがあった。

男のひとりがグレアストの脇に手を入れて持ちあげる。他の男が背もたれのない椅子を持ってきて、そこにグレアストを座らせた。グレアストは抵抗しない。もはや、それだけの気力は残っていなかった。乱れた灰色の髪が、白っぽく見える。

男たちは私刑を続けた。焼けた胸当てを前後から押しつける。たび重なる痛みに肉体が耐えかねて、グレアストは吐いた。

吐瀉物《としゃぶつ》が猿轡《さるぐつわ》の間から漏れて、男たちは舌打ちをしながら猿轡を取り払う。こぼれ落ちた吐瀉物は、焼けた鉄靴の上に落ちて不快な匂《にお》いを立ちのぼらせた。このときにはグレアストの目から光が失われ、表情は虚《うつ》ろになっている。

「では、これで最後だ」

ドニの声に従い、男たちが金鋏でつかんで持ってきたのは、真っ赤に焼けた兜《かぶと》だった。面頬《めんほお》のない、顔以外を覆《おお》う形状のものだ。

カロン＝アンクティル＝グレアストは死んだ。

◎

ドニと名のる男が月光の騎士軍《リューンルーメン》の幕営を訪れたのは、夜が明けて間もないころである。

ティグルはマスハスだけをともない、総指揮官用の幕舎《ばくしゃ》で彼と会った。

ドニが持ってきた二つの生首を見て、ティグルとマスハスは息を呑《の》んだ。ヴァーノンの首はともかく、グレアストの首は顔を除いてひどい火傷《やけど》を負っており、耳はただれ、頭皮もはがれて髪がほとんど残っておらず、とうてい正視に耐えるものではなかったのだ。

マスハスがドニの相手を務《つと》め、詳しい事情を聞く。二年前の事件を、老伯爵《はくしゃく》はこのとき知った。さらにマスハスはドニと話しこんで、意外な驚きにとらわれた。

ドニが友人たちとともにモントゥールへ戻ってきたのは昨夜のことだったが、グレアストの来訪についてはまったく知らなかったという。

「私はヴァーノンだけを狙《ねら》っていました。あれから二年が過ぎ、もはや私を警戒してはいないだろうと考えて、モントゥールに戻ってきたのです。どこかの軍が近くまで来ているというのは話に聞いていましたが、その指揮官がグレアストだとは知りませんでした」

真夜中に屋敷を襲ってヴァーノンを捕らえたあと、彼の口からグレアストの存在を聞いて、ドニはその場で復讐《ふくしゅう》を決意したのだと語った。グレアストは、いってしまえば偶然によって命を落としたのである。

「二年前の内乱が終わったあと、なぜ王都を訪れなかったのだ？　おぬしが訴えれば、レギン殿下は話を聞いてくださったろうに」

マスハスの質問に、ドニは皮肉げな笑みを湛《たた》えて答えた。

「私は王女殿下の為人《ひととなり》を存じません。父には何度か王宮に連れていってもらったことはありますが、殿下――昔は王子殿下でしたか、殿下のお姿を遠くから見るだけでした。それに、殿下の治世《ちせい》となってからも、ヴァーノンはあの屋敷で生活していた」

「……そうだな。よけいなことを言って申し訳ない」

マスハスは身をかがめるようにして頭を下げる。真面目《まじめ》な表情になって言葉を続けた。

「ドニ殿。わしらとともに、王都へ来てもらえぬか。ことの次第を明らかにして、おぬしと亡き父君の名誉を回復させたい。おぬしの友人たちについても」

このままでは、ドニはラスペード子爵《ししやく》たる兄を殺害した罪人ということになる。ドニの友人たちもだ。マスハスは、そのようなことにはさせたくなかった。

ドニの態度は、自分のことについてはどうでもいいというふうだったが、マスハスが父親や友人のことに触れると、彼の両眼に漂う昏《くら》さがわずかに薄まる。

「……そうですね。私はともかく、父と友人たちのためには、事実は知られておくべきでしょう」

こうして、ドニはマスハスに保護されて王都へ行くことが決まった。彼の友人たちは、ドニが帰ってくるまでモントゥールの屋敷で留守を務める。

グレアストの死が確認された以上、ティグルたちがやらなければならないことは、ひとつだけだった。捕虜としたグレアスト軍の兵たちをどう扱うか、である。

月光の騎士軍《リユーンルーメン》に組みこむべきという意見は、誰からも発せられなかった。グレアストの命令だったとはいえ、彼らが川に毒を流したことと、負傷者に火攻めを仕掛けたことはたしかなのだ。兵たちは、彼らを仲間として受け入れないだろう。

「連中は、コティヤール伯爵《はくしゃく》の領地を荒らしまわって食糧を確保していたらしい。しばらくはルテティアで労役《ろうえき》につかせ、いずれ、そこへ連れていくというところでどうかな」

コティヤール伯爵の領地は王都ニースよりも南にあり、ムオジネル軍の進軍次第では戦場になりかねない。また、このあたりで二千近い数の人間を一手に引き受ける真似《まね》ができるところは、ルテティア以外になかった。

しかし、マスハスの提案に、ティグルは納得しかねるという顔をする。

「アルサスでは、川を必要以上に汚した者は老若男女関係なく厳罰に処されます。マスハス卿《きよう》の治めるオードでも、そのはずでしょう」

自分が感情的になっていることを承知の上で、ティグルは言いたてた。若者の言葉にうなずいてから、マスハスは穏《おだ》やかに諭《さと》す。

「だが、ティグルよ。皆殺しにするわけにもいくまい。かといって、奴隷《どれい》として売りとばすのは嫌なのだろう?」

ティグルは言葉に詰まった。「売りとばしましょう」と言いたくなるのを懸命《けんめい》に我慢して、ため息をつく。

「わかりました。ルテティアに預かってもらいましょう」

◎

その日の昼過ぎには、月光の騎士軍は幕営を引き払って出発する準備を終えていた。ここから王都ニースまでは、街道を通って六、七日というところだ。

ティグルもマスハスも急いで王都に戻りたかったが、二人は話しあった末に六日で王都に帰還する予定をたてた。

ムオジネル軍侵攻の報は、すでにこのあたりにも広まりつつある。領地を持つ貴族の中には、動揺している者もいるだろう。彼らを不安にさせないためにも、整然と進軍して帰路につく必要があったのだ。

ヴァレンティナ＝グリンカ＝エステスと、彼女が率いるオステローデ軍とはここで別れることになった。彼女たちはこのまま北上し、海路を使ってジスタートへ帰還する。

「いっしょに戦ってくれると助かるんだが」

ティグルは遠慮がちに笑いかけて、ヴァレンティナと握手をかわした。彼女は竜具《ヴィラルト》たる大鎌《おおがま》を右肩に担いでいるため、左手同士での握手である。黒髪の戦姫《せんき》もまた、微笑を浮かべ、小首をかしげて若者に答えた。

「そう言ってくださるのは嬉《うれ》しいのですが、私はあくまでザクスタン軍との戦いにおける協力者として来ましたので。それに——」

ヴァレンティナは視線をティグルの横へと動かして、憤然《ふんぜん》とした顔で立っているエレンとミラを見やる。

「誰かが、二人のことを陛下に報告しなければいけないでしょう。ブリューヌで起きたさまざまな出来事も含めて」

「そうだな。せいぜい誤りのないように報告してくれ」

「私は、私の書いた報告書を陛下にお渡ししてくれればいいわ」

エレンは腕組みをして、ミラは腰に手を当てて、それぞれ黒髪の戦姫《せんき》を睨《にら》みつけた。ティグルはヴァレンティナに小さく頭を下げて、あらためて礼を述べる。

「無理を言ってすまなかった。今日まで本当にありがとう、ヴァレンティナ。ムオジネルとの戦《いくさ》が終わったら、感謝の気持ちとして何かを贈らせてもらう。ジスタート王にもよろしく伝えてほしい」

「感謝の気持ちというのでしたら、あなたが私のオステローデに遊びに来てくれるというのでもいいのですよ？　できるかぎりのおもてなしをいたします」

言いながら、不意にヴァレンティナは身を乗りだして、ティグルの頬《ほお》に自分の顔を近づける。若者の耳にくすぐったいような吐息を吹きかけると、すぐに姿勢を正した。

　あまりにも見事な不意打ちで、ティグルはとっさに反応すらできない。顔を赤くして、黒髪の戦姫をまじまじと見つめることしかできなかった。ヴァレンティナはいたずらが成功した子供のような笑みを浮かべて若者から手を離すと、黒髪を揺らして会釈する。

「それではごきげんよう、ティグルヴルムド卿《きょう》。あなたといっしょに戦ったことは、私にとって貴重な財産になりましたわ。——ご武運を」

　言い終えると、彼女は純白のドレスのスカートをふわりとひるがえして、ティグルたちに背を向ける。悠然と歩いていった。

　彼女の後ろ姿を見つめながら、ティグルはあることに気づく。彼女にティグルヴルムド卿と呼ばれたのは、これがはじめてではなかったか。

　——最後まで、つかみどころのないひとだったな。

　数々の、彼女の容赦のない提案を思いだす。苛立《いらだ》ちを覚えたことも一度や二度ではない。善人ではないことはあきらかだが、悪人とも言い切れない不思議な女性だった。

「二人は……」

　どう思うと聞こうとして、エレンとミラの方を見たティグルは、言葉を途切れさせた。白銀の髪の戦姫が、深刻な表情でうつむいていたからだ。彼女は遠ざかっていくヴァレンティナも、ティグルも見ていなかった。

「エレン？」

ティグルが呼びかけても反応しない。これにはミラも怪訝《けげん》な顔で彼女を見る。

「エレオノーラ、どうしたのよ」

そこでようやくエレンは我に返ったように顔を上げた。ミラと、それからティグルの視線に気づいて、戸惑った表情で口を開く。

「……どうした？」

それはこちらの台詞《せりふ》だと思いながら、心配になってティグルは尋ねた。

「何か考えごとでもしていたのか？」

その質問に、エレンはどこかぎこちない笑みを浮かべて首を横に振る。

「いや、別に……。少し、疲れているのかもしれないな」

エレンらしくない答えだった。いつもの彼女なら、疲れていてもこのような言い方はしないだろう。ティグルとミラは顔を見合わせたが、このときは二人とも、それ以上エレンを問い詰めることはしなかった。

月光の騎士軍《リューンルーメン》は王都に向かって出発した。

◎

ティグルがリムから相談を受けたのは、帰還の途についてから四日目のことだった。日が暮れる少し前、街道から外れたところに幕営を設置して、兵たちが夕食の準備をはじめたころ、彼女は総指揮官の幕舎《ばくしゃ》を訪れたのである。

リムは話すべきかどうか迷っているようで、すぐには口を開かなかった。ティッタが水と蜂蜜《はちみつ》で薄めた葡萄酒《ヴィノー》を二人分用意して下がり、さらに三十近くを数えるほどの時間が過ぎたころ、ライトメリッツ軍の副官は不安に満ちた表情でティグルを見つめる。

「エレオノーラ様の様子が、おかしいのです」

「……どんなふうにだ？」

陶杯《とうはい》に満たされた葡萄酒に口をつけながら、落ち着いた口調でティグルは聞いた。驚きはしていない。ティグル自身、この四日でそう思ったことが何度かあったからだ。

言いよどむリムの背中を押すように、ティグルは真剣な表情で彼女を見つめた。

「俺も、最近のエレンはどこかぼんやりしていることが多いと思っている。ティッタも今朝、同じことを言ってきた」

ティッタがそのことに気づいたのは、彼女がエレンのことをよく知っていて、接する機会も多いからだろう。しかし、このままいたずらに時を費《つい》やせば、より多くの者がエレンの態度に不審《ふしん》を抱くに違いない。その前に手を打つ必要があった。

ティグルの言葉にリムは驚きを隠せないようだったが、意を決して口を開く。

「帰還をはじめてからですが、ご自分の幕舎で、おひとりでお酒を飲まれるようになりました。夜ごとの眠りも浅いようで、顔色も優れず、食事もあまりとられません。私と話していても急に黙りこんでしまうことが何度かありました」

ぽつり、ぽつりと、思いだしては付け加えるようにリムは語った。いつもの彼女なら言うべきことを明確に整理してから話すのだが、今度ばかりはそうもいかないらしい。

「行軍中も、何かいやなことを思いだしたように怖い顔になったり、思いつめたような表情をしたりします。私がどんなにしつこく聞いても、何でもないの一点張りで……」

「リムにも、何も話そうとしないのか」

ティグルは難しい表情になった。リムとエレンのつきあいは、エレンが戦姫《せんき》になる前からのものだ。エレンは彼女を親友と言い、おたがいの立場に関係なく接している。リムが命の危険に陥ったときは、ひどく狼狽《ろうばい》したこともあった。

そのリムにも黙っているというのは、よほどのことではないのか。

──やっぱり、グレアストに捕らえられている間に何かあったんじゃ……。

そうとしか考えられない。戦《いくさ》の間は激情が彼女を突き動かしていたのだろうが、戦が終わり、グレアストも死んだとあって、気が抜けたのだろう。

話し終えたリムは、辛《つら》そうな表情でうつむいている。膝《ひざ》の上に置かれた握り拳《こぶし》が、己《おのれ》の無力さを嘆いて震えていた。

「──わかった」

ティグルは決意に満ちた声で、彼女に答える。

「俺がエレンに話を聞いてみる」

リムでさえ駄目なのだから、自分でも駄目かもしれない。だが、彼女に直接ぶつかりもしないで諦《あきら》めることなど、ティグルにはできなかった。


ティグルとリムが幕舎《ばくしゃ》を出たときには、日が完全に沈み、月と星が夜空をきらびやかに彩っていた。地上では兵たちが即席のかまどを囲んで夕食をとっている。

リムによれば、エレンは、ライトメリッツ軍の総指揮官の幕舎にひとりでいるという。

「私に何かできることはありますか？」

沈痛《ちんつう》な面持ちで聞いてきたリムに、ティグルは冗談めかした口調で答えた。

「そうだな。できれば、明日の朝ぐらいまで幕舎の近くからひとを遠ざけておいてくれ。エレンが騒いだり、暴れたりしたら困るからな」

暴れさせてでも立ち直らせてやるという意味だ。リムは、合わせるように苦笑を浮かべてうなずいた。ティグルは幕舎に向き直ると、小さく息を吸って吐き、中に踏みこむ。

天井から吊《つる》されたランプが、幕舎の中をぼんやりと照らしていた。地面には絨毯《じゅうたん》と毛布が重ねて敷かれており、エレンは毛布の上に座っている。こちらに背を向けて。

「……リムか?」

ティグルが入ってきたときの物音に反応して、白銀の髪の戦姫《せんき》はこちらを振り向いた。しかし、相手がティグルだとわかると、つまらなそうに目を細める。

「おまえか。何か用か」

「ああ。君に話がある」

ティグルはわざわざエレンの前まで回りこむと、どかりと腰を下ろした。見れば、彼女の足元には、鞘《さや》に収められた銀閃《ぎんせん》とともに、空《から》になった葡萄酒《ヴィノー》の瓶《びん》が一本転がっている。

「ひとりで空けたのか?」

ティグルの視線を追って、質問の意味を理解したエレンは、足元の瓶を指先で弾《はじ》いた。

「いや、これは昨日飲んだやつだ。今日は、まだ一滴も酒を飲んでいない。どうもそういう気分にならなくてな」

「飲みすぎたんだろう」

ランプの光に照らされたエレンの顔は気怠《けだる》げで、鬱々《うつうつ》として、明るさや強さがまるで感じられなかった。紅玉《こうぎょく》の瞳《ひとみ》の輝きも鈍《にぶ》く、口を開くのも面倒だという雰囲気が全身からにじみ出ている。話しかけられるのを拒《こば》むように、ティグルから視線をそらしていた。

二人の間に沈黙が訪れる。ティグルは最初、エレンが口を開くのを待ったが、三十近くを数えるほどの時間が過ぎても彼女は何も言わないので、自分から切りだすことにした。

「何があった」

正面から切りこむ。エレンはティグルを見なかったが、はっきりと眉《まゆ》をひそめた。

「何のことだ」

「戦《いくさ》が終わってから、君の様子があきらかに変だ」

「いつもより酒を多く飲んだくらいで疑われては、たまったものではないな。捕虜になっていた間、ずうっと酒とは無縁だったんだ。少しばかり酔っても――」

「もう一度聞くぞ。何があった」

逃げようとするエレンの言葉を遮《さえぎ》って、ティグルは彼女を見据える。エレンは白銀の髪を乱暴にかきまわして、ようやく顔を上げた。紅玉の瞳が、うっとうしいものを見るかのような色合いを帯びてティグルを見つめる。

「リムから聞いていないのか。別に、何もない。おまえだって、何もないのにいろいろなことが面倒になるとか、酒を飲みたくなるとか、そういう気分になるときがあるだろう」

答えてやったぞというふうに、エレンは左手を振った。出ていけという合図だ。

ティグルの胸中を、緊張と不安と躊躇《ちゆうちよ》が撫《な》でまわす。本当にいいのかと逡巡《しゆんじゆん》する。

自分はいま、エレンを追い詰めている。彼女は檻《おり》の中の小動物のように、こちらを警戒し、牙を剥《む》いている。ここは引き下がって、彼女が自分から話してくれるのを待つべきではないか。自分の言葉などではなく、時の流れだけが彼女の心を開くのではないか。

ティグルは腰を浮かせる。だが、立ちあがるのではなく、その場に座り直した。すんでのところで、若者は娘の前から去らず、かろうじて踏みとどまった。

嫌われるかもしれない。下世話な男だと軽蔑《けいべつ》され、卑猥《ひわい》な妄想をもとに、彼女の心の中へ強引に踏みこもうとしたとして非難され、憎まれるかもしれない。

だが、それでもかまわないとティグルは思った。

――俺は、俺にできることを君にしてやりたい。

思いあがりもはなはだしいかもしれないが、それは偽《いつわ》らざる本心だった。そして、そのためには彼女を怒らせようとも、尋ねるしかなかった。

「――グレアストに、何をされた？」

エレンの口元に、いびつな笑みが浮かぶ。失望と侮蔑《ぶべつ》とそれ以外の何かをかき混ぜて張りつけたような、冷たく、脆《もろ》く、乾いた笑みだった。

「何だ。そういう話を聞きに来たのか。それなら、最初からそう言えばいいものを」

質問を間違えたのか。ティグルの心臓が大きく跳ねあがる。うろたえるあまり、思考が停止する。胸と背中からそれぞれ汗が噴きでて服を冷たく濡《ぬ》らした。

エレンは身体《からだ》を揺らして笑い、前に乗りだしてティグルの顔を覗《のぞ》きこむ。

「私がどのような状態で捕らえられていたのか、おまえは知っているからな。この数日はさぞ妄想がはかどっただろう。捕虜となった若い女の運命など決まっている。まして、相手はあのグレアストだからな」

　至近距離から見つめられて、ティグルはもう少しで彼女の顔から目をそらしてしまうところだった。不用意に彼女を傷つけてしまったという後悔と、自分の愚かな言葉に対するいたたまれなさとで、いますぐ逃げだしたい衝動にかられる。

　しかし、ティグルはエレンの視線を受け止め、まっすぐ見つめ返した。傷つけてしまうのは覚悟の上だったはずだ。そんなことで怯《ひる》んでどうする。まだ自分はひっぱたかれてもいない。あるいは、ひっぱたかれるほどの価値さえなくなったのかもしれないが。

「間違えたなら、謝る」

ともすれば臆病になる自分を叱咤《しった》しながら、ティグルは必死に言葉を紡《つむ》ぐ。

「俺が知りたいのは、何が君を傷つけ、そんなふうにしたのかということだ」

　さきほど、質問を間違えたとき。自分を見るエレンの顔に浮かんだのは何だったか。

失望。侮蔑。そして、もうひとつは虚勢ではなかったか。彼女はティグルの失敗につけこんで、本心を隠したまま話を終わらせようとしたのではないか。

ただの思いこみかもしれない。ランプの弱い光がエレンの顔に陰影をつくり、ティグルに錯覚を抱かせたのかもしれない。

　それでも、ティグルはいまの質問に対する答えを得るまでは、しがみついてでも幕舎《ばくしゃ》から出る気はなかった。もう嫌われたのだ。ならば、もっと嫌われたところでかまうまい。

エレンの顔から笑みが消える。彼女は身体《からだ》を引いて、毛布の上に座り直した。ティグルから視線を外し、逃げ場をさがすように左右に巡らせる。それからうつむいて白銀の髪をかきまわし、ため息をついた。その仕草で、ティグルは自分が正解の扉を押し開いたことを悟った。

幕舎《ばくしや》の中に、再び沈黙が訪れる。落ち着きを取り戻したティグルは、黙って待った。

そうして、どれぐらいの時間が過ぎただろうか。不意に、ぽつりとエレンは言った。

「――傷ついたわけじゃない」

白銀の髪の娘は些細《ささい》な言葉に拘泥《こうでい》する。だが、それは、かえって、何かあったことを肯定していた。ティグルは穏《おだ》やかな声で尋ねる。

「じゃあ、君はどうしてそんな顔をしているんだ」

「……そんなにひどいか」

困惑したような声で、エレンは言った。ティグルはうなずく。

「ひどい。鏡――がなければ、アリファールの刀身にでも映してみるといい」

ティグルの言葉に反応して、エレンの足元に置かれていた長剣が、鍔《つば》のあたりからそよ風を巻き起こす。乱れ放題の白銀の髪を、軽くなびかせた。エレンはかすかな苦笑を浮かべて、頼りにしている銀閃《ぎんせん》を見下ろす。その鞘《さや》から鍔までを、指でそっと撫《な》でた。

「そうか……。おまえにも心配をかけたか。すまなかったな」

竜具《ヴィラルト》に詫《わ》びると、エレンは顔を上げてティグルを見る。

「何でもないような話だぞ。情けなくて、つまらなくて、くだらなくて、取るに足らない話だ。誰よりも私自身がそう思っているのだから間違いない」

これが事実なのか、それとも脅《おど》し文句《もんく》なのかはティグルにはわからなかった。

だから、若者は、これだけは言おうと思っていたことを返事にする。

「君が話してくれるものなら、全部聞きたい。どんなことでもだ」

そのために、この幕舎に入ってきたのだ。覚悟はすでにできている。

エレンは目を丸くしてティグルを見つめた。その口から、小さな笑いがこぼれる。それは、呆《あき》れと安堵《あんど》感の入り混じったもののようにティグルには思えた。

百を数えるほどの長い沈黙を挟んだあと、白銀の髪の少女は視線を地面に落として、ぽつりぽつりと語りはじめた。

グレアストに捕らえられていた間、自分があの男に何をされていたのかということを。

グレアストは、毎晩、エレンのいる幕舎を訪れた。視線で舐《な》めまわし、さまざまな言葉で責め、身体中を執拗《しつよう》に愛撫《あいぶ》し、自分の手と指の感触をじっくり身体に教えこみ、心にも刻みこむとささやきかけた。

唇《くちびる》と、純潔は、奪われなかった。グレアストはあくまでティグルの目の前で――あるいはティグルの死体の前で、手に入れるつもりだったらしい。それがエレンの精神にもっとも打撃を与えるとわかってのことだった。

食事は、常にグレアストの食べかけを与えられた。彼がエレンの目の前で半分ほど食べたパンなどを差しだされるのだ。吐き気がこみあげたが、エレンは我慢して食べた。

総指揮官たるグレアストが食べているのだから、食べものとしては問題ない。食べられるときに食べておかなければ、いざというときに動けない。そう自分に言い聞かせても、食事は苦痛だった。

「幸い……そう、幸い、おまえが早くに助けてくれたから、これだけですんだ。おまえを捕らえるまでは私を犯さないなどとやつは言っていたが、いつ気が変わってもおかしくなかったからな」

そう話すエレンの顔は苦渋に満ちて、瞳《ひとみ》は濁っている。ティグルは何と言えばいいのかわからず、黙ってエレンを見つめていた。

エレンが顔を上げる。目が合うと、白銀の髪の少女は自嘲的《じちょうてき》な笑みを浮かべた。

「私は無事だった。もっと悲惨な目に遭う可能性なんていくらでもあったのに」

紅の瞳が、昏《くら》い輝きを帯びる。さまざまな負の感情が濁った渦を巻いて、エレンを侵食していた。自分を抱きしめるように両手で自分の腕をつかみ、エレンは声を震わせる。

「生まれ育った村を盗賊に襲われ、慰《なぐさ》み者にされたあげく、一生消えないような傷をつけられた娘だっている。たちの悪い傭兵《ようへい》に捕まってさんざんに嬲《なぶ》られ、殺されてしまった娘だっている。私の受けた苦痛など、どうということはない……」

腕に爪《つめ》が食いこんで、白い肌に赤い血がにじんだ。エレンの目の端に涙が浮かぶ。

「それなのに、たかがあの程度のことに、私は怯《おび》えてしまっている……！　思いだすたびに吐き気がして、身体《からだ》が硬くなって、目の前が真っ暗になるんだ。あの薄汚い手の感触や声までがよみがえってくる。戦士として、戦姫《せんき》として、戦場を駆けてきた私が！」

「エレン！」

ティグルは膝立《ひざだ》ちになって身を乗りだし、少女の腕をつかんだ。びくりと身体を震わせて、エレンはティグルを見上げる。紅の瞳は涙でにじんでいた。

「むやみに自分を傷つけるな、エレン」

できるかぎり冷静に、ティグルは呼びかける。たぶん、いまの自分はそうとう深刻な顔をしているだろうと思った。

エレンの腕の力が緩《ゆる》んだのを確認して、ティグルは彼女の手を、その腕から丁寧に引きはがす。できれば腕の手当てをしてやりたかったが、薬も包帯もここにはない。エレンがこれではティッタを呼ぶわけにもいかず、後回しにするしかなさそうだった。

白銀の髪の娘は力なくうなだれる。疲労感のこもったため息を吐きだした。

「情けない話だろう。死も、悲惨な最期も覚悟していたつもりだった。だが、つもりでしかなかったんだ。何日か触られただけで、このざまだ。まったく自分がいやになる」

ようやくティグルは理解する。グレアストに対する恐怖と嫌悪感が、彼女の心に深い傷跡を刻みつけたのは間違いない。だが、それによって生まれた自分自身に対する失望も、エレンから生気を奪っていたのだ。

——俺は、どうすればいい。エレンに何ができる。

ティグルは懸命《けんめい》に考える。思いつきの励ましや慰《なぐさ》めでは、彼女の心に届かないだろう。それに、彼女の心に刻みつけられたものは一朝一夕に拭《ぬぐ》い去れるものではない。

それでも、時間が癒《い》やしてくれるのを待つなどという真似《まね》だけは、絶対にいや《い》だった。

「——エレン」

心の底から湧《わ》きあがってくる感情を、声に変えてティグルは呼びかける。エレンはおずおずと顔を上げた。不思議そうな目でティグルを見る。

——俺は卑怯者《ひきょうもの》なんだろうか。

一瞬の半分の時間だけ、自問自答する。これから自分がやろうとしていることは、弱みにつけこむ行為なのではないかと思う。あまりにも非常識なのではないかと。

——そうだとしても。

かまうものかと思った。とめどなくあふれてくるこの気持ちを、熱い衝動を、ティグルはどうしてもおさえることができなかった。

「エレン。俺は、君が……君のすべてがほしい」

一呼吸ほどの間のあと、エレンの口から漏れたのは「えっ」という驚きの声だった。目を瞠《みは》り、呆《ほう》けたように口を半開きにして彼女はティグルを見つめる。若者は微塵《みじん》も揺らぐことのない目でまっすぐ少女を見つめたまま、もう一度言った。

「俺はエレンの何もかもがほしい。いま、この場で」

「わ、私は……」

ようやくティグルの言葉を理解して、エレンはいつになくうろたえる。視線を左右に泳がせ、口をもごもごと動かし、意味もなく両手の指を絡めて動かした。

ティグルは辛抱強く待ったが、十を数えるほどの時間が過ぎてもエレンからの言葉がないので、とうとう尋ねる。

「俺じゃいやなのか？」

「そんなわけないだろう！」

聞いたティグルが驚くほどの勢いで即答が返ってきた。しかし、エレンはすぐにティグルから目をそらす。不安そうに言葉を続けた。

「だって、おまえ、あんな話のあとでだなんて……。どういうつもりだ？　おまえに、女を抱いて慰めるなんて真似ができるわけないだろう」

決めつけられて、ティグルはやや怯《ひる》んだ。勢いに任せて一気にいきたかったところへ冷水をかけられた気分である。渋々口を開いて、聞いた。

「……言わなきゃ駄目か？」

ようやくエレンはティグルの顔を見つめて、こくりとうなずく。正直に答えたら拒絶されるかもしれないと考えて緊張したが、それでも若者は正直に言うことにした。

「少しでも遅かったら、エレンがやつのものになっていたかもしれない。そう思ったら、ぞっとして、耐えられなかった」

ティグルとエレンの歩む道は、もともと異なるものだった。いまでこそ、いくつかの偶然が重なって交《まじ》わっているが、いつかまた別々の方向へ歩いていくことになる。ティグルはそれをわかっていたつもりだった。受け入れることができるとも思っていた。

想像力が、足りなかったのだ。

「だから、俺は――」

「できるのか？」

若者の言葉を遮《さえぎ》り、意地の悪い声でエレンが問いかける。

「私の何もかもを、おまえのものにすることが。やつが私の身体《からだ》に残した忌まわしい感触をすべて消し去って、おまえの感触に塗り替えることが」

それは、いまの彼女の精一杯の挑発だった。そして、精一杯の要求でもあった。紅の瞳《ひとみ》が不安そうに揺れている。

ティグルが力強くうなずいてみせると、エレンは「じゃ、じゃあ……」と頬《ほお》を赤らめ、上目遣いに若者を見上げつつ、どもりながら言った。

「まず、言葉が、ほしい」

――言ってなかったか。

擁護するならば、若者にとっては当たり前の認識であったために、すでに言ったつもりになっていたというところだろうか。ティグルは自分を殴りつけたくなった。言うべきことも言わずにいきなり「おまえがほしい」では、あまりにもひどすぎる。

ティグルは呼吸を整え、エレンを見つめて、ゆっくりと言葉を紡《つむ》いだ。

「エレン。君のことが好きだ。愛している。前から、ずうっと前からだ」

一語一語を発するたびに身体の奥底から湧《わ》きだした熱が体内を駆け巡り、若者の感情を昂《たか》ぶらせる。想いがいっそう強まり、彼女以外の何もかもを一時的に忘れさせる。

あらゆるものを使って何重にもふたをし、長い間おさえこんできた想いだった。

おさえこまれながらも、彼女の顔を見るたびに、他愛ない言葉をかわすたびに、ともに歩き、食事をし、笑いあい、戦場を駆け巡るたびに育《はぐく》まれ、醸成《じょうせい》されてきた想いだった。

だが、決して抗《あらが》えない唯一絶対のものが、それをおさえこんでいたわけではない。感情に突き動かされて、已《おのれ》の意志でふたを外せば、それは奔流《ほんりゅう》となって一気にあふれだす。

それは、娘の方も同様だった。

「ティグル。好きだ。ああ、私もおまえのことが好きだ。愛している」

熱に浮かされたようにエレンも言葉を返し、二人は瞳《ひとみ》を潤ませて見つめあう。

エレンはそっと目を閉じた。ティグルはエレンの肩を優しく抱きよせる。

二人は唇《くちびる》を重ねた。


夜明けの最初の光の一筋が、幕舎《ばくしゃ》の中に射しこんだ。

目を覚ましたティグルは、薄闇《うすやみ》に包まれた天井をぼんやりと見つめた。いつのまにか眠ってしまっていたらしい。天井のランプの明かりも消えている。

右半身に、やわらかさとぬくもりを持った重みを感じた。右肩に乗っているのは彼女の頭だろう。その近くへ左手を持っていくと、さらさらとした髪に触れた。

それらの感触が、昨夜のことを夢ではなかったのだと若者に教えてくれる。じんわりとした喜びが身体《からだ》の中に広がっていった。

髪に触れたからだろうか、エレンが身じろぎをして目を開ける。

おはようと言おうとして、ティグルはとっさに言葉が出てこなかった。エレンも同じらしく、二人はしばらく無言で見つめあう。頬《ほお》を朱に染めて、どちらからともなく気恥ずかしそうな笑みを浮かべた。

エレンは毛布を肩にかけて身体を起こす。闇に慣れてきた目に、白銀の髪が踊った。

彼女の白い裸身を、ティグルはじっと見つめる。整った輪郭《りんかく》、華奢《きやしや》な肩、艶《つや》めいたものを感じさせる鎖骨、豊かな乳房と、その中央で色づいている先端、細い腰、小さくぼんだへそ、丸みを帯びた曲線としなやかな太腿《ふともも》――。何もかもが美しかった。

「寝起きだぞ。あまりじろじろ見るな」

もっと見ていたかったのだが、エレンは毛布を引っ張って身体《からだ》を隠してしまった。そんな仕草さえも愛《いと》しく思えて、ティグルはそのまま彼女を眺める。

ふと、エレンが若者の腰へと視線を向けた。急に深刻な表情になり、自分の腹を撫《な》でながら戦慄《せんりつ》を帯びた声でつぶやく。

「こんな……。これが、私の中に……。いや、あのときはもっと……？」

「……その、痛かったか？」

初めては痛いらしいと聞いたことがあったのをいまになって思いだし、ティグルは申し訳なさそうに尋ねる。思い返してみると、ティグル自身にも余裕はまったくなかった。より正確にいえば、一度目は必死になりすぎて何が何だかよく覚えていない。

薄闇《うすやみ》に包まれてティグルの顔はよくわからなかったとしても、声で察したのだろう。エレンは毛布がはだけるのもかまわず背筋を伸ばし、得意げな表情をつくって答えた。

「い、いや、全然、何の問題もなかったぞ。まあ、少し、ほんの少しだけ、ちょっと痛かったが、たいしたことはない」

声音《こわね》だけでも虚勢を張っているとわかってしまったが、その感覚がまるで想像できないティグルとしては「そうか」としか反応しようがない。ただ、自分のためにそう言ってくれているエレンを、無性に抱きしめたくなった。

手を伸ばして、彼女の腕をつかむ。軽く引っ張ると、エレンはこちらの意図を察して勢いよく倒れこんできた。ティグルは毛布ごと彼女を抱きしめて、その頭を優しく撫でる。エレンもまたティグルに身体を預けて、若者の胸板に細い指を這《は》わせた。

「起きなくていいのか？」

「まだ暗いからな。もう少しこのままでもだいじょうぶだろう」

ティグルはそう答えたが、明るくなってきたとしても、すぐに離れる気にはなれなかった。それはエレンも同様で、おたがい、このぬくもりにもっと触れていたかった。

「すまなかった」

不意に、エレンがぽつりと言った。

「心配してくれたのに、私はおまえにひどいことばかり言った」

「――エレン」

真剣な顔で、ティグルは尋ねる。

「俺は、少しでも君の力になれたか」

それだけのために抱いたのではない。だが、気にならないといえば嘘《うそ》になる。エレンは上目遣いにティグルを見上げて、意地の悪そうな笑みを浮かべた。

「少しはな。だが、おまえの言ったことに対しては全然足りない」

そこまで言ってから、急に恥ずかしくなったらしく、エレンは視線をそらす。

「だから……その、おまえの感触が、もっと、身体中《からだじゅう》にほしい」

最後の言葉はほとんど消え入りそうなほど小さかったが、ティグルの耳にはかろうじて届いた。もっとも、頬《ほお》を赤く染めたその表情から、察することは難しくなかっただろう。

「精進《しょうじん》しよう」

冗談めかしてティグルは答える。それから、若者は話題を変えた。

「百まで数えよう。そうしたら、二人で川へ行こう」

「そうだな。じゃあいくぞ」

そう言いながら、数える前にエレンは身体を伸ばしてティグルの唇《くちびる》を奪う。若者は目を丸くしたあと、彼女の唇が離れるのを待って、今度は自分から唇を重ねにいった。

そうしておたがいの唇とぬくもりを堪能《たんのう》してから、いち、に、と数えはじめる。

それは、幸せなひとときに違いなかった。

服を着て、そっと幕舎《ばくしゃ》を抜けだす。まだ薄暗い空の下を、ティグルとエレンは小走りに

駆けた。幸い、誰にも見とがめられることなく川にたどり着く。

ティグルは離れたところでエレンが水浴びをすませるのを待とうとしたのだが、白銀の髪の娘は笑って若者を呼び止めた。

「おたがい見せあったんだ。他の者がいるときはともかく、いまは遠慮することもないだろう。それに、話しておきたいこともある」

台詞《せりふ》の後半に真剣なものを感じて、ティグルも足を止める。二人はそれぞれ服を脱いで川に入った。もっとも、どちらからともなく相手に背を向けてしまったのだが。

「話というのは、もちろん昨夜のことだ」

水に濡《ぬ》らした手で白銀の髪を梳《す》きながら、エレンはさっそく本題に入った。声が、ややうわずっている。ティグルも気恥ずかしさを覚えながら、真面目《まじめ》に耳を傾《かたむ》けた。

「あれで、何かが変わったわけではない。おまえはブリューヌのアルサスを治めるヴォルン伯爵《はくしやく》であり、近いうちに王宮に勤《つと》めることが決まっている。私もそうだ。これからも、ジスタートのライトメリッツを治める戦姫《せんき》であり続けるだろう」

「そうだな」とティグルは短く答える。エレンの心の傷を薄れさせたかったという想いはあったにせよ、何かを変えたくて身体《からだ》を重ねたわけではない。

おたがいが長く募《つの》らせてきた想いが堤防の水位を超えて揺れ動き、外からの刺激を受けてついには堤防そのものを決壊させたからこその一夜だった。

そして、甘く淡《あわ》い夢から覚めれば現実と向きあわなければならない。

「昨夜のことは、誰も見ていないはずだ。おまえは不甲斐《ふがい》ない私を一晩かけて叱咤激励《しったげきれい》した。私はどうにか立ち直った。それ以外には何もなかった。そういうことに——」

「駄目だ」

エレンの言葉を、ティグルは短く、しかし鋭《するど》い声音《こわね》で遮《さえぎ》った。エレンは一瞬黙ったものの、すぐに口を開く。

「言っておくが、おまえと、もう身体を重ねたくないというわけではない。こういう言い方は自分でもどうかと思うが……。おまえのことが、ますます好きになった」

さすがにエレンも恥ずかしかったらしく、台詞の半ばから早口になった。ティグルは照れくさそうにくすんだ赤い髪をかきまわしたあと、少し迷った末に「俺もだ」と答えようとしたが、それより先にエレンが言葉を続ける。甘さを捨てた、淡々とした声で。

「ただ、表向きはいままで通りでいこうというだけだ。誰に疑われようとも、何も漏らさない。現場をおさえられないかぎり、私とおまえが口をつぐんでいればいい」

「君はそれでいいのか」

「いい、悪いじゃないだろう。私は戦姫をやめる気はない。アリファールに見捨てられないかぎりな。そして、おまえにアルサスを捨てろと言う気もない」

駄々《だだ》をこねる子供を叱《しか》りつけるような口調で、エレンは言った。彼女に背中を向けているので顔は見えないが、困惑と苛立《いらだ》ちをにじませた表情が目に浮かぶようだ。

川面《かわも》を見つめながら、ティグルは静かに自分の想いを口にした。

「いまは、そうするしかない。それは俺も同じ考えだ」

そこで頼みがある。ティグルがそう言うと、エレンは無言で促《うなが》した。

「時間をくれ」

「時間……？」

おうむ返しにつぶやくエレンに、ティグルは言葉を続ける。

「何とかする。いまは何も思いつかないが、それでも、絶対に何とかしてみせる」

「おまえ、何とかって……」

さすがにエレンは呆《あき》れたようだった。その反応を無視して、ティグルは熱心に訴える。

「君とはじめて会ったときの俺は、いまの自分を想像すらしていなかった」

ディナントの戦場でエレンとはじめて会ったときのティグルは、アルサスの外の世界をほとんど知らない田舎《いなか》貴族だった。その田舎貴族が内乱を勝ち抜き、隣国の軍勢を退《しりぞ》け、王女の信任を受け、他国にさまざまな知己をつくるなど、誰が予想できただろうか。

「俺は、自分が万能じゃないことは知っている。でも、何もできないわけでもない。昨日も言ったが、俺は君がほしい」

「……あのな、ティグル」

エレンは困ったような声を出して、懸命《けんめい》に若者を説得する。

「おまえは王宮に勤《つと》めることが決まっているんだぞ。おまえが頭を下げたわけじゃなく、王宮から頼まれてだ。現在のブリューヌの情勢を考えれば、いずれ玉座だって狙《ねら》える。私にこだわって、大事なものを見誤るんじゃない」

「俺は君がほしいと、そう言ったぞ」

ティグルは一歩も退《ひ》かず、揺るがぬ巨岩のような態度で言葉を返す。

しばらくの間、川の流れる音だけが二人の耳朶《じだ》をくすぐった。

「……ばか」

涙混じりの声が、若者の耳に届く。

「ばかだ、おまえは」

ティグルには、輝かしい道が開けているはずなのに。自分にこだわりさえしなければ、多くのひとに祝福されてその道を堂々と歩けるはずなのに。

「俺の父のことを、前に話したことがあっただろう」

ティグルは川面から目を離して、遠くに広がる草原を見ながら言った。

「父は、庭師の娘と結婚した。本当に愛するひとと添い遂げたんだと思う」

父の行動は、領地を持つ貴族として褒《ほ》められたものではなかっただろう。政略のため、家や領地を富ませるために行うのが貴族の結婚だからだ。

「俺は父のようにはなれない。でも、見習えるところは見習いたい」

エレンはすぐには言葉を返さない。ティグルの言葉に思うところがあったのか、なにやら考えこんでいるようだった。若者はそんなエレンの様子を不思議に思ったが、こちらも黙って彼女が口を開くのを待つ。

「――ティグル」

十を数えるほどの時間が過ぎて、エレンはようやく愛する者の名を呼んだ。その声にはっきりとした決意が満ちていることを、ティグルは感じとる。

「私も、おまえの父君や母君はすごい方だと思う。正直、同じことをできる自信はない」

ティグルはうなずいたものの、エレンが何を言いたいのかはわからない。エレンは一瞬言いよどんだが、何ごとかを自分に言い聞かせて、語を継いだ。

「だから、その……愛妾《あいしょう》とか寵姫《ちょうき》とかを、何人かは迎えることを許す。いや、迎えろ。状況次第では私を愛妾にしてもいい」

「いきなり何を言いだすんだ」

さすがにティグルは唖然《あぜん》とした。エレンは語調をやや荒《あら》いものにして答える。

「当たり前だろう。私は戦姫《せんき》であって貴族ではないが、貴族の生活は数多く見ている。おまえは何とかすると言ってくれたし、私もその言葉を信じるが、どうにもならないことだってあるだろう。ひとつ挙《あ》げるとすれば、子供だ」

　ティグルは言葉に詰まった。とっさに何も言えずにいる若者に、エレンは言い募《つの》る。

「怒らせるかもしれないが、おまえの父君と母君は幸運だったんだ。息子が無事に生まれて、健康に育って、こうして受け継ぐべきものをすべて受け継いだのだからな」

「いや……」

　ティグルは首を横に振った。

「父も言っていた。我が家は恵まれていたって」

　母親が病気であったり、子を産むだけの体力がなかったりして、死産となることがある。生まれても、障害を持っている可能性がある。また、五体満足で生まれても、病《やまい》などで幼いころに亡くなってしまうことだってある。どれも決して珍しいことではない。

　娘にしか恵まれず、婿《むこ》をよそから迎えて家を継がせる貴族の話もよくある。無事に成長しても、事故や病から無縁でいられるはずもない。戦《いくさ》などあればなおさらだ。

　継ぐべき者を得られずに家が絶《た》えると、領地は王家に接収される。そして、任期の決まった代官が派遣されるか、他の貴族に下賜《かし》されるのだ。

　だから、そうならないように地方領主は後継者づくりに腐心《ふしん》する。自分が父祖《ふそ》から受け継いで繁栄させてきたものを、自分の意志を継ぐ者へ渡せるように。

「おまえは、私に戦姫であることをやめるように言ったことは一度もない」

　穏《おだ》やかな声で、エレンは言った。

「私も同じ思いだ。おまえはヴォルン家の血を絶《た》やしてはならない。アルサスの地を捨ててはならない。子を為《な》し、育て、おまえが受け継いだ多くのものに、おまえのやってきたことと、おまえ自身の意志を加えて受け継がせる義務がある。――だが」

そこでエレンは急に自信のない声になった。

「私はもちろん、おまえの子を産みたいと思っているが……。先のことはわからない。私がおまえの妻になったとして、今度は私がちゃんと子を産めるかどうか、産めたとして、その子が健康に育つのか。なにしろ経験がないからな」

「だから、愛妾《あいしょう》か」

ティグルは嘆息《たんそく》する。エレンは決して冗談で言っているのではない。むしろ、彼女の主張は正しいのだ。ティグルが宣言通りにエレンとの関係を何とかできた場合、それは決して避けることのできない話となる。

ティグルとしても、アルサスを手放したくはない。これからの人生次第では帰れなくなるとしても、アルサスは生まれ育った故郷であり、父から受け継いだ大事な領地だ。ティグルの身によほどのことが起こらないかぎり、取りあげられることもないだろう。

「だが、ひとつ問題がある、と思う」

ティグルもまた、力のない声で言った。エレンの反応が怖いが、彼女がここまで言ってくれたのだから、自分もいまのうちに打ち明けるべきだろう。

「たとえば、君を妻に迎えて、愛妾もひとりできたとする。たとえばだぞ。君を愛するのはもちろんだけど、俺は、その、愛妾とも愛を育《はぐく》む努力はする」

丈夫な子を産んでもらうためだけ、ただ身体《からだ》のみの関係と割り切ることは、自分にはできないとティグルは思う。愛妾に迎えるならば、言葉をかわし、相手を理解して、愛し、慈しみたいと。あるいは、父もそうだったから愛妾を持たなかったのかもしれない。

「それはそうしてもらわないと私が困る」

エレンは、それまでの大真面目《おおまじめ》な態度を微塵《みじん》も崩《くず》さずに答えた。この反応には、彼女を悲しませるのではないかと悩んだティグルの方が面食《めんく》らう。

「困るのか……？」

「愛妾を持てと言ったのは私だ。それに、場合によっては私が愛妾になることだってあるだろう。そうなったとき、本妻を無視して私を愛してくれなんて言えないしな。まあ、やきもちは焼くだろうし、見せつけられたら黙っていられないとは思うが……」

ティグルはついに我慢できず、飛沫《しぶき》をはねさせて後ろを振り返る。こちらに背中を向けているエレンを、両腕で力強く抱きよせた。他に、彼女に対する感情の表現方法が思いつかなかった。「ありがとう」でも「ごめん」でもしっくりこなかった。

「――ティグル」

エレンが首を傾《かたむ》けて若者を見上げ、ささやくような声で呼んだ。彼女は静かに目を閉じて、何かを期待するような表情になる。

水面にぼんやりと映る二人の顔が、静かに重なった。

ばれた。

身体《からだ》を拭《ふ》き、服を着て幕営に戻った直後のことだ。

「どこに行っていたのよ、二人とも。リムアリーシャがさがしていたわよ」

ライトメリッツ軍の総指揮官用の幕舎《ばくしゃ》に入ろうとしたところで、ティグルとエレンはミラに呼び止められたのだ。二人は彼女に挨拶《あいさつ》をし、礼を言って幕舎の中に入った。するとなぜかミラも二人に続いて幕舎に入ってきたのである。

「まだ何か用か？　リュドミラ」

怪訝《けげん》な顔で聞くエレンを、凍漣の雪姫《ミーチェリア》は氷を思わせる青い双眸《そうぼう》でじっと見つめた。そのまま黙って五つ数えるほどの時間、彼女はエレンに不審《ふしん》な眼差《まなざ》しを注いでいたのだが、何かを見つけたのか、首をかしげつつ疑問を口にする。

「エレオノーラ……。あなた、もしかしてティグルと……？」

「えっ」という驚きの声が二つ、重なって幕舎の中に響いた。もちろんティグルとエレンのものである。まさか、こんなに早く露見《ろけん》するとは思っておらず、二人は愕然《がくぜん》とその場に立ち尽くした。

一方、ミラも呆然《ぼうぜん》と二人を見つめている。確信があったわけではなく半信半疑での問いかけだったので、驚愕《きょうがく》の程度に関しては、むしろ彼女の方が大きかった。

「ど、どういうこと……？」

二十近くを数えるほどの時間をかけて衝撃からようやく立ち直ると、ミラはティグルとエレンを詰問する。ちなみにミラが立ち直るまでの間、若者と銀閃の風姫《シルヴフラウ》は、困った顔を見合わせていただけだった。

仕方なく、ティグルは昨夜のエレンとの出来事を一部抜粋して説明し、さきほど川でかわしたばかりの約束についても話した。エレンは不満そうな表情をしたが、下手に隠してミラを怒らせ、ことが明るみに出てはおおいに困る。腕組みをして黙っていた。

「……馬鹿じゃないの」

話を聞き終えたリュドミラ＝ルリエの、それが第一声である。若者の話を聞いているとき、ほんの一瞬、その手があったかというような顔を彼女がしたことに、ティグルもエレンも気づかなかった。

戦姫《せんき》としても統治者としてもミラは優秀だったが、そんな彼女も『実例』を目にするまで思い至らなかったのだ。絡みあった感情のうねりが、ときに理性も立場も何もかもを押し流す激流になることに。

何より気に入らないのは、ティグルなら本当に何とかするかもしれないと、彼女が思ってしまったことだった。

「二人とも、ちゃんと立場をわきまえていると思ったのに、どうしてそうなるのよ。馬鹿みたいじゃない。わけがわからないわ。どうするの、あなたたち。本当にもう、開いた口がふさがらないったらないわよ」

「ふさがらないどころか忙しく動いているではないか」

遠慮がちに言い返したエレンを、ミラは鋭《するど》く睨《にら》みつける。エレンは彼女らしくもなく、びくりと肩をふるわせて首をすくめた。ティグルが安心させるようにエレンの肩を叩《たた》く。そうした光景が、またミラを苛立《いらだ》たせた。

ミラはさらに言い募《つの》ろうとしたが、急に虚《むな》しくなったのでやめた。自分の口から吐きだされる非難が、エレンに対する嫉妬《しっと》を原動力としていることを自覚してしまったからだ。言葉を尽くして二人を責めたところで、事実が書き換えられるわけではない。

二人が何もわかっていないのならば、まだせせら笑う気にもなれる。だが、ティグルもエレンも自分たちの行為を明確に自覚しており、その上で乗り越えようとしているのである。そんな二人を糾弾《きゅうだん》するのは、あまりにもみじめだった。

短い葛藤《かっとう》の末に感情の昂《たか》ぶりをどうにかおさえこむと、ミラはそっけない声で聞いた。

「それで、どうするのよ。本当に」

「このことは、しばらく黙っていてくれないか」

ティグルが頭を下げる。彼は顔を上げると、まっすぐミラを見つめた。

「勝手なことを言っているのは、わかっている。でも、俺は自分の想いをこれ以上偽《いつわ》ることはしたくない。いまは何も思いつかないが、きっと何とかしてみせる」

ミラはため息をつく。勝手なことをという気持ちはもちろんあるが、それ以上に、仕方ないという気持ちが彼女の内心を占めた。ティグルのこのような一途《いちず》さを、ミラは彼の美点のひとつと考えて好ましく思っている。否定することはできなかった。

青い瞳《ひとみ》を、ミラはエレンに向ける。

「あなたは？」

「私はティグルを信じている」

腕組みをしたまま、エレンは堂々と即答した。ミラはもう一度ため息をつく。呆《あき》れたからではなく、同感だったからだ。

ミラは、あらためて二人の顔を順番に見る。静かに言った。

「気づかなかったことにはできないわ」

ティグルとエレンの顔に緊張が走る。それを確認してから、凍漣の雪姫《ミーチェリア》は続けた。

「ただし、私はこのことを一切口外しない。発覚したときも一切手助けはしない」

それが、彼女の定めた立ち位置だった。二人は安堵《あんど》の息をつき、あらためてミラに礼を述べる。青い髪の戦姫《せんき》はつまらなそうに鼻を鳴らしてそれを聞き流したのだった。

ちなみに、月光の騎士軍《リューンルーメン》の中で、ティグルとエレンのことに気づいた者がもうひとりいる。ルーリックだ。

ミラのようにじっくり観察したわけではもちろんない。幕営の中で、ティグルとエレンが並んで歩いているところを何気なく見たときに、彼はわかってしまったのだ。

細かく説明するならば、二人の間に漂う雰囲気や視線、何気ない仕草、歩き方などを頭の中で漠然と整理して導きだした、というところだろうか。ライトメリッツに複数の恋人を待たせている男の観察眼は、尋常なものではなかった。

「どうしたものかな」

さすがに問題なのではないかと彼も思った。ティグルとエレンは市井《しせい》の男女ではなく、かたやブリューヌの貴族であり、かたやジスタートの戦姫なのである。ルーリック自身、心境は複雑で、祝福しようという思いにまでは至らない。

とはいえ、この禿頭《とくとう》の騎士はエレンに忠誠を誓っている一方で、ティグルを尊敬している。考えた末に、彼はミラと似たような立場を貫くことに決めた。自分からこの話題には関わらないことにしたのだ。

「しかしまあ、お二人とも年頃の男であり、娘であったということか」

それが、現時点で彼の漏らした感想だった。いささか不敬であったかもしれない。

エピローグ

ティグルヴルムド＝ヴォルンの帰還は、王都ニースの民から盛大な歓呼の声で迎えられた。レギンやボードワンが事前に告知しておいたからというだけではない。立て続けの隣国の侵攻や王族の叛乱《はんらん》は、やはり彼らを不安にさせていたのだ。

大通りを、ティグルは馬に乗ってまっすぐ進む。その後ろにはマスハスとエレンが轡《くつわ》を並べ、さらにリュテス騎士団のシャイエなど、今度の戦《いくさ》で武勲《ぶくん》のあった者らが続いた。

ミラはティグルやエレンから離れて、リムとともに後方にいる。今度の戦における彼女の活躍は見事なものだったが、ジスタート人ばかりを目立つところに置くわけにはいかないという政治的な事情による配置だった。

すまないと謝るティグルに、ミラは気にしないでというふうに首を横に振ったものだ。彼女も公国の主《あるじ》として、そうした事情は理解できるからだ。

歓声は、ティグルたちが大通りを抜けて王宮に入っても止《や》まなかった。彼らがティグルに浴びせる称賛《しょうさん》は、期待の表れでもある。南部を蹂躙《じゅうりん》しているムオジネル軍に勝利し、ブリューヌに平和を取り戻すことを若者は熱望されていた。

「そりゃ、勝てるなら勝ちたいよ。俺だって」

　王宮に入って、誰にも聞かれる心配がなくなったところでティグルは嘆息《たんそく》した。称賛《しょうさん》も期待も嬉《うれ》しくはあるが、それらは重圧でもある。ティグル自身、勝たなければとは強く思っているが、相手が相手ではつい弱音もこぼれるというものだった。

　謁見《えっけん》の間に入ったのはティグルとマスハス、そしてエレンとミラの四人だ。ティグルの姿を見たレギンは、顔を明るく輝かせた。

「よく無事に戻ってきてくれました」

「王女殿下にご心労をおかけしてしまい、申し訳ございません。グレアスト軍を討ったことで、お許しいただければと」

　膝《ひざ》をつき、頭《こうべ》を垂れてティグルは謝罪する。レギンは玉座から立ちあがり、ティグルの前まで歩いていった。左右に居並ぶ廷臣《ていしん》たちが驚きと戸惑いの目を王女に向ける。

「ヴォルン伯爵《はくしゃく》。立ってください」

　かすかな戸惑いを抱えながらも、ティグルは言われた通りに立ちあがった。

　若者の目の前に、金髪の王女は立っている。レギンはティグルの手をとって、両手で包みこむように握りしめた。微笑を浮かべて彼女は何かを言いかけたが、その言葉を呑《の》みこみ、笑みを消すと、真剣な、そして痛切な表情で口を開く。

「連戦の疲れもまだ癒《い》えてはいないでしょう。ゆっくり休んでほしいと言いたいところですが、私たちに残されている時間はあまりにも少ない。——あなたに、命じます。ムオジネル軍を討って、南部一帯を取り戻すのです」

レギンが若者の手をとったとき、一部の廷臣がざわめきかけたが、それはすぐにおさまった。ムオジネル軍を討つという命令の過酷さを理解できない者は、この場にいない。

「勅命《ちよくめい》、謹んでお受けいたします」

ティグルも彼女を見つめて、静かに答える。レギンは言った。

「兵ですが、こちらは三万まで用意できています。二日待ってもらえれば、さらに二万近くの兵が王都に到着する予定です」

ティグルは驚きと当惑に目を瞠《みは》る。いまのブリューヌに、それだけの兵力があっただろうか。若者の反応を見て、レギンは微笑を浮かべる。

「西方国境一帯に招集をかけて、来てもらいました」

その言葉の意味を理解したとき、ティグルは息を呑んでいた。彼だけではない、マスハスはおもわず顔をあげ、廷臣たちも衝撃と緊張とで我慢できずに声をあげる。

ティグルは、震える声でレギンに問いかけた。

「では、現在の西方国境は……」

「ほとんど空《から》と言っていいでしょう。各城砦《じようさい》も、城砦そのものの維持のために五十から百ほどは残しているはずですが」

王女はさらりと恐ろしいことを言った。西方国境一帯という言い方からすると、城砦以外からも兵を引き抜いているのは間違いない。また、そうでなくては五万もの兵を用意することなど不可能だ。

野盗《やとう》の類《たぐい》ならまだ対処ができるかもしれないが、ザクスタンやアスヴァールが兵をそろえて攻めてきたら、たやすく突破されてしまうだろう。

「あなたを、信じていますから」

レギンの言葉に、ティグルの疑問は氷解した。ザクスタン軍がブリューヌから撤退したあと、アスヴァール軍はザクスタンに攻めこんだ。

アスヴァール軍を率いるタラードは、それなりの戦果を得るまで退く気《ひ》はないらしい。もともとアスヴァールとザクスタンは仇敵《きゆうてき》同士ということもあり、戦いはいまも続いているとのことだった。

つまり、両者が戦いを終え、再びブリューヌへ攻めこむ姿勢を整えるまでは、西方国境をがら空きにしても問題はないということになる。逆に言えば、ティグルはそれまでに、ムオジネル軍を退《しりぞ》けなければならないのだった。

王女の手から、かすかなぬくもりとともに信頼と覚悟、緊張が伝わってくる。ティグルは意識的に表情を緩《ゆる》め、ぎこちない笑みを浮かべた。

「まあ、何とかやってみます」

それはティグルなりの決意表明であり、レギンへの激励《げきれい》だった。王女はぽかんと口を開け、何度か瞬《まばた》きをして若者を見上げていたが、うつむきがちに小さく噴きだした。

ティグルの後ろでマスハスは苦笑し、エレンとミラは笑いを噛《か》み殺している。廷臣《ていしん》たちの何人かは憤然《ふんぜん》としたが、他の幾人かは笑った。笑うしかないというかのように。

謁見《えっけん》の間を退出したティグルは、エレンとミラ、マスハスを振り返る。

白銀の髪の戦姫《せんき》と視線が交錯したとき、若者は何かを言いかけた。だが、それが言葉になるより早く、彼女は笑みを浮かべて首を横に振る。ティグルの言いたいことを察したかのように。その反応に、ティグルも言葉を呑《の》みこんで、小さくうなずいた。

言葉にせずとも想いが伝わったのならば、満足だった。あらためて、ティグルは三人に呼びかける。

「行こうか」

月光の騎士軍《リューンルーメン》は約七万の大軍となった。それでもムオジネル軍の半分にすら届いていないのだが、若者の表情に緊張や怯《おび》えの色は微塵《みじん》も浮かんでいない。不安を抱いているとしても、決意と希望がそれを大きく上回っていた。

いつもと変わらぬ態度で、ティグルは王宮の廊下を歩きだす。エレンとミラが若者の左右に並び、マスハスはその光景に苦笑しながら、数歩分遅れて三人に続いた。

ムオジネル軍との戦いが、はじまろうとしている。

あとがき

肝心のシーンですが、ページの都合でカットしました。ご了承ください。

のっけからネタバレじみた挨拶《あいさつ》で始まりましたが、あらためまして、こんにちは。川口《かわぐち》士《つかさ》です。『魔弾の王と戦姫《ヴァナディース》』十三巻をお届けします。暖房やこたつの起動を検討するぐらいには秋も深まってまいりましたが、本作が一晩を楽しく過ごす一助となれば幸いです。次は春かな。たぶん。

さっそくですが謝辞を。編集のNさん。毎度のように編集部の会議室を貸していただいたり、あのシーンやこのシーンでどこまでいくかを話しあったりと、いつにもましてお世話になりました。おかげさまで、満足してもらえるものになったかな、と思います。片桐雛太《かたぎりひなた》さん。今巻の作中イラストの後半二枚については、どうしてもここでお願いしますと僕から頼みこんだのですが、期待以上のものをありがとうございました。

そして、本作が本屋に並ぶまでの諸工程に関わったすべての方々と、本作を手にとってくださった皆様。本当にありがとうございます。それでは、またどこかで。

川口　士

こんにちは
片桐雛太です。
お会い出来て
嬉しいです。
イラストは表紙の
別案、かっこいいVer
お気に入りなので
お見せできて幸い。
あなたのお気に入りは
ありましたか？
hina

MF文庫J

魔弾の王と戦姫《ヴァナディース》13

発行　2015年11月30日　初版第一刷発行

著者　川口士

発行者　三坂泰二

発行所　株式会社 KADOKAWA
〒102-8177 東京都千代田区富士見 2-13-3
0570-002-001（カスタマーサポート）
年末年始を除く 平日10:00～18:00 まで

印刷・製本　株式会社廣済堂

©Tsukasa Kawaguchi 2015

Printed in Japan　ISBN 978-4-04-067958-7 C0193
http://www.kadokawa.co.jp/

※本書の無断複製(コピー、スキャン、デジタル化等)並びに無断複製物の譲渡及び配信は、著作権法上での例外を除き禁じられています。また、本書を代行業者などの第三者に依頼して複製する行為は、たとえ個人や家庭内の利用であっても一切認められておりません。
※定価はカバーに表示してあります。
※乱丁・落丁本は、送料小社負担にて、お取替えいたします。KADOKAWA読者係までご連絡ください。
（古書店で購入したものについては、お取替えできません。）
電話:049-259-1100（9:00～17:00／土日、祝日、年末年始を除く）
〒354-0041　埼玉県入間郡三芳町藤久保550-1

【 ファンレター、作品のご感想をお待ちしています 】
〒102-0071 東京都千代田区富士見2-13-12
株式会社KADOKAWA　MF文庫J編集部気付「川口士先生」係「片桐雛太先生」係「よし☆ヲ先生」係

二次元コードまたはURLより本書に関するアンケートにご協力ください。

http://mfe.jp/tzn/

●一部対応していない端末もございます。
●お答えいただいた方全員に、この書籍で使用している画像の無料待受をプレゼント!
●サイトにアクセスする際や、登録・メール送信時にかかる通信費はご負担ください。
●中学生以下の方は、保護者の方の了承を得てから回答してください。